OS LUSÍADAS

OS LUSÍADAS

Luís de Camões

MARTIN CLARET

APRESENTAÇÃO

Classicismo

O final da Idade Média foi marcado pela redescoberta da cultura greco-latina da Antiguidade. Nesse período, conhecido como Humanismo e cuja origem remonta à Itália, desencadeou-se uma série de amplas transformações, principalmente no âmbito das artes e das ciências, cujos desdobramentos culminariam no Renascentismo, em que a visão do homem em relação ao mundo se transformou drasticamente. É no contexto do Renascentismo que surgiu o movimento estético e ideológico denominado Classicismo.

O Classicismo, também chamado Quinhentismo, consiste na retomada da concepção artística da Antiguidade Clássica: sob a égide do racionalismo, assiste-se ao estabelecimento do antropocentrismo em detrimento do teocentrismo; a busca pela ordem se reflete no rigor formal, seguindo o modelo dos poetas antigos; a simplicidade da literatura medieval começa a ceder espaço a temáticas mais complexas, tratadas com maior rebuscamento; e o equilíbrio e a harmonia tornam-se ideais de primeira importância.

Todavia, cabe ressaltar que, em Portugal, o Classicismo não se sobrepôs de todo à mentalidade medieval. Junto com as tendências classicistas, cultivaram-se ainda aspectos da cultura da Idade Média, desenvolvidos na poesia de *medida velha* — como desdobramento da poesia palaciana — e principalmente nas novelas de cavalaria, gênero tipicamente medieval, mas que alcançou sua expressão maior durante o Classicismo. A produção tanto em *medida velha* como em *medida nova* seria uma constante entre os poetas classicistas portugueses, como Sá de Miranda e Camões.

Sobre o autor

Luís Vaz de Camões nasceu em Lisboa, Portugal, por volta do ano de 1525, e é certamente uma das figuras mais importantes e emblemáticas da história de Portugal. Oriundo de uma família nobre em decadência, foi soldado, lutou no norte da África — onde perdeu um olho — e foi preso e condenado ao exílio por quase duas décadas. Durante o exílio, viveu na África e na Ásia, tendo passado por Goa, Macau e Moçambique. Conta-se, inclusive, que teria sobrevivido a um naufrágio, episódio referido na obra *Os Lusíadas*, e que por pouco salvara os manuscritos de sua epopeia.

Camões foi um homem notadamente culto, cuja erudição abrangia toda a tradição medieval e o legado greco-latino; além disso, era profundo conhecedor de história, geografia e humanidades em geral. Trata-se, portanto, de um típico homem renascentista, com um conhecimento diversificado e universalizante. Sua obra teve um papel fundamental no desenvolvimento cultural português, na medida em que consolidou a língua portuguesa como língua de cultura, tal como Dante e Shakespeare fizeram com o italiano e o inglês, respectivamente.

Convém ressaltar, todavia, que as informações referentes à sua biografia são poucas e imprecisas. Há divergências acerca da data e do local exatos de seu nascimento, e vários episódios de sua vida, tais como o do naufrágio, carecem de referências mais sólidas.

Camões faleceu em Portugal, no ano de 1580. Não obstante a modesta pensão vitalícia que recebera como prêmio pela composição d'*Os Lusíadas*, morreu na miséria e sem desfrutar do prestígio que, mais tarde, o distinguiria como o maior poeta da língua portuguesa.

O estilo de Luís de Camões

Não obstante a força da obra *Os Lusíadas*, a produção camoniana não se restringe ao gênero épico; seus poemas líricos destacam-se como algumas das mais marcantes manifestações literárias do Quinhentismo.

O poeta desenvolveu tanto a tradição medieval da poesia palaciana, com versos em redondilha menor e maior, como as novas formas praticadas pelos italianos, inspirando-se principalmente em Petrarca, com versos decassílabos e o gosto pelo soneto. No que concerne à produção de inspiração medieval, Camões apresentou novo grau de complexidade, emprestando-lhe matizes renascentistas e escapando à ingenuidade até então característica do gênero.

No concernente à sua produção renascentista/classicista, podem-se distinguir duas linhas predominantes: a amorosa e a filosófica. A lírica amorosa tem o neoplatonismo como característica mais imediata: a mulher, objeto de amor do eu lírico, é idealizada e inatingível, e a realização amorosa não pode se dar senão no plano das ideias. Contudo, esse distanciamento por vezes divide espaço com uma forte sensualidade, em que o eu deseja a realização efetiva de seu amor. Na linha filosófica, tem-se um eu lírico contemplativo e desiludido que reflete sobre o mundo a sua volta, transparecendo uma postura pessimista e constituindo uma clara cisão entre o indivíduo e mundo.

Em ambos os casos, porém, Camões imprime uma marca pessoal: na *medida velha* — como se convenciona chamar a linha medieval —, introduziu elementos do Renascentismo, sofisticando-a; na *medida nova* — a que segue as inovações humanistas e renascentistas —, antepôs o pessimismo e o tema do homem em conflito ao equilíbrio e à placidez clássicos, prenunciando características do Barroco.

Sobre *Os Lusíadas*

Camões constitui um caso à parte na literatura portuguesa, pois poucos são os poetas cuja obra tornou-se representativa dos anseios e da mentalidade de todo um período histórico. Com *Os Lusíadas*, sintetizou os ideais de uma nação e elevou a língua portuguesa ao patamar de língua literária. O poema narra a viagem de Vasco da Gama e sua tripulação rumo ao Oriente, viagem esta que implicava em cruzar os limites do mundo conhecido. Em meio à sua jornada, o capitão conta a história de Portugal ao rei de Melinde, iniciando-se uma retrospectiva dos acontecimentos e personagens mais marcantes da cultura portuguesa.

A obra, publicada originalmente em 1572, organiza-se em 10 cantos, compostos por 8.816 versos decassílabos heroicos, distribuídos entre 1.102 estrofes. O poema pode ser dividido em *Introdução* — que abarca Proposição, Invocação e Dedicatória —, *Narração* e *Epílogo*.

Camões toma por base o modelo da epopeia clássica; contudo, *Os Lusíadas* apresentam uma série de características totalmente originais. O herói Vasco da Gama, cujos feitos eram ainda recentes quando da escrita do poema, não apresenta um estatuto de singularidade como os heróis gregos, mas sim um caráter metonímico em relação a Portugal: Vasco não é apenas um indivíduo, mas a representação de um povo e de uma nação.

Outro elemento distintivo em *Os Lusíadas* é a coexistência de divindades greco-latinas e elementos da fé cristã — não obstante a inspiração clássica, Camões era católico. A presença da religiosidade pagã não foi bem aceita na época, principalmente em relação à Inquisição. O poema, contudo, foi liberado pelos censores.

Alvará de El-Rei

Eu, el-Rei, faço saber aos que este Alvará virem, que eu hei por bem e me praz dar licença a Luís de Camões para que possa fazer imprimir, nesta cidade de Lisboa, uma obra em oitava rima chamada *Os Lusíadas*, que contém dez cantos perfeitos, na qual, por ordem poética, em versos se declaram os principais feitos dos portugueses nas partes da Índia, depois que se descobriu a navegação para elas por mandado de el-Rei Dom Manuel meu bisavô que santa glória haja, e isto com privilégio para que, em tempo de dez anos que se começarão do dia que se a dita obra acabar de imprimir em diante, se não possa imprimir nem vender em meus reinos e senhorios, nem trazer a eles de fora, nem levar às ditas partes da Índia para se vender sem licença do dito Luís de Camões ou da pessoa que para isso seu poder tiver, sob pena de quem o contrário fizer pagar cinquenta cruzados e perder os volumes que imprimir, ou vender, a metade para o dito Luís de Camões, e a outra metade para quem os acusar. E antes de se a dita obra vender lhe será posto o preço na mesa do despacho dos meus Desembargadores do Paço, o qual se declarará e porá impresso na primeira folha da dita obra para ser a todos notório, e antes de se imprimir será vista e examinada na mesa do Conselho Geral do Santo Ofício da Inquisição para com sua licença se haver de imprimir, e se o dito Luís de Camões tiver acrescentados mais alguns cantos, também se imprimirão havendo para isso licença do Santo Ofício, como acima hei dito. E este meu Alvará se imprimirá outrossim no princípio da dita obra, o qual hei por bem que valha e tenha força e vigor como se fosse carta feita em meu nome, por mim assinada e passada por minha Chancelaria sem embargo da Ordenação do segundo livro, tit. XX, que diz que as coisas cujo efeito houver de durar mais que um ano passem por cartas, e passando por Alvarás não valham. Gaspar de Seixas o fiz em Lisboa, a XXIV de setembro de MDLXXI, Jorge da Costa o fiz escrever.

Parecer do censor do Santo Ofício

Vi por mandado da Santa e Geral Inquisição estes dez Cantos dos Lusíadas *de Luís de Camões, dos valorosos feitos em armas que os portugueses fizeram em Ásia e Europa, e não achei neles coisa alguma escandalosa, nem contrária à fé e bons costumes, somente me pareceu que era necessário advertir os leitores que o Autor, para encarecer a dificuldade da navegação e entrada dos portugueses na Índia, usa de uma ficção dos deuses dos gentios. E ainda que Santo Agostinho nas suas* Retratações *se retrate de ter chamado, nos livros que compôs,* De Ordine, *às Musas deusas, todavia como isto é Poesia e fingimento, e o Autor, como poeta, não pretenda mais que ornar o estilo poético, não tivemos por inconveniente ir esta fábula dos deuses na obra, conhecendo-a por tal. E ficando sempre salva a verdade de nossa santa fé, que todos os deuses dos gentios são demônios. E por isso me pareceu o livro digno de se imprimir, e o Autor mostra nele muito engenho e muita erudição nas ciências humanas. Em fé do qual assinei aqui.*

Frei Bartolomeu Ferreira

OS LUSÍADAS

Canto primeiro

1 As Armas e os barões assinalados
Que, da Ocidental praia Lusitana,
Por mares nunca de antes navegados,
Passaram ainda além da Taprobana,
Em perigos e guerras esforçados
Mais do que prometia a força humana,
E entre gente remota edificaram
Novo Reino, que tanto sublimaram;

2 E também as memórias gloriosas
Daqueles Reis que foram dilatando
A Fé [e] o Império, e as terras viciosas
De África e de Ásia andaram devastando,
E aqueles que por obras valerosas
Se vão da lei da Morte libertando:
Cantando espalharei por toda parte,
Se a tanto me ajudar o engenho e arte.

---

1. *Armas*: feitos militares, proezas. *Barões assinalados*: varões, homens fortes, valorosos, que se tornaram célebres. Fazia-se distinção entre *varão* (o ser humano masculino, com as qualidades de força, coragem) e *homem* (o ser humano em geral, isto é, incluindo-se também a mulher). *Ocidental praia Lusitana*: Portugal. *Taprobana*: antigo nome da ilha de Ceilão. *Esforçados*: motivados, cheios de coragem. *Novo Reino*: novas conquistas, novo império, a Índia portuguesa.

2. *Se vão da lei da Morte libertando*: os que deixam a sua fama, o seu nome, marcados para as gerações seguintes.

3 Cessem do sábio Grego e do Troiano
As navegações grandes que fizeram;
Cale-se de Alexandro e de Trajano
A fama das vitórias que tiveram;
Que eu canto o peito ilustre Lusitano,
A quem Neptuno e Marte obedeceram.
Cesse tudo o que a Musa antiga canta,
Que outro valor mais alto se alevanta.

4 E vós, Tágides minhas, pois criado
Tendes em mi[m] um novo engenho ardente,
Se sempre em verso humilde celebrado
Foi de mi[m] vosso rio alegremente,
Dai-me agora um som alto e sublimado,
Um estilo grandíloq[u]o e corrente,
Porque de vossas águas Febo ordene
Que não tenham inveja às de Hipocrene.

---

3. *Cessem*: com o sentido de abandonar, desistir, bater em retirada. *Sábio Grego* refere-se a Ulisses, um dos personagens da *Ilíada* e o herói da *Odisseia*, os dois grandes poemas épicos da Grécia (de Homero), destacado pela sua esperteza, sabedoria e prudência. *Troiano*, fazendo alusão a Eneias, protagonista da *Eneida*, de Virgílio. *Alexandro*: trata-se de Alexandre Magno, rei da Macedônia. *Trajano*: imperador romano. *Que... o peito ilustre*: porque eu canto o valor português. *Peito* designa coração, coragem, como na expressão "É preciso ter peito", isto é, "É preciso ter coragem". *Neptuno*: deus do mar. *Marte*: deus da guerra. *Musa antiga*: a antiga poesia épica.

4. *Tágides minhas*: o nome *Tagus* chegou-nos através do latim mais o sufixo *ides*, no sentido de filiação. Já os gregos e romanos acreditavam na existência de ninfas e outros seres sobrenaturais que habitavam o mar (Nereidas), os bosques (Dríadas), os rios (Náiades), os prados (Napeias), os montes (Oréiadas). Aqui, Tágides são as ninfas do rio Tejo. *Hipocrene*: fonte inspiradora dos poetas. Vem do grego *hippos*, cavalo, e *krene*, fonte. Era consagrada a Apolo e às Musas, e nascida de um coice dado no monte Hélicon pelo cavalo de asas, Pégaso.

5 Dai-me ũa fúria grande e sonorosa,
E não de agreste avena ou frauta ruda,
Mas de tuba canora e belicosa,
Que o peito acende e a cor ao gesto muda;
Dai-me igual canto aos feitos da famosa
Gente vossa, que a Marte tanto ajuda:
Que se espalhe e se cante no Universo,
Se tão sublime preço cabe em verso.

6 E vós, ó bem na[s]cida segurança
Da Lusitana antiga liberdade,
E não menos certíssima esperança
De aumento da pequena Cristandade;
Vós, ó novo temor da Maura lança,
Maravilha fatal da nossa idade,
(Dada ao mundo por Deus, que todo o mande
Pera do mundo a Deus dar parte grande);

7 Vós, tenro e novo ramo flore[s]cente
De ũa árvore, de Cristo mais amada
Que nenhũa na[s]cida no Ocidente,
Cesárea ou Cristianíssima chamada
(Vede-o no vosso escudo, que presente
Vos mostra a vitória já passada,

---

5. *Fúria*: inspiração, grande entusiasmo. *Avena ou frauta ruda*: instrumentos que representavam a poesia bucólica.

6. *E vós...*: Camões dirige-se ao rei, D. Sebastião, para homenageá-lo e, ao mesmo tempo, solicitar-lhe apoio financeiro para sua obra, qualificando o monarca como nobre (*bem nascida*) garantia (*segurança*) da antiga independência (*liberdade*). *Pequena Cristandade*: Portugal, de pequena população. *Maura lança*: lança moura, poderio bélico dos mouros, os guerreiros da Mauritânia, hoje Marrocos.

Na qual vos deu por armas e deixou
As que Ele pera si na Cruz, tomou);

8 Vós, poderoso Rei, cujo alto Império
O Sol, logo em na[s]cendo, vê primeiro;
Vê-o também no meio do Hemisfério,
E quando de[s]ce o deixa derradeiro;
Vós, que esperamos jugo e vitupério
Do torpe Ismaelita cavaleiro,
Do Turco Oriental e do Gentio
Que inda bebe o licor do santo Rio:

9 Inclinai por um pouco a majestade
Que nesse tenro gesto vos contemplo,
Que já se mostra qual na inteira idade,
Quando subindo ireis ao eterno Templo;
Os olhos da real benignidade
Ponde no chão: vereis um novo exemplo
De amor dos pátrios feitos valerosos,
Em versos divulgado numerosos.

---

8. *Do torpe*: do errado, da falsa religião. Os árabes (*Ismaelita*), descendentes de Ismael, filho de Abraão e de sua escrava Agar. Agar teria sido expulsa da casa onde servia, vagou pelo deserto e, após longo sofrimento, encontrou um local propício para criar seu filho, que constituiu família, da qual surgiram Maomé e toda a raça árabe. *Gentios*: todos os que não adotavam a fé cristã. *Do santo Rio*: o Ganges, que, segundo a lenda, nascia no Paraíso e, portanto, suas águas (*licor*, no sentido de líquido) eram sagradas, purificavam a alma e apagavam os pecados de quem nelas se banhasse.

10 Vereis amor da pátria, não movido
De prêmio vil, mas alto e quase eterno;
Que não é prêmio vil ser conhecido
Por um pregão do ninho meu paterno.
Ouvi: vereis o nome engrandecido
Daqueles de quem sois senhor superno,
E julgareis qual é mais excelente,
Se ser do mundo Rei, se de tal gente.

11 Ouvi: que não vereis com vãs façanhas,
Fantásticas, fingidas, mentirosas,
Louvar os vossos, como nas estranhas
Musas, de engrandecer-se desejosas:
As verdadeiras vossas são tamanhas
Que excedem as sonhadas, fabulosas,
Que excedem Rodamonte e o vão Rugeiro
E Orlando, inda que fora verdadeiro.

12 Por estes vos darei um Nuno fero,
Que fez ao Rei e ao Reino tal serviço,
Um Egas e um Dom Fuas, que de Homero
A cítara para eles só cobiço.
Pois pelos Doze Pares dar-vos quero

---

10. *Não movido de prêmio vil*: Camões não espera nenhuma recompensa material, pois a considera vergonhosa, mas busca o reconhecimento pela fama por apregoar (*pregão*) as glórias da pátria (*do ninho meu paterno*).

11. *Vãs façanhas, fantásticas*: feitos que não marcaram a história, irreais. *Estranhas Musas*: Inspirações dos autores estrangeiros, como as de Homero, Virgílio, Ariosto, que se basearam na ficção, inventaram fatos (*que excedem as sonhadas*). Destaca que as façanhas portuguesas são reais, marcaram a história.

Os Doze de Inglaterra e o seu Magriço.
Dou-vos também aquele ilustre Gama,
Que pera si de Eneias toma a fama.

13 Pois se, a troco de Carlos, Rei de França,
Ou de César, quereis igual memória,
Vede o primeiro Afonso, cuja lança
Escura faz qualquer estranha glória;
E aquele que a seu Reino a segurança
Deixou, co a grande e próspera vitória;
Outro Joane, invicto cavaleiro,
O quarto e quinto Afonsos e o terceiro.

14 Nem deixarão meus versos esquecidos
Aqueles que, nos Reinos lá da Aurora,
Se fizeram por armas tão subidos,
Vossa bandeira sempre vencedora:
Um Pacheco fortíssimo e os temidos
Almeidas, por quem sempre o Tejo chora,
Albuquerque terríbil, Castro forte,
E outros em quem poder não teve a morte.

15 E, enquanto eu estes canto e a vós não posso,
Sublime Rei, que não me atrevo a tanto,
Tomai as rédeas vós do Reino vosso,
Dareis matéria a nunca ouvido canto.
Comecem a sentir o peso grosso
(Que pelo mundo todo faça espanto)
De exércitos e feitos singulares
De África as terras e do Oriente os mares.

16 Em vós os olhos tem o Mouro frio,
Em quem vê seu exício afigurado;
Só com vos ver, o bárbaro Gentio
Mostra o pescoço ao jugo já inclinado;
Tét[h]is todo o cerúleo senhorio
Tem pera vós por dote aparelhado;
Que, afeiçoada ao gesto belo e tenro,
Deseja de comprar-vos pera genro.

17 Em vós se vem, da Olímpica morada,
Dos dous avôs as almas cá famosas;
Ũa, na paz angélica dourada,
Outra, pelas batalhas sanguinosas.
Em vós esperam ver-se renovada
Sua memória e obras valerosas;
E lá vos têm lugar, no fim da idade,
No templo da suprema Eternidade.

18 Mas enquanto este tempo passa lento
De regerdes os povos, que o desejam,
Dai vós favor ao novo atrevimento,
Pera que estes meus versos vossos sejam;
E vereis ir cortando o salso argento
Os vossos Argonautas, por que vejam
Que são vistos de vós no mar irado,
E costumai-vos já a ser invocado.

---

16. *Téthis*: a deusa do mar, filha do Céu e da Terra. Téthis tem preparado, para vos oferecer como dote, todo o seu azul domínio (*cerúleo senhorio*).

19 Já no largo Oceano navegavam,
As inquietas ondas apartando;
Os Ventos brandamente respiravam,
Das naus as velas côncavas inchando;
Da branca escuma os mares se mostravam
Cobertos, onde as proas vão cortando
As marítimas águas consagradas,
Que do gado de Próteu são cortadas.

20 Quando os Deuses no Olimpo luminoso,
Onde o governo está da humana gente,
Se ajuntam em consílio glorioso,
Sobre as cousas futuras do Oriente.
Pisando o cristalino Céu fermoso,
Vêm pela Via Láctea, juntamente
Convocados da parte de Tonante,
Pelo neto gentil do velho Atlante.

---

19. Após relatar os feitos gloriosos dos portugueses, de invocar as ninfas do Tejo pedindo-lhes inspiração e de dedicar sua obra ao rei D. Sebastião, ainda menor de idade, Camões agora inicia a narração propriamente dita, com a frota de Vasco da Gama preparada para a viagem às Índias.

20. *Olimpo*: monte onde moravam os deuses, em cujo ponto mais alto ficava Júpiter, a mais poderosa de todas as divindades, senhor do Céu e da Terra. *Tonante*: deriva do latim, *tonans*, *antis* (que troveja), referindo-se a Júpiter, que fazia as trovoadas. Filho de Júpiter, Atlante (do latim *Atlas, Atlantis*) foi encarregado de sustentar o mundo nos ombros, o que deu origem aos nomes Atlântico, Atlântida, e Atlas, que, por sua vez, são os nomes dos respectivos oceano, região e mapa. Sua filha, Maia, foi seduzida por Júpiter e, dessa união, nasceu Mercúrio (ou Hermes). O *neto gentil do velho Atlante* é, portanto, Mercúrio, o deus da eloquência, do comércio e dos ladrões, que, por ser também o mensageiro dos deuses, tinha asas na cabeça e nos calcanhares.

21 Deixam dos Sete Céus o regimento,
Que do Poder mais alto lhe foi dado,
Alto poder, que só co pensamento
Governa o Céu, a Terra e o Mar irado.
Ali se acharam juntos, num momento,
Os que habitam o Arcturo congelado
E os que o Austro têm e as partes onde
A Aurora na[s]ce e o claro Sol se esconde.

22 Estava o Padre ali, sublime e di[g]no,
Que vibra os feros raios de Vulcano,
Num assento de estrelas cristalino,
Com gesto alto, severo e soberano.
Do rosto respirava um ar divino,
Que divino tornara um corpo humano;
Com ũa coroa e cetro rutilante,
De outra pedra mais clara que diamante.

23 Em luzentes assentos, marchetados
De ouro e de perlas, mais aba[i]xo estavam
Os outros Deuses, todos assentados
Como a Razão e a Ordem concertavam
(Precedem os antigos, mais honrados,
Mais aba[i]xo os menores se assentavam);

---

21. *Deixam o governo dos Sete Céus*. À epoca de Camões, no sistema ptolomaico, entendia-se que a Terra era imóvel no centro do Universo. Em seu redor giravam sete esferas, ou céus, de sete planetas: a Lua, Mercúrio, Vênus, o Sol, Marte, Júpiter e Saturno.

22. *Padre*: forma arcaica de pai, fazendo-se alusão ao superior dos deuses, Júpiter. *Vulcano*: deus do fogo e do inferno, que fabricava os raios para Júpiter arremessar contra quem o merecesse.

Quando Júpiter alto, assi[m] dizendo,
Cum tom de voz começa grave e horrendo:

24 — Eternos moradores do luzente,
Estelífero Polo e claro Assento:
Se do grande valor da forte gente
De Luso não perdeis o pensamento,
Deveis de ter sabido claramente
Como é dos Fados grandes certo intento
Que por ela se esqueçam os humanos
De Assírios, Persas, Gregos e Romanos.

25 Já lhe foi (bem o vistes) concedido,
Cum poder tão singelo e tão pequeno,
Tomar ao Mouro forte e guarnecido
Toda a terra que rega o Tejo ameno.
Pois contra o Castelhano tão temido
Sempre alcançou favor do Céu sereno.
Assi[m] que sempre, enfim, com fama e glória,
Teve os troféus pendentes da vitória.

26 Deixo, Deuses, atrás a fama antiga
Que coa gente de Rômulo alcançaram,
Quando com Viriato, na inimiga
Guerra Romana, tanto se afamaram.
Também deixo a memória que os obriga
A grande nome, quando alevantaram
Um por seu capitão, que, peregrino,
Fingiu na cerva espírito divino.

27 Agora vedes bem que, cometendo
O duvidoso mar num lenho leve,
Por vias nunca usadas, não temendo
De África e Noto a força, a mais se atreve:
Que, havendo tanto já que as partes vendo
Onde o dia é comprido e onde breve,
Inclinam seu propósito e porfia
A ver os berços onde na[s]ce o dia.

28 Prometido lhe está do Fado eterno,
Cuja alta lei não pode ser quebrada,
Que tenham longos tempos o governo
Do mar que vê do Sol a roxa entrada.
Nas águas tem passado o duro Inverno;
A gente vem perdida e trabalhada;
Já parece bem feito que lhe seja
Mostrada a nova terra que deseja.

29 E porque, como vistes, têm passados
Na viagem tão ásperos perigos,
Tantos climas e céus exprimentados,
Tanto furor de ventos inimigos,
Que sejam, determino, agasalhados
Nesta costa Africana como amigos.
E, tendo guarnecida a lassa frota,
Tornarão a seguir sua longa rota.

30 Estas palavras Júpiter dizia,
Quando os Deuses, por ordem respondendo,
Na sentença um do outro diferia,
Razões diversas dando e recebendo.
O padre Baco ali não consentia

No que Júpiter disse, conhecendo
Que esquecerão seus feitos no Oriente
Se lá passar a Lusitana gente.

31 Ouvido tinha aos Fados que viria
Ũa gente fortíssima de Espanha
Pelo mar alto, a qual sujeitaria
Da Índia tudo quanto Dóris banha,
E com novas vitórias venceria
A fama antiga, ou sua ou fosse estranha.
Altamente lhe dói perder a glória
De que Nisa celebra inda a memória.

32 Vê que já teve o Indo so[b]jugado
E nunca lhe tirou Fortuna ou caso
Por vencedor da Índia ser cantado
De quantos bebem a água de Parnaso.
Teme agora que seja sepultado
Seu tão célebre nome em negro vaso
De água do esquecimento, se lá chegam
Os fortes Portugueses que navegam.

---

31. *Espanha*: denominação a toda península Ibérica, incluindo-se, portanto, Portugal. No Canto II, 97, Camões cita o nome Hispânia para se referir também à península Ibérica. *Dóris*: sinônimo de mar. *Nisa*: cidade lendária onde teria sido a residência e o lugar de nascimento de Baco.

32. *Parnaso*: montanha consagrada às Musas, na qual brotava a fonte Castália, cuja água transformava em poeta quem dela bebia. *Água do esquecimento*: referência ao rio Letes, que fazia esquecer todo o passado quem bebesse de sua água.

33 Sustentava contra ele Vênus bela,
Afeiçoada à gente Lusitana,
Por quantas qualidades via nela
Da antiga tão amada sua Romana;
Nos fortes corações, na grande estrela
Que mostraram na Terra Tingitana,
E na língua, na qual quando imagina,
Com pouca corrupção crê que é a Latina.

34 Estas causas moviam Citereia,
E mais, porque das Parcas claro entende
Que há de ser celebrada, a Clara Deia,
onde a gente belígera se estende.
Assi[m] que, um, pela infâmia que arreceia,
E o outro, pelas honras que pretende,
Debatem e na porfia permanecem;
A qualquer seus amigos favorecem.

35 Qual Austro fero ou Bóreas, na espessura
De silvestre arvoredo abastecida,
Rompendo os ramos vão da mata escura,
Com ímpeto e braveza desmedida;
(Brama toda [a] montanha, o som murmura,
Rompem-se as folhas, ferve a serra erguida):
Tal andava o tumulto, levantado
Entre os Deuses, no Olimpo consagrado.

34. *Citereia*: Vênus.

36 Mas Marte, que da Deusa sustentava
Entre todas as partes em porfia,
Ou porque o amor antigo o abrigava,
Ou porque a gente forte o merecia,
De entre os Deuses em pé se levantava
(Merencório no gesto parecia),
O forte escudo, ao colo pendurado,
Deitando pera trás, medonho e irado.

37 A viseira do elmo de diamante
Alevantando um pouco, mui seguro,
Por dar seu parecer se pôs diante
De Júpiter, armado, forte e duro;
E dando ũa pancada penetrante
Co conto do bastão no sólio puro,
O Céu tremeu, e Apolo, de torvado,
Um pouco a luz perdeu, como enfiado.

38 E disse assi[m]: — Ó Padre, a cujo império
Tudo aquilo obedece que criaste:
Se esta gente que busca outro Hemisfério,
Cuja valia e obras tanto amaste,
Não queres que padeçam vitupério,
Como há já tanto tempo que ordenaste,
Não ouças mais, pois és juiz direito,
Razões de quem parece que é suspeito.

39 Que, se aqui a razão se não mostrasse
Vencida do temor demasiado,
Bem fora que aqui Baco os sustentasse,
Pois que de Luso vem, seu tão privado;
Mas esta tenção sua agora passe,

Porque, enfim, vem de estâmago danado;
Que nunca tirará alheia inveja
O bem que outrem merece e o Céu deseja.

40 E tu, Padre de grande fortaleza,
Da determinação que tens tomada
Não tornes por detrás, pois é fraqueza
Desistir-se da cousa começada.
Mercúrio, pois excede em ligeireza
Ao vento leve e à seta bem talhada,
Lhe vá mostrar a terra onde se informe
Da Índia, e onde a gente se reforme.

41 Como isto disse, o Padre poderoso,
A cabeça inclinando, consentiu
No que disse Mavorte valeroso
E néctar sobre todos esparziu.
Pelo caminho Lácteo glorioso
Logo cada um dos Deuses se partiu
Fazendo seus reais acatamentos,
Pera os determinados apo[u]sentos.

42 Enquanto isto se passa na fermosa
Casa etérea do Olimpo o[m]nipotente,
Cortava o mar a gente belicosa
Já lá da banda do Austro e do Oriente,
Entre a costa Etiópica e a famosa
Ilha de São Lourenço; e o Sol ardente
Queimava então os Deuses que Tifeu
Co temor grande em pe[i]xes converteu.

43 Tão brandamente os ventos os levavam
Como quem o Céu tinha por amigo;
Sereno o ar e os tempos se mostravam,
Sem nuvens, sem receio de perigo.
O promontório Prasso já passavam
Na costa de Etiópia, nome antigo,
Quando o mar, descobrindo, lhe mostrava
Novas ilhas, que em torno cerca e lava.

44 Vasco da Gama, o forte Capitão,
Que a tamanhas empresas se oferece,
De soberbo e de altivo coração,
A quem Fortuna sempre favorece,
Pera se aqui deter não vê razão,
Que inabitada a terra lhe parece.
Por diante passar determinava.
Mas não lhe sucedeu como cuidava.

45 Eis aparecem logo em companhia
Uns pequenos batéis, que vêm daquela
Que mais chegada a terra parecia,
Cortando o longo mar com longa vela.
A gente se alvoroça e, de alegria,
Não sabe mais que olhar a causa dela.
— Que gente será esta? (em si diziam)
Que costumes, que Lei, que Rei teriam?

46 As embarcações eram na maneira
Mui veloces, estreitas e compridas;
As velas com que vêm eram de esteira,
De ũas folhas de palma, bem tecidas;
A gente da cor era verdadeira
Que Fáeton, nas terras acendidas,
Ao mundo deu, de ousado e não prudente,
O Pado o sabe e Lampetusa o sente.

47 De panos de algodão vinham vestidos,
De várias cores, brancos e listrados;
Uns trazem derredor de si cingidos,
Outros em modo airoso sobraçados;
Das cintas pera cima vêm despidos;
Por armas têm adagas e terçados;
Com toucas na cabeça; e, navegando,
Anafis sonorosos vão tocando.

48 Cos panos e cos braços acenavam
Às gentes Lusitanas, que esperassem;
Mas já as proas ligeiras se inclinavam,
Pera que junto às Ilhas amainassem.
A gente e marinheiros trabalhavam

---

46. Seus tripulantes eram da cor que Fáeton lhes dera, por ser ousado e imprudente. *Fáeton* ou *Faetonte*: filho de Apolo (deus do Sol) e de Climene. Um dia, Fáeton quis guiar o carro do sol. Por ser inexperiente, ousado e imprudente, permitiu que o carro se aproximasse muito da Terra, mais precisamente do continente africano, onde seus habitantes ficaram tostados pelo intenso calor. Daí a origem, segundo a lenda, da raça negra africana. Devido a esse fato, Júpiter fulminou Fáeton com um raio, fazendo-o cair morto no rio (*Pado*), provocando grande sofrimento à sua irmã Lampetusa.

Como se aqui os trabalhos se acabassem;
Tomam velas, amaina-se a verga alta,
Da âncora o mar ferido em cima salta.

49 Não eram ancorados, quando a gente
Estranha pelas cordas já subia.
No gesto ledos vêm, e humanamente
O Capitão sublime os recebia.
As mesas manda pôr em continente;
Do licor que Lieu prantado havia
Enchem vasos de vidro, e do que deitam
Os de Fáeton queimados nada enjeitam.

50 Comendo alegremente, perguntavam,
Pela Arábica língua, donde vinham,
Quem eram, de que terra, que buscavam,
Ou que partes do mar corrido tinham?
Os fortes Lusitanos lhe tornavam
As discretas re[s]postas que convinham:
— Os Portugueses somos do Ocidente,
Imos buscando as terras do Oriente.

51 Do mar temos corrido e navegado
Toda a parte do Antártico e Calisto,
Toda a costa Africana rodeado;
Diversos céus e terras temos visto;
Dum Rei potente somos, tão amado;
Tão querido de todos e benquisto,
Que não no largo Mar, com leda fronte,
Mas no lago entraremos de Aqueronte.

52 E por mandado seu buscando andamos
A terra Oriental que o Indo rega;
Por ele o mar remoto navegamos,
Que só dos feios focas se navega.
Mas já razão parece que saibamos,
Se entre vós a verdade não se nega,
Quem sois, que terra é esta que habitais,
Ou se tendes da Índia alguns sinais.

53 Somos, um dos das Ilhas lhe tornou,
Estrangeiros na terra, Lei e nação;
Que os próprios são aqueles que criou
A Natura, sem Lei e sem Razão.
Nós temos a Lei certa que ensinou
O claro descendente de Abraão,
Que agora tem do mundo o senhorio
(A mãe Hebreia teve e o pai Gentio).

54 Esta Ilha pequena que habitamos
É em toda esta terra certa escala,
De todos os que as ondas navegamos,
De Quíloa, de Mombaça e de Sofala.
E, por ser necessária, procuramos,
Como próprios da terra, de habitá-la;
E por que tudo enfim vos notifique
Chama-se a pequena Ilha: Moçambique.

---

54. *Certa escala*: porto, parada certa, obrigatória de todos os navegantes.

55 E já que de tão longe navegais,
Buscando o Indo Hidaspe e terra ardente,
Piloto aqui tereis, por quem sejais
Guiados pelas ondas sabiamente.
Também será bem feito que tenhais
Da terra algum refresco, e que o Regente
Que esta terra governa, que vos veja
E do mais necessário vos proveja.

56 Isto dizendo, o Mouro se tornou
A seus batéis com toda a companhia;
Do Capitão e gente se apartou
Com mostras de devida cortesia.
Nisto Febo nas águas encerrou,
Co carro de cristal, o claro dia,
Dando cargo à Irmã que alumiasse
O largo mundo, enquanto repousasse.

57 A noite se passou, na lassa frota,
Com estranha alegria e não cuidada,
Por acharem, da terra tão remota,
Nova de tanto tempo desejada.
Qualquer então consigo cuida e nota
Na gente e na maneira desusada,
E como os que na errada Seita creram,
Tanto por todo o mundo se estenderam.

---

55. *Hidaspe*: afluente do rio Indo. Tereis aqui um guia (*piloto*) para vos orientar habilmente.

58 Da Lua os claros raios rutilavam
Pelas argênteas ondas Neptuninas;
As Estrelas os Céus acompanhavam,
Qual campo revestido de boninas;
Os furiosos ventos repousavam
Pelas covas escuras peregrinas;
Porém da armada a gente vigiava,
Como por longo tempo costumava.

59 Mas, assi[m] como a Aurora marchetada
Os fermosos cabelos espalhou,
No céu sereno, abrindo a roxa entrada
Ao claro Hiperiônio, que acordou,
Começa a embandeirar-se toda a armada
E de toldos alegres se adornou,
Por receber com festas e alegria
O Regedor das Ilhas, que partia.

60 Partia, alegremente, navegando,
A ver as naus ligeiras Lusitanas,
Com refresco da terra, em si cuidando
Que são aquelas gentes inumanas
Que os apo[u]sentos Cáspios habitando,
A conquistar as terras Asianas
Vieram e, por ordem do Destino,
O Império tomaram a Co[n]stantino.

---

58. *Argênteas ondas Neptuninas*: as prateadas ondas de Netuno, o deus do mar. *Covas escuras peregrinas*: escuras cavernas escondidas, a morada dos ventos.

61 Recebe o Capitão alegremente
O Mouro e toda sua companhia;
Dá-lhe de ricas peças um presente,
Que só pera este efeito já trazia;
Dá-lhe conserva doce e dá-lhe o ardente,
Não usado licor, que dá alegria.
Tudo o Mouro contente bem recebe,
E muito mais contente come e bebe.

62 Está a gente marítima de Luso
Subida pela e[n]xárcia, de admirada,
Notando o estrangeiro modo e uso
E a linguagem tão bárbara e enleada.
Também o Mouro astuto está confuso,
Olhando a cor, o trajo e a forte armada;
E, perguntando tudo, lhe dizia
Se porventura vinham de Turquia.

63 E mais lhe diz, também, que ver deseja
Os livros de sua Lei, preceito ou fé,
Pera ver se conforme à sua seja,
Ou se são dos de Cristo, como crê;
E, por que tudo note e tudo veja,
Ao Capitão pedia que lhe dê
Mostra das fortes armas de que usavam
Quando cos inimigos pelejavam.

64 Responde o valeroso Capitão,
Por um que a língua escura bem sabia:
— Dar-te-ei, Senhor ilustre, relação

63. *Lei*: religião.

De mi[m], da Lei, das armas que trazia.
Nem sou da terra, nem da geração
Das gentes enojosas de Turquia:
Mas sou da forte Europa belicosa,
Busco as terras da Índia tão famosa.

65 A Lei tenho d'Aquele a cujo império
Obedece o visíbil e invisíbil,
Aquele que criou todo o Hemisfério,
Tudo o que sente e todo o insensíbil;
Que padeceu desonra e vitupério,
Sofrendo morte injusta e insofríbil,
E que do Céu à Terra, enfim, de[s]ceu.
Por subir os mortais da Terra ao Céu.

66 Deste Deus-Homem, alto e infinito,
Os livros que tu pedes não trazia,
Que bem posso escusar trazer escrito
Em papel o que na alma andar devia.
Se as armas queres ver, como tens dito,
Cumprido esse desejo te seria;
Como amigo as verás, porque eu me obrigo
Que nunca as queiras ver como inimigo.

67 Isto dizendo, manda os diligentes
Ministros amostrar as armaduras:
Vêm arneses e peitos reluzentes,
Malhas finas e lâminas seguras,
Escudos de pinturas diferentes,
Pelouros, espingardas de aço puras,
Arcos e sagitíferas aljavas,
Partazanas agudas, chuças bravas.

68 As bombas vêm de fogo, e juntamente
As panelas sulfúreas, tão danosas;
Porém aos de Vulcano não consente
Que dem fogo às bombardas temerosas;
Porque o generoso ânimo e valente,
Entre gentes tão poucas e medrosas,
Não mostra quanto pode; e com razão:
Que é fraqueza entre ovelhas ser leão.

69 Porém disto que o Mouro aqui notou,
E de tudo o que viu, com olho atento,
Um ódio certo na alma lhe ficou,
Ũa vontade má de pensamento.
Nas mostras e no gesto o não mostrou,
Mas, com risonho e ledo fingimento,
Tratá-los brandamente determina,
Até que mostrar possa o que imagina.

70 Pilotos lhe pedia o Capitão,
Por quem pudesse à Índia ser levado;
Diz-lhe que o largo prêmio levarão
Do trabalho que nisso for tomado.
Promete-lhos o Mouro, com tenção
De peito venenoso e tão danado
Que a morte, se pudesse, neste dia,
Em lugar de pilotos lhe daria.

71 Tamanho o ódio foi e a má vontade
Que aos estrangeiros súpito tomou,
Sabendo ser sequaces da Verdade
Que o filho de Davi nos ensinou.
Ó segredos daquela Eternidade

A quem juízo algum não alcançou:
Que nunca falte um pérfido inimigo
Àqueles de quem foste tanto amigo!

72 Partiu-se nisto, enfim, coa companhia,
Das naus o falso Mouro despedido,
Com enganosa e grande cortesia,
Com gesto ledo a todos e fingido.
Cortaram os batéis a curta via
Das águas de Neptuno; e recebido
Na terra do obsequente ajuntamento,
Se foi o Mouro ao cógnito apo[u]sento.

73 Do claro Assento etéreo, o grão Tebano
Que da paternal coxa foi na[s]cido,
Olhando o ajuntamento Lusitano
Ao Mouro ser molesto e avorrecido,
No pensamento cuida um falso engano,
Com que seja de todo destruído.
E, enquanto isto só na alma imaginava,
Consigo estas palavras praticava:

74 — Está do Fado já determinado
Que tamanhas vitórias, tão famosas,
Hajam os Portugueses alcançado
Das Indianas gentes belicosas.
E eu só, filho do Padre sublimado,
Com tantas qualidades generosas,

---

72. *Obsequente ajuntamento*: reunião de pessoas em atitude respeitosa. *Cógnito apousento*: conhecida morada.

Hei de sofrer que o Fado favoreça
Outrem, por quem meu nome se escureça?

75 Já quiseram os Deuses que tivesse
O filho de Filipo, nesta parte,
Tanto poder que tudo so[b]metesse
Deba[i]xo do seu jugo o fero Marte;
Mas há-se de sofrer que o Fado desse
A tão poucos tamanho esforço e arte,
Que eu, co grão Macedônio e Romano,
Demos lugar ao nome Lusitano?

76 Não será assi[m], porque, antes que chegado
Seja este Capitão, astutamente
Lhe será tanto engano fabricado
Que nunca veja as partes do Oriente.
Eu de[s]cerei à Terra e o indignado,
Peito revolverei da Maura gente;
Porque sempre por via irá direita
Quem do oportuno tempo se aproveita.

77 Isto dizendo, irado e quase insano,
Sobre a terra Africana descendeu,
Onde, vestindo a forma e gesto humano,
Pera o Prasso sabido se moveu.
E, por melhor tecer o astuto engano,
No gesto natural se converteu
Dum Mouro, em Moçambique conhecido,
Velho, sábio, e co Xeque mui valido.

---

75. *O filho de Filipo*: Alexandre Magno. *Nesta parte*: na Índia.

78 E entrando assi[m] a falar-lhe, a tempo e horas
A sua falsidade acomodadas,
Lhe diz como eram gentes roubadoras
Estas que ora de novo são chegadas;
Que das nações na costa moradoras
Correndo a fama veio que roubadas
Foram por estes homens que passavam,
Que com pactos de paz sempre ancoravam.

79 — E sabe mais, lhe diz, como entendido
Tenho destes Cristãos sanguinolentos,
Que quase todo o mar têm destruído
Com roubos, com incêndios violentos;
E trazem já de longe engano urdido
Contra nós; e que todos os seus intentos
São pera nos matarem e roubarem,
E mulheres e filhos cativarem.

80 E também sei que tem determinado
De vir por água a terra, muito cedo,
O Capitão, dos seus acompanhado,
Que da tenção danada na[s]ce o medo.
Tu deves de ir também cos teus armado
Esperá-lo em cilada, oculto e quedo;
Porque, saindo a gente descuidada,
Cairão facilmente na cilada.

81 E se inda não ficarem deste jeito
Destruídos ou mortos totalmente,

---

81. *Imaginado no conceito*: planejado na mente, ideia no pensamento. *Piloto astuto e tão prudente no engano*: guia esperto e tão hábil no disfarce, na mentira.

Eu tenho imaginado no conceito
Outra manha e ardil que te contente:
Manda-lhe dar piloto que de jeito
Seja astuto no engano, e tão prudente
Que os leve aonde sejam destruídos,
Desbaratados, mortos ou perdidos.

82 Tanto que estas palavras acabou
O Mouro, nos tais casos sábio e velho,
Os braços pelo colo lhe lançou,
Agradecendo muito o tal conselho;
E logo nesse instante concertou
Pera a guerra o belígero aparelho,
Pera que ao Português se lhe tornasse
Em roxo sangue a água que buscasse.

83 E busca mais, pera o cuidado engano,
Mouro que por piloto à nau lhe mande
Sagaz, astuto e sábio em todo o dano,
De quem fiar se possa um feito grande.
Diz-lhe que, acompanhando o Lusitano,
Por tais costas e mares co ele ande
Que, se daqui escapar, que lá diante
Vá cair onde nunca se alevante.

84 Já o raio Apolíneo visitava
Os Montes Nabateios acendido,
Quando [o] Gama cos seus determinava

---

82. Assim que Baco acabou de dizer estas palavras, o Mouro, conhecedor profundo desses assuntos e muito experiente, preparou (*concertou*) para a guerra os instrumentos bélicos (*belígero aparelho*).

De vir por água a terra apercebido.
A gente nos batéis se concertava
Como se fosse o engano já sabido;
Mas pôde suspeitar-se facilmente,
Que o coração pressago nunca mente.

85 E mais também mandado tinha a terra,
De antes, pelo piloto necessário,
E foi-lhe respondido em som de guerra,
Caso do que cuidava mui contrário;
Por isto, e porque sabe quanto erra
Quem se crê de seu pérfido adversário,
Apercebido vai como podia
Em três batéis somente que trazia.

86 Mas os Mouros que andavam pela praia,
Por lhe defender a água desejada,
Um de escudo embraçado e de azagaia,
Outro de arco encurvado e seta ervada,
Esperam que a guerreira gente saia,
Outros muitos já postos em cilada.
E, porque o caso leve se lhe faça,
Põe uns poucos diante por negaça.

87 Andam pela ribeira alva, arenosa,
Os belicosos Mouros acenando
Com a adarga é coa hástea perigosa,
Os fortes Portugueses incitando.

---

86. *Por lhe defender a água desejada*: para proibir que se abastecesse da água desejada, necessária.

Não sofre muito a gente generosa
Andar-lhe os Cães os dentes amostrando;
Qualquer em terra salta tão ligeiro,
Que nenhum dizer pode que é primeiro:

88 Qual no corro sanguino o ledo amante,
Vendo a fermosa dama desejada,
O touro busca, e pondo-se diante,
Salta, corre, sibila, acena e brada,
Mas o animal atroce, nesse instante,
Com a fronte cornígera inclinada,
Bramando duro corre e os olhos cerra,
Derriba, fere e mata e põe por terra.

89 Eis nos batéis o fogo se levanta
Na furiosa e dura artilheria,
A plúmbea pela mata, o brado espanta,
Ferido, o ar retumba e assovia.
O coração dos Mouros se quebranta,
O temor grande o sangue lhe resfria.
Já foge o escondido, de medroso,
E morre o descoberto aventuroso.

90 Não se contenta a gente Portuguesa,
Mas, seguindo a vitória, estrui e mata;
A povoação sem muro e sem defesa
Esbombardeia, acende e desbarata.
Da cavalgada ao Mouro já lhe pesa,
Que bem cuidou comprá-la mais barata;

---

89. *Plúmbea pela*: bola de chumbo.

Já blasfema da guerra, e maldizia,
O velho inerte e a mãe que o filho cria.

91 Fugindo, a seta o Mouro vai tirando
Sem força, de covarde e de apressado,
A pedra, o pau e o canto arremessando;
Dá-lhe armas o furor desatinado.
Já a Ilha, e todo o mais, desamparando,
À terra firme foge amedrontado;
Passa e corta do mar o estreito braço
Que a Ilha em torno cerca, em pouco espaço.

92 Uns vão nas almadias carregadas,
Um corta o mar a nado, diligente;
Quem se afoga nas ondas encurvadas,
Quem bebe o mar e o deita juntamente.
Arrombam as miúdas bombardadas
Os pangaios su[b]tis da bruta gente.
Destarte o Português, enfim, castiga
A vil malícia, pérfida, inimiga.

93 Tornam vitoriosos pera a armada,
Co despojo da guerra e rica presa,
E vão a seu prazer fazer aguada,
Sem achar resistência nem defesa.
Ficava a Maura gente magoada,
No ódio antigo mais que nunca acesa;

---

92. *Almadias*: pequenos barcos, usados pelos selvagens da região, os cafres.

93. *Rica presa*: despojos do inimigo. *Fazer aguada*: abastecer-se de água.

E, vendo sem vingança tanto dano,
Somente estriba no segundo engano.

94 Pazes cometer manda, arrependido,
O Regedor daquela iníq[u]a terra,
Sem ser dos Lusitanos entendido
Que, em figura de paz, lhe manda guerra;
Porque o piloto falso prometido,
Que toda a má tenção no peito encerra,
Pera os guiar à morte lhe mandava,
Como em sinal das pazes que tratava.

95 O Capitão, que já lhe então convinha
Tornar a seu caminho acostumado,
Que tempo concertado e ventos tinha
Pera ir buscar o Indo desejado,
Recebendo o piloto que lhe vinha,
Foi dele alegremente agasalhado,
E respondendo ao mensageiro, a tento,
Às velas manda dar ao largo vento.

96 Destarte despedida, a forte armada
As ondas de Anfitrite dividia,
Das filhas de Nereu acompanhada,
Fiel, alegre e doce companhia.
O Capitão, que não caía em nada
Do enganoso ardil que o Mouro urdia,
Dele mui largamente se informava
Da Índia toda, e costas que passava.

---

96. *Anfitrite:* deusa do mar. *Filhas de Nereu*: Nereidas.

97 Mas o Mouro, instruído nos enganos
Que o malévolo Baco lhe ensinara,
De morte ou cativeiro novos danos,
Antes que à Índia chegue, lhe prepara.
Dando razão dos portos Indianos,
Também tudo o que pede lhe declara,
Que, havendo por verdade o que dizia,
De nada a forte gente se temia.

98 E diz-lhe mais, co falso pensamento
Com que Sinon os Frígios enganou,
Que perto está ũa Ilha cujo assento
Povo antigo Cristão sempre habitou.
O Capitão, que a tudo estava a tento,
Tanto com estas novas se alegrou
Que com dádivas grandes lhe rogava
Que o leve à terra onde esta gente estava.

99 O mesmo o falso Mouro determina
Que o seguro Cristão lhe manda e pede;
Que a Ilha é possuída da mali[g]na
Gente que segue o torpe Mafamede.
Aqui o engano e morte lhe imagina,
Porque em poder e forças muito excede
À Moçambique esta Ilha, que se chama
Quíloa, mui conhecida pela fama.

100 Pera lá se inclinava a leda frota;
Mas a Deusa em Citera celebrada,
Vendo como deixava a certa rota
Por ir buscar a morte não cuidada,
Não consente que em terra tão remota

Se perca a gente dela tanto amada,
E com ventos contrários a desvia
Donde o piloto falso a leva e guia.

101 Mas o malvado Mouro, não podendo
Tal determinação levar avante,
Outra maldade iníq[u]a cometendo,
Ainda em seu propósito constante,
Lhe diz que, pois as águas, discorrendo,
Os levaram por força por diante,
Que outra Ilha têm perto, cuja gente
Eram Cristãos com Mouros juntamente.

102 Também nestas palavras lhe mentia,
Como por regimento, enfim, levava;
Que aqui gente de Cristo não havia,
Mas a que a Mafamede celebrava.
O Capitão, que em tudo o Mouro cria,
Virando as velas, a Ilha demandava;
Mas, não querendo a Deusa guardadora,
Não entra pela barra, e surge fora.

103 Estava a Ilha à terra tão chegada
Que um estreito pequeno a dividia;
Ũa cidade nela situada,
Que na fronte do mar aparecia,
De nobres edifícios fabricada,
Como por fora, ao longe, descobria,
Regida por um Rei de antiga idade:
Mombaça é o nome da Ilha e da cidade.

104 E sendo a ela o Capitão chegado,
Estranhamente ledo porque espera
De poder ver o povo ba[p]tizado,
Como o falso piloto lhe dissera,
Eis vêm batéis da terra com recado
Do Rei, que já sabia a gente que era;
Que Baco muito de antes o avisara,
Na forma doutro Mouro, que tomara.

105 O recado que trazem é de amigos,
Mas deba[i]xo o veneno vem coberto,
Que os pensamentos eram de inimigos,
Segundo foi o engano descoberto.
Oh! Grandes e gravíssimos perigos,
Oh! Caminho de vida nunca certo,
Que aonde a gente põe sua esperança
Tenha a vida tão pouca segurança!

106 No mar tanta tormenta e tanto dano,
Tantas vezes a morte apercebida;
Na terra tanta guerra, tanto engano,
Tanta necessidade avorrecida!
Onde pode acolher-se um fraco humano,
Onde terá segura a curta vida,
Que não se arme e se indigne o Céu sereno
Contra um bicho da terra tão pequeno?

---

104. *Povo batizado*: cristãos.

Canto segundo

1 Já neste tempo o lúcido Planeta
Que as horas vai do dia distinguindo
Chegava à desejada e lenta meta,
A luz celeste às gentes encobrindo,
E da Casa marítima secreta
Lhe estava o Deus Nocturno a porta abrindo,
Quando as infidas gentes se chegaram
Às naus, que pouco havia que ancoraram.

2 Dentre eles um que traz encomendado
O mortífero engano, assi[m] dizia:
— Capitão valeroso, que cortado
Tens de Neptuno o reino e salsa via,
O Rei que manda esta Ilha, alvoroçado
Da vinda tua, tem tanta alegria
Que não deseja mais que agasalhar-te,
Ver-te e do necessário reformar-te.

3 E porque está em extremo desejoso
De te ver, como cousa nomeada,
Te roga que, de nada receoso,
Entres a barra, tu com toda [a] armada
E porque do caminho trabalhoso
Trarás a gente débil e cansada,
Diz que na terra podes reformá-la,
Que a natureza obriga a desejá-la.

4 E se buscando vás mercadoria
Que produze o aurífero Levante,

Canela, cravo, ardente especiaria
Ou droga salutífera e prestante;
Ou se queres luzente pedraria,
O rubi fino, o rígido diamante,
Daqui levarás tudo tão sobejo
Com que faças o fim a teu desejo.

5 Ao mensageiro o Capitão responde,
As palavras do Rei agradecendo,
E diz que, porque o Sol no mar se esconde,
Não entra pera dentro, obedecendo;
Porém que, como a luz mostrar por onde
Vá sem perigo a frota, não temendo,
Cumprirá sem receio seu mandado,
Que a mais por tal senhor está obrigado.

6 Pergunta-lhe de[s]pois se estão na terra
Cristãos, como o piloto lhe dizia;
O mensageiro astuto, que não erra,
Lhe diz que a mais da gente em Cristo cria.
Desta sorte do peito lhe desterra
Toda a suspeita e cauta fantasia;
Por onde o Capitão seguramente
Se fia da infiel e falsa gente.

7 E de alguns que trazia condenados
Por culpas e por feitos vergonhosos;
Porque pudessem ser aventurados
Em casos desta sorte duvidosos,

---

6. *Que não erra*: que não se descuida, vigilante. *A mais da gente*: a maioria da população.

Manda dous mais sagazes, ensaiados,
Por que notem dos Mouros enganosos
A cidade e poder, e porque vejam
Os Cristãos, que só tanto ver desejam.

8 E por estes ao Rei presentes manda,
Porque a boa vontade que mostrava
Tenha firme, segura, limpa e branda,
A qual bem ao contrário em tudo estava.
Já a companhia pérfida e nefanda
Das naus se despedia e o mar cortava.
Foram com gestos ledos e fingidos,
Os dous da frota em terra recebidos.

9 E de[s]pois que ao Rei apresentaram,
Co recado, os presentes que traziam,
A cidade correram, e notaram
Muito menos daquilo que queriam;
Que os Mouros cautelosos se guardaram
De lhe mostrarem tudo o que pediam.
Que onde reina a malícia, está o receio
Que a faz imaginar no peito alheio.

10 Mas aquele que sempre a mocidade
Tem no rosto perpétua, e foi na[s]cido
De duas mães, que urdia a falsidade

---

10. A mitologia descreve que Semele deu à luz antes do tempo. Júpiter, para salvar a criança, introduziu-a na carne de uma de suas coxas e conservou-a aí até completar o tempo normal de gestação. Trata-se do nascimento de Baco. Daí dizer que ele é filho de duas mães, representado-o sempre como jovem imberbe (I,73).

Por ver o navegante destruído,
Estava nua casa da cidade,
Com rosto humano e hábito fingido,
Mostrando-se Cristão, e fabricava
Um altar suntuoso que adorava.

11 Ali tinha em retrato afigurada
Do alto e Santo [E]spírito a pintura,
A cândida Pombinha, debuxada
Sobre a única Fênix, virgem pura.
A companhia santa está pintada,
Dos doze, tão torvados na figura
Como os que, só das línguas que caíram
De fogo, várias línguas referiram.

12 Aqui os dous companheiros, conduzidos
Onde com este engano Baco estava,
Põe em terra os giolhos, e os sentidos
Naquele Deus que o Mundo governava.
Os cheiros excelentes, produzidos
Na Pancaia odorífera, queimava
O Tioneu, e assi[m] por derradeiro
O falso Deus adora o verdadeiro.

---

11. Tinha a imagem em pintura (*em retrato a pintura*) representando (*afigurada*) o Espírito Santo, a cândida Pombinha, desenhada (*debuxada*) sobre a única, verdadeira Fênix, a Virgem Maria, mãe de Jesus (*virgem pura*). *Pombinha*: ave que sintetiza a pureza, por isso os cristãos a consideravam como a representação do Espírito Santo.

12. *Giolhos*: joelhos. *Tioneu*: outro nome de Baco. Este queimava incenso (*queimava os cheiros excelentes*) e, por fim (*por derradeiro*), o falso Deus fingia adorar o verdadeiro.

13 Aqui foram de noite agasalhados,
Com todo o bom e honesto tratamento,
Os dous Cristãos, não vendo que enganados
Os tinha o falso e santo fingimento.
Mas assi[m] como os raios espalhados
Do Sol foram no mundo, e num momento
Apareceu no rúbido Horizonte
Na moça de Titão a roxa fronte.

14 Tornam da terra os Mouros co recado
Do Rei pera que entrassem, e consigo
Os dous que o Capitão tinha mandado,
A quem se o Rei mostrou sincero amigo;
E sendo o Português certificado
De não haver receio de perigo
E que gente de Cristo em terra havia,
Dentro no salso rio entrar queria.

15 Dizem-lhe os que mandou que em terra viram
Sacras aras e sacerdote santo;
Que ali se agasalharam e dormiram
Enquanto a luz cobriu o escuro manto;
E que no Rei e gentes não sentiram
Senão contentamento e gosto tanto
Que não podia, certo, haver suspeita
Nua mostra tão clara e tão perfeita.

---

14. *Salso rio*: rio salgado. Não se tratava de um rio, mas sim de um canal que entrava no porto, separando a ilha de Mombaça da costa africana.

15. *Sacras aras*: altares sagrados. *Enquanto o escuro manto cobriu a luz* (escureceu).

16 Co isto o nobre Gama recebia
Alegremente os Mouros que subiam;
Que levemente um ânimo se fia
De mostras que tão certas pareciam.
A nau da gente pérfida se enchia,
Deixando a bordo os barcos que traziam.
Alegres vinham todos porque crêm
Que a presa desejada certa tem.

17 Na terra cautamente aparelhavam
Armas e munições, que, como vissem
Que no rio os navios ancoravam,
Neles ousadamente se subissem;
E nesta traição determinavam
Que os de Luso de todo destruíssem,
E que, incautos, pagassem deste jeito
O mal que em Moçambique tinham feito.

18 As âncoras tenaces vão levando,
Com a náutica grita costumada;
Da proa as velas sós ao vento dando,
Inclinam pera a barra abalizada.
Mas a linda Ericina, que guardando
Andava sempre a gente assinalada,
Vendo a cilada grande e tão secreta,
Voa do Céu ao Mar como ũa seta.

19 Convoca as alvas filhas de Nereu,
Com toda a mais cerúlea companhia,
Que, porque no salgado Mar na[s]ceu,
Das águas o poder lhe obedecia.
E propondo-lhe a causa a que de[s]ceu,

Com todas juntamente se partia
Pera estorvar que a armada não chegasse
Aonde pera sempre se acabasse.

20 Já na água erguendo vão, com grande pressa,
Com as argênteas caudas branca escuma;
Cloto co peito corta e atravessa
Com mais furor o mar do que costuma.
Salta Nise, Nerine se arremessa
Por cima da água crespa em força suma.
Abrem caminho as ondas encurvadas,
De temor das Nereidas apressadas.

21 Nos ombros de um Tritão, com gesto aceso,
Vai a linda Dione furiosa;
Não sente quem a leva o doce peso,
De soberbo com carga tão fermosa.
Já chegam perto donde o vento teso
Enche as velas da frota belicosa;
Repartem-se e rodeiam nesse instante
As naus ligeiras, que iam por diante.

22 Põe-se a Deusa com outras em direito
Da proa capitaina, e ali fechando
O caminho da barra, estão de jeito
Que em vão assopra o vento, a vela inchando.
Põe no madeiro duro o brando peito,

---

21. *Um Tritão*: um dos tritões, deuses marinhos, metade homem e metade (cauda) peixe. Era mensageiro de Netuno (o deus do mar). *Dione*: Vênus, a protetora dos portugueses. *Vento teso*: vento que mantém as velas esticadas.

Pera detrás a forte nau forçando;
Outras em derredor levando-a estavam
E da barra inimiga a desviavam.

23 Quais pera a cova as próvidas formigas,
Levando o peso grande acomodado,
As forças exercitam, de inimigas
Do inimigo Inverno congelado;
Ali são seus trabalhos e fadigas,
Ali mostram vigor nunca esperado:
Tais andavam as Ninfas, estorvando
À gente Portuguesa o fim nefando.

24 Torna pera detrás a nau, forçada,
Apesar dos que leva, que, gritando,
Mareiam velas; ferve a gente irada,
O leme a um bordo e a outro atravessando.
O mestre astuto em vão da popa brada,
Vendo como diante ameaçando
Os estava um marítimo penedo,
Que de quebrar-lhe a nau lhe mete medo.

25 A celeuma medonha se alevanta
No rudo marinheiro que trabalha;
O grande estrondo a Maura gente espanta
Como se vissem hórrida batalha.
Não sabem a razão de fúria tanta,
Não sabem nesta pressa quem lhe valha;
Cuidam que seus enganos são sabidos
E que hão de ser por isso aqui punidos.

26 Ei-los subitamente se lançavam
A seus batéis veloces que traziam;
Outros em cima o mar alevantavam
Saltando na água, a nado se acolhiam;
De um bordo e doutro súbito saltavam,
Que o medo os compelia do que viam;
Que antes querem ao mar aventurar-se
Que nas mãos inimigas entregar-se.

27 Assi[m] como em selvática alagoa
As rãs, no tempo antigo Lícia gente,
Se sentem porventura vir pessoa,
Estando fora da água incautamente,
Daqui e dali saltando (o charco soa),
Por fugir ao perigo que se sente,
E, acolhendo-se ao couto que conhecem,
Sós as cabeças na água lhe aparecem:

28 Assi[m] fogem os Mouros; e o piloto,
Que ao perigo grande as naus guiara,
Crendo que seu engano estava noto,
Também foge, saltando na água amara.
Mas, por não darem no penedo imoto,
Onde percam a vida doce e cara,
A âncora solta logo a capitaina,
Qualquer das outras junto dela amaina.

29 Vendo o Gama, atentado, a estranheza
Dos Mouros, não cuidada, e juntamente
O piloto fugir-lhe com presteza,
Entende o que ordenava a bruta gente;
E vendo, sem contraste e sem braveza

Dos ventos ou das águas sem corrente,
Que a nau passar avante não podia,
Havendo-o por milagre, assi[m] dizia:

30 — Oh! Caso grande, estranho e não cuidado,
Oh! Milagre claríssimo e evidente,
Oh! Descoberto engano inopinado,
Oh! Pérfida, inimiga e falsa gente!
Quem poderá do mal aparelhado
Livrar-se sem perigo, sabiamente,
Se lá de cima a Guarda Soberana
Não acudir à fraca força humana?

31 Bem nos mostra a Divina Providência
Destes portos a pouca segurança;
Bem claro temos visto na aparência
Que era enganada a nossa confiança.
Mas pois saber humano nem prudência
Enganos tão fingidos não alcança
Ó tu, Guarda Divina, tem cuidado
De quem sem ti não pode ser guardado!

32 E, se te move tanto a piedade
Desta mísera gente peregrina,
Que, só por tua altíssima bondade,
Da gente a salvas pérfida e mali[g]na,
Nalgum porto seguro de verdade

---

30. *Caso grande, estranho e não cuidado*: caso extraordinário, raro e inesperado. *Aparelhado*: preparado, planejado. *Guarda Soberana*: Divina Providência.

32. *Gente peregrina*: povo estrangeiro, que está em terra estranha. *Terra que buscamos*: terras da Índia.

Conduzir-nos, já agora, determina,
Ou nos amostra a terra que buscamos,
Pois só por teu serviço navegamos.

33 Ouviu-lhe estas palavras piedosas
A fermosa Dione e, comovida,
Dentre as Ninfas se vai, que saudosas
Ficaram desta súbita partida.
Já penetra as Estrelas luminosas,
Já na terceira Esfera recebida
Avante passa, e lá no Sexto céu,
Pera onde estava o Padre, se moveu.

34 E, como ia afrontada do caminho,
Tão fermosa no gesto se mostrava
Que as Estrelas e o Céu e o Ar vizinho
E tudo quanto a via, namorava.
Dos olhos, onde faz seu filho o ninho,
Nuns espíritos vivos inspirava
Com que os Polos gelados acendia,
E tornava do Fogo a esfera, fria.

35 E, por mais namorar o soberano
Padre, de quem foi sempre amada e cara,
Se lhe apresenta assi[m] como ao Troiano,
Na selva Ideia, já se apresentara.
Se a vira o caçador que o vulto humano
Perdeu, vendo Diana na água clara,
Nunca os famintos galgos o mataram,
Que primeiro desejos o acabaram.

36 Os crespos fios de ouro se esparziam
Pelo colo que a neve escurecia;
Andando, as lácteas tetas lhe tremiam,
Com quem Amor brincava e não se via.
Da alva petrina flamas lhe saíam,
Onde o menino as almas acendia.
Pelas lisas colunas lhe trepavam
Desejos, que como [h]era se enrolavam.

37 Cum delgado cendal as partes cobre
De quem vergonha é natural reparo;
Porém nem tudo esconde nem descobre
O véu, dos roxos lírios pouco avaro;
Mas, pera que o desejo acenda e dobre,
Lhe põe diante aquele obje[c]to raro.
Já se sentem no Céu, por toda a parte,
Ciúmes em Vulcano, amor em Marte.

38 E mostrando no angélico sembrante
Co riso ũa tristeza misturada,
Como dama que foi do incauto amante
Em brincos amorosos maltratada,
Que se aqueixa e se ri num mesmo instante
E se torna entre alegre magoada,
Destarte a Deusa a quem nenhũa iguala,
Mais mimosa que triste, ao Padre fala:

39 — Sempre eu cuidei, ó Padre poderoso,
Que, pera as cousas que eu do peito amasse,
Te achasse brando, afábil e amoroso,
Posto que a algum contrário lhe pesasse;
Mas, pois que contra mi[m] te vejo iroso,

Sem que to merecesse nem te errasse,
Faça-se como Baco determina;
Assentarei, enfim, que fui mofina.

40 Este povo, que é meu, por quem derramo
As lágrimas que em vão caídas vejo,
Que assaz de mal lhe quero pois que o amo,
Sendo tu tanto contra meu desejo,
Por ele a ti rogando, choro e bramo,
E contra minha dita enfim pelejo.
Ora pois, porque o amo é mal tratado,
Quero-lhe querer mal: será guardado.

41 Mas moura, enfim, nas mãos das brutas gentes,
Que pois eu fui... — E nisto, de mimosa,
O rosto banha em lágrimas ardentes,
Como co orvalho fica a fresca rosa.
Calada um pouco, como se entre os dentes
Lhe impedira a fala piedosa,
Torna a segui-la; e, indo por diante,
Lhe atalha o poderoso e grão Tonante.

42 E destas brandas mostras comovido,
Que moveram de um tigre o peito duro,
Co vulto alegre, qual, do Céu subido,
Torna sereno e claro o ar escuro,
As lágrimas, lhe alimpa e, acendido,
Na face a beija e abraça o colo puro.
De modo que dali, se só se achara,
Outro novo Cupido se gerara.

43 E co seu apertando o rosto amado,
Que os soluços e lágrimas aumenta,
Como menino da ama castigado,
Que quem no afaga o choro lhe acre[s]centa,
Por lhe pôr em sossego o peito irado,
Muitos casos futuros lhe apresenta,
Dos Fados as entranhas revolvendo.
Desta maneira, enfim, lhe está dizendo:

44 — Fermosa filha minha, não temais
Perigo algum nos vossos Lusitanos,
Nem que ninguém comigo possa mais
Que esses chorosos olhos soberanos;
Que eu vos prometo, filha, que vejais
Esquecerem-se Gregos e Romanos,
Pelos ilustres feitos que esta gente
Há de fazer nas partes do Oriente.

45 Que, se o facundo Ulisses escapou
De ser na Ogígia Ilha eterno escravo,
E se Antenor os seios penetrou
Ilíricos e a fonte do Timavo,
E se o piedoso Eneias navegou
De Cila e de Caríbdis o mar bravo,
Os vossos, mores cousas atentando,
Novos mundos ao mundo irão mostrando.

---

44. *Esquecerem-se Gregos e Romanos*: os feitos dos gregos e romanos serão esquecidos.

46 Fortalezas, cidades e altos muros
Por eles vereis, filha, edificados;
Os Turcos belacíssimos e duros
Deles sempre vereis desbaratados.
Os Reis da Índia, livres e seguros,
Vereis ao Rei potente so[b]jugados,
E por eles, de tudo enfim senhores,
Serão dadas na terra leis melhores.

47 Vereis este que agora, pressuroso,
Por tantos medos o Indo vai buscando,
Tremer dele Neptuno, de medroso,
Sem vento suas águas encrespando.
Oh! Caso nunca visto e milagroso,
Que trema e ferva o mar, em calma estando!
Oh! Gente forte e de altos pensamentos,
Que também dela hão medo os Elementos!

48 Vereis a terra que a água lhe tolhia
Que inda há de ser um porto mui decente,
Em que vão descansar da longa via
As naus que navegarem do Ocidente.
Toda esta costa, enfim, que agora urdia
O mortífero engano, obediente
Lhe pagará tributos, conhecendo
Não poder resistir ao Luso horrendo.

---

46. *Turcos belacíssimos e duros*: turcos muito aguerridos e cruéis. *Leis melhores*: leis mais justas.

48. *Vereis a terra que a água lhe tolhia*: alusão à ilha de Moçambique, onde os portugueses foram impedidos de se abastecerem de água (relato em I, 86). *Longa via*: longa viagem. *Mortífero engano*: cilada mortal. *Luso horrendo*: temíveis portugueses.

49 E vereis o Mar Roxo, tão famoso,
Tornar-se-lhe amarelo, de enfiado;
Vereis de Ormuz o Reino poderoso
Duas vezes tomado e so[b]jugado.
Ali vereis o Mouro furioso
De suas mesmas setas traspassado;
Que quem vai contra os vossos, claro veja
Que, se resiste, contra si peleja.

50 Vereis a inexpugnábil Dio forte
Ali se mostrará seu preço e sorte,
Que dous cercos terá, dos vossos sendo.
Feitos de armas grandíssimos fazendo.
Invejoso vereis o grão Mavorte
Do peito Lusitano, fero e horrendo.
Do Mouro ali verão que a voz extrema
Do falso Ma[h]amede ao Céu blasfema.

51 Goa vereis aos Mouros ser tomada,
A qual virá de[s]pois a ser senhora
De todo o Oriente, e sublimada
Cos triunfos da gente vencedora.
Ali, soberba, altiva e exalçada,
Ao Gentio que os ídolos adora
Duro freio porá, e a toda a terra
Que cuidar de fazer aos vossos guerra.

52 Vereis a fortaleza sustentar-se
De Cananor, com pouca força e gente;
E vereis Calecu desbaratar-se,
Cidade populosa e tão potente;
E vereis em Cochim assinalar-se
Tanto um peito soberbo e insolente,
Que cítara jamais cantou vitória
Que assi[m] mereça eterno nome e glória.

53 Nunca com Marte instruto e furioso
Se viu ferver Leucate, quando Augusto
Nas civis Áctias guerras, animoso,
O Capitão venceu Romano injusto,
Que dos povos da Aurora e do famoso
Nilo e do Bactra Cítico e robusto
A vitória trazia e presa rica,
Preso da Egípcia linda e não pudica:

54 Como vereis o mar fervendo aceso
Cos incêndios dos vossos, pelejando,
Levando o Idololatra e o Mouro preso,
De nações diferentes triunfando.
E, sujeita a rica Áurea Quersoneso,
Até o longínq[u]o China navegando
E as Ilhas mais remotas do Oriente,
Ser-lhe-á todo o Oceano obediente.

---

52. *Cananor*: cidade pertencente a Portugal. *Força*: munições, armas de guerra. *Calecu* ou *Calecute*: cidade onde Vasco da Gama desembarcou. *Um peito soberbo e insolente*: um coração soberbo, altivo e audaz.

54. *O mar fervendo aceso*: o mar das Índias como campo de batalha (como relata em II, 47), aceso, fervendo com o fogo da artilharia portuguesa.

55 De modo, filha minha, que de jeito
Amostrarão esforço mais que humano,
Que nunca se verá tão forte peito,
Do Gangético mar ao Gaditano,
Nem das Boreais ondas do Estreito
Que mostrou o agravado Lusitano,
Posto que em todo o mundo, de afrontados,
Ressu[s]citassem todos os passados.

56 Como isto disse, manda o consagrado
Filho de Maia à Terra, por que tenha
Um pacífico porto e sossegado,
Pera onde sem receio a frota venha;
E, pera que em Mombaça, aventurado,
O forte Capitão se não detenha,
Lhe manda mais que em sonhos lhe mostrasse
A terra onde quieto repousasse.

57 Já pelo ar o Cileneu voava;
Com as asas nos pés à Terra de[s]ce;
Sua vara fatal na mão levava,
Com que os olhos cansados adormece.
Com esta, as tristes almas revocava
Do Inferno, e o vento lhe obedece.
Na cabeça o galero costumado.
E destarte a Melinde foi chegado.

---

56. *Consagrado Filho de Maia*: sagrado Mercúrio, chamado também de *neto gentil do velho Atlante* em I, 20.

58 Consigo a Fama leva, por que diga
Do Lusitano o preço grande e raro,
Que o nome ilustre a um certo amor obriga,
E faz, a quem o tem, amado e caro.
Destarte vai fazendo a gente amiga,
Co rumor famosíssimo e preclaro.
Já Melinde em desejos arde todo
De ver da gente forte o gesto e modo.

59 Dali pera Mombaça logo parte,
Aonde as naus estavam temerosas,
Pera que à gente mande que se aparte
Da barra imiga e terras suspeitosas:
Porque mui pouco val esfôrço e arte
Contra infernais vontades enganosas;
Pouco val coração, astúcia e siso,
Se lá dos Céus não vem celeste aviso.

60 Meio caminho a noite tinha andado
E as Estrelas no Céu, coa luz alheia,
Tinham o largo Mundo alumiado;
E só co sono a gente se recreia.
O Capitão ilustre, já cansado
De vigiar a noite que arreceia,
Breve repouso então aos olhos dava,
A outra gente a quartos vigiava;

---

58. *Fama*: divindade que acompanha sempre Mercúrio, por ser ela também mensageira de Júpiter. Possuía muitas bocas e orelhas que lhe permitiam transmitir qualquer notícia pois tudo ouvia.

61 Quando Mercúrio em sonhos lhe aparece,
Dizendo: — Fuge, fuge, Lusitano,
Da cilada que o Rei malvado tece,
Por te trazer ao fim e extremo dano.
Fuge, que o vento e o Céu te favorece,
Sereno o tempo tens e o Oceano,
E outro Rei mais amigo, noutra parte,
Onde podes seguro agasalhar-te.

62 Não tens aqui senão aparelhado
O hospício que o cru Diomedes dava,
Fazendo ser manjar acostumado
De cavalos a gente que hospedava;
As aras de Busíris infamado,
Onde os hóspedes tristes imolava,
Terás certas aqui, se muito esperas.
Fuge das gentes pérfidas e feras!

63 Vai-te ao longo da costa discorrendo
E outra terra acharás de mais verdade,
Lá quase junto donde o Sol, ardendo,
Iguala o dia e noite em quantidade;
Ali tua frota alegre recebendo
Um Rei, com muitas obras de amizade,
Gasalhado seguro te daria
E, pera a Índia, certa e sábia guia.

64 Isto Mercúrio disse, e o sono leva
Ao Capitão, que, com mui grande espanto,
Acorda e vê ferida a escura treva
De ũa súbita luz e raio santo.
E vendo claro quanto lhe releva

Não se deter na terra iníq[u]a tanto,
Com novo [e]sprito ao mestre seu mandava
Que as velas desse ao vento que assoprava.

65 — Dai velas, disse, dai ao largo vento,
Que o Céu nos favorece e Deus o manda;
Que um mensageiro vi do claro Assento,
Que só em favor de nossos passos anda.
Alevanta-se nisto o movimento
Dos marinheiros, de ũa e de outra banda;
Levam gritando as âncoras acima,
Mostrando a ruda força que se estima.

66 Neste tempo que as âncoras levavam,
Na sombra escura os Mouros escondidos
Mansamente as amarras lhe cortavam,
Por serem, dando à costa, destruídos.
Mas com vista de linces vigiavam
Os Portugueses, sempre apercebidos.
Eles, como acordados os sentiram,
Voando e não remando lhe fugiram.

67 Mas já as agudas proas apartando
Iam as vias úmidas de argento;
Assopra-lhe galerno o vento e brando,
Com suave e seguro movimento.
Nos perigos passados vão falando,
Que mal se perderão do pensamento
Os casos grandes, donde em tanto aperto
A vida em salvo escapa por acerto.

68 Tinha ũa volta dado o Sol ardente
E noutra começava, quando viram
Ao longe dous navios, brandamente
Cos ventos navegando que respiram.
Porque haviam de ser da Maura gente,
Pera eles arribando, as velas viram.
Um, de temor do mal que arreceava,
Por se salvar a gente, à costa dava.

69 Não é o outro que fica tão manhoso,
Mas nas mãos vai cair do Lusitano,
Sem o rigor de Marte furioso
E sem a fúria horrenda de Vulcano;
Que, como fosse débil e medroso
Da pouca gente o fraco peito humano,
Não teve resistência; e, se a tivera.
Mais dano, resistindo, recebera.

70 E, como o Gama muito desejasse
Piloto pera a Índia, que buscava,
Cuidou que entre estes Mouros o tomasse;
Mas não lhe sucedeu como cuidava,
Que nenhum deles há que lhe ensinasse
A que parte dos céus a Índia estava;
Porém dizem-lhe todos que tem perto
Melinde, onde acharão piloto certo.

71 Louvam do Rei os Mouros a bondade,
Condição liberal, sincero peito,

---

70. *A que parte dos céus a Índia estava*: qual a localização da Índia no mapa.

Magnificência grande e humanidade,
Com partes de grandíssimo respeito.
O Capitão o assela por verdade,
Porque já lho dissera deste jeito
O Cileneu em sonhos, e partia
Pera onde o sonho e o Mouro lhe dizia.

72 Era no tempo alegre quando entrava
No roubador de Europa a luz Febeia,
Quando um e o outro corno lhe aquentava,
E Flora derramava o de Amalteia.
A memória, do dia renovava
O pressuroso Sol, que o Céu rodeia,
Em que Aquele a quem tudo está sujeito
O selo pôs a quanto tinha feito;

73 Quando chegava a frota àquela parte
Onde o Reino Melinde já se via,
De toldos adornada e leda de arte
Que bem mostra estimar o Santo dia.
Treme a bandeira, voa o estandarte,
A cor purpúrea ao longe aparecia;
Soam os atambores e pandeiros;
E assi[m] entravam ledos e guerreiros.

74 Enche-se toda a praia Melindana
Da gente que vem ver a leda armada,
Gente mais verdadeira e mais humana

---

73. *Reino Melinde*: Reino de Melinde. *Leda de arte*: de maneira alegre. *Santo dia*: Páscoa, Domingo da Ressurreição. *Atambores*: tambores.

Que toda a doutra terra atrás deixada.
Surge diante a frota Lusitana,
Pega no fundo a âncora pesada.
Mandam fora um dos Mouros que tomaram,
Por quem sua vinda ao Rei manifestaram.

75 O Rei, que já sabia da nobreza
Que tanto os Portugueses engrandece,
Tomarem o seu porto tanto preza
Quanto a gente fortíssima merece;
E com verdadeiro ânimo e pureza,
Que os peitos generosos e[n]nobrece,
Lhe manda rogar muito que saíssem,
Pera que de seus reinos se servissem.

76 São oferecimentos verdadeiros
E palavras sinceras, não dobradas,
As que o Rei manda aos nobres cavaleiros
Que tanto mar e terras têm passadas,
Manda-lhe mais lanígeros carneiros
E galinhas domésticas cevadas,
Com as frutas que então na terra havia;
E a vontade à dádiva excedia.

77 Recebe o Capitão alegremente
O mensageiro ledo e seu recado;
E logo manda ao Rei outro presente,
Que de longe trazia aparelhado:
Escarlata purpúrea, cor ardente,
O ramoso coral, fino e prezado,
Que deba[i]xo das águas mole cre[s]ce,
E, como é fora delas, se endurece.

78 Manda mais um, na prática elegante,
Que co Rei nobre as pazes concertasse
E que de não sair, naquele instante,
De suas naus em terra, o desculpasse.
Partido assi[m] o emba[i]xador prestante,
Como na terra ao Rei se apresentasse,
Com estilo que Palas lhe ensinava,
Estas palavras tais falando orava:

79 — Sublime Rei, a quem do Olimpo puro
Foi da suma Justiça concedido
Refrear o soberbo povo duro,
Não menos dele amado, que temido:
Como porto mui forte e mui seguro,
De todo o Oriente conhecido,
Te vimos a buscar, pera que achemos
Em ti o remédio certo que queremos.

80 Não somos roubadores que, passando
Pelas fracas cidades descuidadas,
A ferro e a fogo as gentes vão matando,
Por roubar-lhe as fazendas cobiçadas;
Mas, da soberba Europa navegando,
Imos buscando as terras apartadas
Da Índia, grande e rica, por mandado
De um Rei que temos, alto e sublimado.

81 Que geração tão dura há hi de gente,
Que bárbaro costume e usança feia,
Que não vedem os portos tão somente,
Mas inda o hospício da deserta areia?
Que má tenção, que peito em nós se sente,

Que de tão pouca gente se arreceia?
Que, com laços armados, tão fingidos,
Nos ordenassem ver-nos destruídos?

82 Mas tu, em quem mui certo confiamos
Achar-se mais verdade, ó Rei beni[g]no,
E aquela certa ajuda em ti esperamos
Que teve o perdido Ítaco em Alcino,
A teu porto seguros navegamos,
Conduzidos do intérprete Divino;
Que, pois a ti nos manda, está mui claro
Que és de peito sincero, humano e raro.

83 E não cuides, ó Rei, que não saísse
O nosso Capitão esclarecido
A ver-te ou a servir-te, porque visse
Ou suspeitasse em ti peito fingido;
Mas saberás que o fez, por que cumprisse
O regimento, em tudo obedecido,
De seu Rei, que lhe manda que não saia,
Deixando a frota, em nenhum porto ou praia.

84 E porque é de vassalos o exercício
Que os membros têm, regidos da cabeça,
Não quererás, pois tens de Rei o ofício,
Que ninguém a seu Rei desobedeça;
Mas as mercês e o grande benefício
Que ora acha em ti, promete que conheça
Em tudo aquilo que ele e os seus puderem,
Enquanto os rios pera o mar correrem.

85 Assi[m] dizia; e todos juntamente,
Uns com outros em prática falando,
Louvavam muito o estâmago da gente
Que tantos céus e mares vai passando.
E o Rei ilustre, o peito obediente
Dos Portugueses na alma imaginando,
Tinha por valor grande e mui subido
O do Rei que é tão longe obedecido.

86 E, com risonha vista e ledo aspeito,
Responde ao emba[i]xador, que tanto estima:
Toda a suspeita má tirai do peito,
Nenhum frio temor em vós se imprima;
Que vosso preço e obras são de jeito
Pera vos ter o mundo em muita estima;
E quem vos fez molesto tratamento
Não pode ter subido pensamento.

87 De não sair em terra toda a gente,
Por observar a usada preminência,
Ainda que me pese estranhamente,
Em muito tenho a muita obediência.
Mas, se lho o regimento não consente,
Nem eu consentirei que a excelência
De peitos tão leais em si desfaça,
Só por que a meu desejo satisfaça.

88 Porém, como a luz crástina chegada
Ao mundo for, em minhas almadias
Eu irei visitar a forte armada,
Que ver tanto desejo há tantos dias.
E, se vier do mar desbaratada

Do furioso vento e longas vias,
Aqui terá de limpos pensamentos
Piloto, munições e mantimentos.

89 Isto disse; e nas águas se escondia
O filho de Latona, e o mensageiro,
Coa emba[i]xada, alegre se partia
Pera a frota no seu batel ligeiro.
Enchem-se os peitos todos de alegria,
Por terem o remédio verdadeiro
Pera acharem a terra que buscavam;
E assi[m] ledos a noite festejavam.

90 Não faltam ali os raios de artifício,
Os trêmulos cometas imitando;
Fazem os bombardeiros seu ofício,
O céu, a terra e as ondas atroando.
Mostra-se dos Ciclopas o exercício,
Nas bombas que de fogo estão queimando;
Outros com vozes com que o céu feriam
Instrumentos altíssonos tangiam.

91 Respondem-lhe da terra juntamente,
Co raio volteando com zunido;
Anda em giros no ar a roda ardente,
Estoura o pó sulfúreo escondido.
A grita se alevanta ao céu, da gente;
O mar se via em fogos acendido

---

89. O Sol (*filho de Latona*, Apolo, o deus do Sol) se escondia nas águas, caía a noite.

E não menos a terra; e assi[m] festeja
Um ao outro, a maneira de peleja.

92 Mas já o Céu inquieto, revolvendo,
As gentes incitava a seu trabalho;
E já a mãe de Menon, a luz trazendo,
Ao sono longo punha certo atalho;
Iam-se as sombras lentas desfazendo,
Sobre as flores da terra, em frio orvalho,
Quando o Rei Melindano se embarcava,
A ver a frota que no mar estava.

93 Viam-se em derredor ferver as praias,
Da gente que a ver só concorre leda;
Luzem da fina púrpura as cabaias,
Lustram os panos da tecida seda.
Em lugar de guerreiras azagaias
E do arco que os cornos arremeda
Da Lũa, trazem ramos de palmeira,
Dos que vencem, coroa verdadeira.

94 Um batel grande e largo, que toldado
Vinha de sedas de diversas cores,
Traz o Rei de Melinde, acompanhado
De nobres de seu Reino e de senhores.
Vem de ricos vestidos adornado,
Segundo seus costumes e primores;
Na cabeça, ũa fota guarnecida
De ouro, e de seda e de algodão tecida.

---

92. *A mãe de Menon*: a Aurora, que anuncia a chegada da luz (como em I,14 e II, 13).

95 Cabaia de Damasco rico e di[g]no,
Da Tíria cor, entre eles estimada;
Um colar ao pescoço, de ouro fino,
Onde a matéria da obra é superada,
Cum resplandor reluze adamantino;
Na cinta a rica adaga, bem lavrada;
Nas alparcas dos pés, em fim de tudo,
Cobrem ouro e aljôfar ao veludo.

96 Com um redondo amparo alto de seda,
Nua alta e dourada hástea enxerido,
Um ministro à solar quentura veda
Que não ofenda e queime o Rei subido.
Música traz na proa, estranha e leda,
De áspero som, horríssono ao ouvido,
De trombetas arcadas em redondo,
Que, sem concerto, fazem rudo estrondo.

97 Não menos guarnecido, o Lusitano,
Nos seus batéis, da frota se partia,
A receber no mar o Melindano,
Com lustrosa e honrada companhia.
Vestido o Gama vem ao modo Hispano,
Mas Francesa era a roupa que vestia,
De cetim da Adriática Veneza,
Carmesi[m], cor que a gente tanto preza.

---

97. *Guarnecido*: preparado com trajes, vestimentas. *Ao modo Hispano*: como era a moda da península que, apesar do nome Hispânis, incluía também Portugal, e que era feita na França (*mas Francesa era a roupa que vestia*).

98 De botões de ouro as mangas vêm tomadas,
Onde o Sol, reluzindo, a vista cega;
As calças soldadescas, recamadas
Do metal que Fortuna a tantos nega;
E com pontas do mesmo, delicadas,
Os golpes do gibão ajunta e achega;
Ao Itálico modo a áurea espada;
Pruma na gorra, um pouco declinada.

99 Nos de sua companhia se mostrava
Da tinta que dá o múrice excelente
A vária cor, que os olhos alegrava,
E a maneira do trajo diferente.
Tal o fermoso esmalte se notava
Dos vestidos, olhados juntamente,
Qual aparece o arco rutilante
Da bela Ninfa, filha de Taumante.

100 Sonorosas trombetas incitavam
Os ânimos alegres, ressoando;
Dos Mouros os batéis o mar coalhavam,
Os toldos pelas águas arrojando;
As bombardas horríssonas bramavam,
Com as nuvens de fumo o Sol tomando;
Amiúdam-se os brados acendidos,
Tapam com as mãos os Mouros os ouvidos.

101 Já no batel entrou do Capitão
O Rei, que nos seus braços o levava;
Ele, coa cortesia que a razão

---

101. *Nos seus braços levava*: abraçava.

(Por ser Rei) requeria, lhe falava.
Cũas mostras de espanto e admiração,
O Mouro o gesto e o modo lhe notava,
Como quem em mui grande estima tinha
Gente que de tão longe à Índia vinha.

102 E com grandes palavras lhe oferece
Tudo o que de seus reinos lhe cumprisse;
E que, se mantimento lhe falece,
Como se próprio fosse, lho pedisse.
Diz-lhe mais que, por fama, bem conhece
A gente Lusitana, sem que a visse;
Que já ouviu dizer que noutra terra
Com gente de sua Lei tivesse guerra;

103 E como por toda África se soa,
Lhe diz, os grandes feitos que fizeram,
Quando nela ganharam a coroa
Do Reino onde as Hespéridas viveram;
E com muitas palavras apregoa
O menos que os de Luso mereceram
E o mais que pela fama o Rei sabia.
Mas desta sorte o Gama respondia:

104 — Ó tu que, só, tiveste piedade,
Rei beni[g]no, da gente Lusitana,
Que com tanta miséria e adversidade
Dos mares exprimenta a fúria insana:

---

102. *Cumprisse*: pertencesse, tudo o que existisse no seu reino. *Falece*: falta, carece. *Sua lei*: a religião do rei, a maometana.
104. *Só*: o único.

Aquela alta e divina Eternidade
Que o Céu revolve e rege a gente humana,
Pois que de ti tais obras recebemos,
Te pague o que nós outros não podemos.

105 Tu só, de todos quantos queima Apolo,
Nos recebes em paz, do mar profundo;
Em ti, dos ventos hórridos de Eolo
Refúgio achamos, bom, fido e jucundo.
Enquanto apa[s]centar o largo Polo
As Estrelas, e o Sol der lume ao Mundo,
Onde quer que eu viver, com fama e glória
Viverão teus louvores em memória.

106 Isto dizendo, os barcos vão remando
Pera a frota, que o Mouro ver deseja;
Vão as naus ũa e ũa rodeando,
Porque de todas tudo note e veja.
Mas pera o céu Vulcano fuzilando,
A frota coas bombardas o festeja
E as trombetas canoras lhe tangiam;
Cos anafis os Mouros respondiam.

---

105. *De todos quantos queima Apolo*: refere-se aos africanos queimados pelo carro de Apolo, deus do Sol, que fora conduzido por seu filho Faetonte. *Fido e jucundo*: fiel e cordial. *Largo Polo*: o imenso céu, que apascenta as estrelas.

106. *Porque*: para que. *Vulcano*: a artilharia, que provoca as explosões, pois Vulcano é o deus do fogo. *Anafis*: trombetas mouriscas.

107 Mas, de[s]pois de ser tudo já notado
Do generoso Mouro, que pasmava
Ouvindo o instrumento inusitado,
Que tamanho terror em si mostrava,
Mandava estar quieto e ancorado
Na água o batel ligeiro que os levava,
Por falar de vagar co forte Gama
Nas cousas de que tem notícia e fama.

108 Em práticas o Mouro diferentes
Se deleitava, perguntando agora
Pelas guerras famosas e excelentes
Co povo havidas que a Mafoma adora;
Agora lhe pergunta pelas gentes
De toda a Hespéria última, onde mora;
Agora, pelos povos seus vizinhos,
Agora, pelos úmidos caminhos.

109 Mas antes, valeroso Capitão,
Nos conta, lhe dizia, diligente,
Da terra tua o clima e região
Do mundo onde morais, distintamente;
E assi[m] de vossa antiga geração,
E o princípio do Reino tão potente,
Cos sucessos das guerras do começo,
Que, sem sabê-las, sei que são de preço.

110 E assi[m] também nos conta dos rodeios
Longos em que te traz o Mar irado,
Vendo os costumes bárbaros, alheios,

---

107. *Instrumento inusitado*: a artilharia, desconhecida pelo rei.
108. *Em práticas*: em conversas.

Que a nossa África ruda tem, criado.
Conta; que agora vêm cos áureos freios
Os cavalos que o carro marchetado
Do novo Sol, da fria Aurora trazem;
O vento dorme, o mar e as ondas jazem.

111 E não menos co tempo se parece
O desejo de ouvir-te o que contares;
Que quem há que por fama não conhece
As obras Portuguesas singulares?
Não tanto desviado resplandece
De nós o claro Sol, pera julgares
Que os Melindanos têm tão rudo peito
Que não estimem muito um grande feito.

112 Cometeram soberbos os Gigantes,
Com guerra vã, o Olimpo claro e puro;
Tentou Perito e Téseu, de ignorantes,
O Reino de Plutão, horrendo e escuro.
Se houve feitos no mundo tão possantes,
Não menos é trabalho ilustre e duro,
Quanto foi cometer Inferno e Céu,
Que outrem cometa a fúria de Nereu.

113 Queimou o sagrado templo de Diana,
Do su[b]til Tesifônio fabricado,
Heróstrato, por ser da gente humana
Conhecido no mundo e nomeado.
Se também com tais obras nos engana
O desejo de um nome avantajado,
Mais razão há que queira eterna glória
Quem faz obras tão di[g]nas de memória.

Que a nossa América [illegible] vida
Como uma [illegible] seu rigor
Os [illegible] que [illegible] merece
Honra [illegible] Ave [illegible]
[illegible]

11 [illegible]
O [illegible] que [illegible]
Que quando [illegible] tão contente
Aquele [illegible]
[illegible]
De [illegible] Sol [illegible]
Que [illegible] tudo
O [illegible]

12 Com [illegible]
Com [illegible]
Sol [illegible]
O Bom [illegible] que [illegible]
[illegible] quanto se [illegible]
[illegible]
[illegible]
Que [illegible]

13 [illegible]
[illegible]
[illegible]
[illegible]
[illegible]
[illegible]
[illegible]
[illegible]

Canto terceiro

1 Agora tu, Calíope, me ensina
O que contou ao Rei o Ilustre Gama;
Inspira imortal canto e voz divina
Neste peito mortal, que tanto te ama.
Assi[m] o claro inventor da Medicina,
De quem Orfeu pariste, ó linda dama,
Nunca por Dafne, Clície ou Leucotoe
Te negue o amor devido, como soe.

2 Põe tu, Ninfa, em efeito meu desejo,
Como merece a gente Lusitana;
Que veja e saiba o mundo que do Tejo
O licor de Aganipe corre e mana.
Deixa as flores de Pindo, que já vejo
Banhar-me Apolo na água soberana;
Senão direi que tens algum receio
Que se escureça o teu querido Orfeio.

3 Prontos estavam todos escu[i]tando
O que o sublime Gama contaria;
Quando, de[s]pois de um pouco estar cuidando,
Alevantando o rosto, assi[m] dizia:
— Mandas-me, ó Rei, que conte declarando
De minha gente a grão genealogia;

---

1. *Calíope*: musa da eloquência, da epopeia. *O claro inventor da Medicina*: Apolo, deus da poesia, da música, das artes e da medicina.
2. *O licor de Aganipe*: fonte de onde jorrava a água inspiradora dos poetas. Também identificada como Hipocrene, citada em I, 4.
3. *Estranha história*: história dos estrangeiros.

Não me mandas contar estranha história,
Mas mandas-me louvar dos meus a glória.

4 Que outrem possa louvar esforço alheio,
Cousa é que se costuma e se deseja;
Mas louvar os meus próprios, arreceio
Que louvor tão suspeito mal me esteja;
E, pera dizer tudo, temo e creio
Que qualquer longo tempo curto seja;
Mas, pois o mandas, tudo se te deve;
Irei contra o que devo, e serei breve.

5 Além disso, o que a tudo enfim me obriga
É não poder mentir no que disser,
Porque de feitos tais, por mais que diga,
Mais me há de ficar inda por dizer.
Mas, por que nisto a ordem leve e siga,
Segundo o que desejas de saber,
Primeiro tratarei da larga terra,
De[s]pois direi da sanguinosa guerra.

6 Entre a Zona que o Cancro senhoreia,
Meta Setentrional do Sol luzente,
E aquela que por fria se arreceia
Tanto, como a do meio por ardente,
Jaz a soberba Europa, a quem rodeia
Pela parte do Arcturo e do Ocidente,
Com suas salsas ondas o Oceano,
E, pela Austral, o Mar Mediterrano.

---

4. *Que louvor tão suspeito mal me esteja*: imagino que seja suspeito louvar os feitos dos próprios companheiros.

7 Da parte donde o dia vem na[s]cendo,
Com Ásia se avizinha; mas o rio
Que dos montes Rifeios vai correndo
Na alagoa Meotis, curvo e frio,
As divide, e o mar que, fero e horrendo,
Viu dos Gregos o irado senhorio,
Onde agora de Troia triunfante
Não vê mais que a memória o navegante.

8 Lá onde mais deba[i]xo está do Polo,
Os montes Hiperbóreos aparecem
E aqueles onde sempre sopra Eolo,
E co nome dos sopros se e[n]nobrecem.
Aqui tão pouca força têm de Apolo
Os raios que no mundo resplandecem,
Que a neve está contín[u]o pelos montes,
Gelado o mar, geladas sempre as fontes.

9 Aqui dos Citas grande quantidade
Vivem, que antigamente grande guerra
Tiveram, sobre a humana antiguidade,
Cos que tinham então a Egípcia terra.
Mas quem tão fora estava da verdade
(Já que o juízo humano tanto erra),
Pera que do mais certo se informara,
Ao campo Damasceno o perguntara.

10 Agora nestas partes se nomeia
A Lápia fria, a inculta Noruega,

---

8. *Os raios de Apolo*: os raios do Sol.

Escandinávia Ilha, que se arreia
Das vitórias que Itália não lhe nega.
Aqui, enquanto as águas não refreia
O congelado Inverno, se navega
Um braço do Sarmático Oceano
Pelo Brússio, Suécio e frio Dano.

11 Entre este Mar e o Tánais vive estranha
Gente — Rutenos, Moscos e Livônios —,
Sármatas outro tempo; e, na montanha
Hircínia, os Marcomanos são Polônios
Sujeitos ao Império de Alemanha,
São Sáxones, Boêmios e Panônios
E outras várias nações, que o Reno frio
Lava, e o Danúbio, Amasis e Álbis rio.

12 Entre o remoto Istro e o claro Estreito
Aonde Hele deixou, co nome, a vida,
Estão os Traces de robusto peito,
Do fero Marte pátria tão querida,
Onde, co Hemo, o Ródope sujeito
Ao Otomano está, que so[b]metida
Bizâncio tem a seu serviço indi[g]no.
Boa injúria do grande Co[n]stantino.

13 Logo de Macedônia estão as gentes,
A quem lava do Áxio a água fria;
E vós também, ó terras excelentes

---

11. *Tánais*: rio Don.
12. *Istro*: o Danúbio.
13. *Peitos eloquentes e os juízos de alta fantasia*: os poetas e oradores, e os grandes filósofos.

Nos costumes, engenhos e ousadia,
Que criastes os peitos eloquentes
E os juízos de alta fantasia
Com quem tu, clara Grécia, o Céu penetras
(E não menos por armas, que por letras).

14 Logo os Dálmatas vivem; e no seio
Onde Antenor já muros levantou,
A soberba Veneza está no meio
Das águas, que tão ba[i]xa começou.
Da terra um braço vem ao mar, que, cheio
De esforço, nações várias sujeitou;
Braço forte, de gente sublimada
Não menos nos engenhos que na espada.

15 Em torno o cerca o Reino Neptunino,
Cos muros naturais por outra parte;
Pelo meio o divide o Apenino,
Que tão ilustre fez o pátrio Marte;
Mas, de[s]pois que o Porteiro tem divino,
Perdendo o esforço veio e bélica arte;
Pobre está já da antiga potestade,
Tanto Deus se contenta de humildade!

16 Gália ali se verá, que nomeada
Cos Cesáreos triunfos foi no mundo;
Que do Séquana e Ródano é regada
E do Garuna frio e Reno fundo,
Logo os montes da Ninfa sepultada,

---

15. *Porteiro divino*: São Pedro e seus sucessores, os papas.

Pirene, se alevantam, que, segundo
Antiguidades contam, quando arderam,
Rios de ouro e de prata então correram.

17 Eis aqui se descobre a nobre Espanha,
Como cabeça ali de Europa toda,
Em cujo senhorio e glória estranha
Muitas voltas tem dado a fatal roda;
Mas nunca poderá, com força ou manha,
A Fortuna inquieta pôr-lhe nod[o]a
Que lha não tire o esforço e ousadia
Dos belicosos peitos que em si cria.

18 Com Tingitânia entcsta; e ali parece
Que quer fechar o Mar Mediterrano
Onde o sabido Estreito se e[n]nobrece
Co extremo trabalho do Tebano.
Com nações diferentes se engrandece,
Cercadas com as ondas do Oceano;
Todas de tal nobreza e tal valor
Que qualquer delas cuida que é melhor.

19 Tem o Tarragonês, que se fez claro
Sujeitando Parténope inquieta;
O Navarro, as Astúrias, que reparo
Já foram contra a gente Ma[h]ometa;
Tem o Galego cauto e o grande e raro
Castelhano, a quem fez o seu Planeta
Restituidor de Espanha e senhor dela;
Bétis, Leão, Granada, com Castela.

20 Eis aqui, quase cume da cabeça
De Europa toda, o Reino Lusitano,
Onde a terra se acaba e o mar começa
E onde Febo repousa no Oceano.
Este quis o Céu justo que flore[s]ça
Nas armas contra o torpe Mauritano,
Deitando-o de si fora; e lá na ardente
África estar quieto o não consente.

21 Esta é a ditosa pátria minha amada,
À qual se o Céu me dá que eu sem perigo
Torne, com esta empresa já acabada,
Acabe-se esta luz ali comigo.
Esta foi Lusitânia, derivada
De Luso ou Lisa, que de Baco antigo
Filhos foram, parece, ou companheiros,
E nela então os íncolas primeiros.

22 Desta o pastor na[s]ceu que no seu nome
Se vê que de homem forte os feitos teve;
Cuja fama ninguém virá que dome,
Pois a grande de Roma não se atreve.
Esta, o Velho que os filhos próprios come,
Por decreto do Céu, ligeiro e leve,
Veio a fazer no mundo tanta parte,
Criando-a Reino ilustre; e foi destarte:

---

22. *O Velho que os filhos próprios come*: Saturno, que devorava os próprios filhos, com o significado de tempo, que devora as horas.

23 Um Rei, por nome Afonso, foi na Espanha,
Que fez aos Sarracenos tanta guerra,
Que, por armas sanguinas, força e manha,
A muitos fez perder a vida e a terra.
Voando deste Rei a fama estranha
Do Herculano Calpe à Cáspia Serra,
Muitos, pera na guerra esclarecer-se,
Vinham a ele e à morte oferecer-se.

24 E cum amor intrínseco acendidos
Da Fé, mais que das honras populares,
Eram de várias terras conduzidos,
Deixando a pátria amada e próprios lares.
De[s]pois que em feitos altos e subidos
Se mostraram nas armas singulares,
Quis o famoso Afonso que obras tais
Levassem prêmio di[g]no e dões iguais.

25 Destes Anrique (dizem que segundo
Filho de um Rei de Hungria exprimentado)
Portugal houve em sorte, que no mundo
Então não era ilustre nem prezado;
E, pera mais sinal de amor profundo,
Quis o Rei Castelhano que casado
Com Teresa, sua filha, o Conde fosse;
E com ela das terras tomou posse.

26 Este, de[s]pois que contra os descendentes
Da escrava Agar vitórias grandes teve,
Ganhando muitas terras adjacentes,

---

24. *Dões*: dons, dádivas.

Fazendo o que a seu forte peito deve,
Em prêmio destes feitos excelentes
Deu-lhe o supremo Deus, em tempo breve,
Um filho que ilustrasse o nome ufano
Do belicoso Reino Lusitano.

27 Já tinha vindo Anrique da conquista
Da cidade Hierosólima sagrada,
E do Jordão a areia tinha vista,
Que viu de Deus a carne em si lavada
(Que, não tendo Gotfredo a quem resista,
De[s]pois de ter Judeia sojugada,
Muitos que nestas guerras o ajudaram
Pera seus senhorios se tornaram);

28 Quando, chegado ao fim de sua idade,
O forte e famoso Húngaro estremado,
Forçado da fatal necessidade,
O [e]sprito deu a Quem lho tinha dado.
Ficava o filho em tenra mocidade,
Em quem o pai deixava seu traslado,
Que do mundo os mais fortes igualava;
Que de tal pai tal filho se esperava.

29 Mas o velho rumor (não sei se errado,
Que em tanta antiguidade não há certeza),
Conta que a mãe, tomando todo o estado,
Do segundo himeneu não se despreza.
O filho órfão deixava deserdado,

---

27. *Hierosólima*: Jerusalém.

Dizendo que nas terras a grandeza
Do senhorio todo só sua era,
Porque, pera casar, seu pai lhas dera.

30 Mas o Príncipe Afonso (que destarte
Se chamava, do avô tomando o nome),
Vendo-se em suas terras não ter parte,
(Que a mãe com seu marido as manda e come),
Fervendo-lhe no peito o duro Marte,
Imagina consigo como as tome.
Revolvidas as causas no conceito,
Ao propósito firme segue o efeito.

31 De Guimarães o campo se tingia
Co sangue próprio da intestina guerra,
Onde a mãe, que tão pouco o parecia,
A seu filho negava o amor e a terra.
Co ele posta em campo já se via;
E não vê a soberba o muito que erra
Contra Deus, contra o maternal amor;
Mas nela o sensual era maior.

32 Ó Progne crua, o mágica Medeia,
Se em vossos próprios filhos vos vingais
Da maldade dos pais, da culpa alheia,
Olhai que inda Teresa peca mais!
Incontinência má, cobiça feia,
São as causas deste erro principais:
Cila, por ũa, mata o velho pai;
Esta, por ambas, contra o filho vai.

33 Mas já o Príncipe claro o vencimento
Do padrasto e da iníq[u]a mãe levava;
Já lhe obedece a terra, num momento,
Que primeiro contra ele pelejava;
Porém, vencido de ira o entendimento,
A mãe em ferros ásperos atava;
Mas de Deus foi vingada em tempo breve.
Tanta veneração aos pais se deve!

34 Eis se ajunta o soberbo Castelhano
Pera vingar a injúria de Teresa,
Contra o tão raro em gente Lusitano,
A quem nenhum trabalho agrava ou pesa.
Em batalha cruel, o peito humano,
Ajudado da Angélica defesa,
Não só contra tal fúria se sustenta,
Mas o inimigo aspérrimo afugenta.

35 Não passa muito tempo, quando o forte
Príncipe em Guimarães está cercado
De infinito poder, que desta sorte
Foi refazer-se o imigo magoado;
Mas, com se oferecer à dura morte
O fiel Egas amo, foi livrado;
Que, de outra arte, pudera ser perdido,
Segundo estava mal apercebido.

36 Mas o leal vassalo, conhecendo
Que seu senhor não tinha resistência,
Se vai ao Castelhano, prometendo
Que ele faria dar-lhe obediência.
Levanta o inimigo o cerco horrendo,

Fiado na promessa e consciência
De Egas Moniz; mas não consente o peito
Do moço ilustre a outrem ser sujeito.

37 Chegado tinha o prazo prometido,
Em que o Rei Castelhano já aguardava
Que o Príncipe, a seu mando so[b]metido,
Lhe desse a obediência que esperava.
Vendo Egas que ficava fementido,
O que dele Castela não cuidava,
Determina de dar a doce vida
A troco da palavra mal cumprida.

38 E com seus filhos e mulher se parte
A alevantar co eles a fiança,
Descalços e despidos, de tal arte
Que mais move a piedade que a vingança.
— Se pretendes, Rei alto, de vingar-te
De minha temerária confiança,
Dizia, eis aqui venho oferecido
A te pagar coa vida o prometido.

39 Vês aqui trago as vidas inocentes
Dos filhos sem pecado e da consorte;
Se a peitos generosos e excelentes
Dos fracos satisfaz a fera morte,
Vês aqui as mãos e a língua delinquentes:

---

39. *Sinis e Perilo*: Sinis era um bandido que matava suas vítimas pendurando-as nos galhos das árvores. Perilo foi o inventor de um touro de bronze em cujo ventre prendia as vítimas para ardê-las em fogo.

Nelas sós exprimenta toda sorte
De tormentos, de mortes, pelo estilo
De Sinis e do touro de Perilo.

40 Qual diante do algoz o condenado,
Que já na vida a morte tem bebido,
Põe no cepo a garganta e já entregado
Espera pelo golpe tão temido:
Tal diante do Príncipe indi[g]nado
Egas estava, a tudo oferecido.
Mas o Rei vendo a estranha lealdade,
Mais pôde, enfim, que a ira a piedade.

41 Ó grão fidelidade Portuguesa
De vassalo, que a tanto se obrigava!
Que mais o Persa fez naquela empresa
Onde rosto e narizes se cortava?
Do que ao grande Dário tanto pesa,
Que mil vezes dizendo suspirava
Que mais o seu Zopiro são prezara
Que vinte Babilônias que tomara.

42 Mas já o Príncipe Afonso aparelhava
O Lusitano exército ditoso,
Contra o Mouro que as terras habitava
De além do claro Tejo deleitoso;
Já no campo de Ourique se assentava
O arraial soberbo e belicoso,
Defronte do inimigo Sarraceno,
Posto que em força e gente tão pequeno;

43 Em nenhũa outra cousa confiado,
Senão no sumo Deus que o céu regia,
Que, tão pouco era o povo ba[u]tizado,
Que, pera um só, cem Mouros haveria.
Julga qualquer juízo sossegado
Por mais temeridade que ousadia
Cometer um tamanho ajuntamento,
Que pera um cavaleiro houvesse cento.

44 Cinco Reis Mouros são os inimigos,
Dos quais o principal Ismar se chama;
Todos exprimentados nos perigos
Da guerra, onde se alcança a ilustre fama.
Seguem guerreiras damas seus amigos,
Imitando a fermosa e forte dama
De quem tanto os Troianos se ajudaram,
E as que o Termodonte já gostaram.

45 A matutina luz, serena e fria,
As Estrelas do Polo já apartava,
Quando na cruz o Filho de Maria,
Amostrando-se a Afonso, o animava.
Ele, adorando Quem lhe aparecia,
Na Fé todo inflamado assi[m] gritava:
Aos Infiéis, Senhor, aos Infiéis,
E não a mi[m], que creio o que podeis!

46 Com tal milagre os ânimos da gente
Portuguesa inflamados, levantavam
Por seu Rei natural este excelente
Príncipe, que do peito tanto amavam;
E diante do exército potente

Dos imigos, gritando, o céu tocavam,
Dizendo em alta voz: — Real, real,
Por Afonso, alto Rei de Portugal!

47 Qual cos gritos e vozes incitado,
Pela montanha, o rábido moloso
Contra o touro remete, que fiado
Na força está do corno temeroso;
Ora pega na orelha, ora no lado,
Latindo mais ligeiro que forçoso,
Até que enfim, rompendo-lhe a garganta,
Do bravo a força horrenda se quebranta:

48 Tal do Rei novo o estâmago, acendido
Por Deus e pelo povo juntamente,
O Bárbaro comete, apercebido
Co animoso exército rompente.
Levantam nisto os Perros o alarido
Dos gritos; tocam a arma, ferve a gente,
As lanças e arcos tomam, tubas soam,
Instrumentos de guerra tudo atroam!

49 Bem como quando a flama que ateada
Foi nos áridos campos (assoprando
O sibilante Bóreas), animada
Co vento, o seco mato vai queimando;
A pastoral companha, que deitada
Co doce sono estava, despertando
Ao estridor do fogo que se ateia,
Recolhe o fato e foge pera a aldeia:

---

47. *Rábido moloso*: cão feroz.
48. *Estâmago*: estômago, no sentido de ânimo, coragem.

50 Destarte o Mouro, atônito e torvado,
Toma sem tento as armas mui depressa;
Não foge, mas espera confiado,
E o ginete belígero arremessa.
O Português o encontra denodado,
Pelos peitos as lanças lhe atravessa;
Uns caem meios mortos e outros vão
A ajuda convocando do Alcorão.

51 Ali se vem encontros temerosos,
Pera se desfazer ũa alta serra,
E os animais correndo furiosos
Que Neptuno amostrou, ferindo a terra.
Golpes se dão medonhos e forçosos;
Por toda a parte andava acesa a guerra.
Mas o de Luso arnês, couraça e malha,
Rompe, corta, desfaz, abola e talha.

52 Cabeças pelo campo vão saltando,
Braços, pernas, sem dono e sem sentido,
E doutros as entranhas palpitando,
Pálida a cor, o gesto amortecido.
Já perde o campo o exército nefando;
Correm rios do sangue desparzido,
Com que também do campo a cor se perde,
Tornado carmesi[m] de branco e verde.

53 Já fica vencedor o Lusitano,
Recolhendo os troféus e presa rica;
Desbaratado e roto o Mauro Hispano,
Três dias o grão Rei no Campo fica.
Aqui pinta no branco escudo ufano,

Que agora esta vitória certifica,
Cinco escudos azuis esclarecidos,
Em sinal destes cinco Reis vencidos.

54 E nestes cinco escudos pinta os trinta
Dinheiros por que Deus fora vendido,
Escrevendo a memória, em vária tinta,
Daquele de Quem foi favorecido.
Em cada um dos cinco, cinco pinta,
Porque assi[m] fica o número cumprido,
Contando duas vezes o do meio,
Dos cinco azuis que em cruz pintando veio.

55 Passado já algum tempo que passada
Era esta grão vitória, o Rei subido
A tomar vai Leiria, que tomada
Fora, mui pouco havia, do vencido.
Com esta a forte Arronches so[b]jugada
Foi juntamente; e o sempre e[n]nobrecido
Scabelicastro, cujo campo ameno
Tu, claro Tejo, regas tão sereno.

56 A estas nobres vilas so[b]metidas
Ajunta também Mafra, em pouco espaço,
E, nas serras da Lũa conhecidas,
So[b]juga a fria Sintra o duro braço;
Sintra, onde as Naiades, escondidas
Nas fontes, vão fugindo ao doce laço
Onde Amor as enreda brandamente,
Nas águas acendendo fogo ardente.

57 E tu, nobre Lisboa, que no mundo
Facilmente das outras és princesa,
Que edificada foste do facundo
Por cujo engano foi Dardânia acesa;
Tu, a quem obedece o Mar profundo,
Obedeceste à força Portuguesa,
Ajudada também da forte armada
Que das Boreais partes foi mandada.

58 Lá do Germânico Álbis e do Reno
E da fria Bretanha conduzidos,
A destruir o povo Sarraceno
Muitos com tenção santa eram partidos.
Entrando a boca já do Tejo ameno,
Co arraial do grande Afonso unidos,
Cuja alta fama então subia aos céus,
Foi posto cerco aos muros Ulisseus.

59 Cinco vezes a Lũa se escondera
E outras tantas mostrara cheio o rosto,
Quando a cidade, entrada, se rendera
Ao duro cerco que lhe estava posto.
Foi a batalha tão sanguina e fera
Quanto obrigava o firme pressuposto
De vencedores ásperos e ousados,
E de vencidos já desesperados.

60 Destarte, enfim, tomada se rendeu
Aquela que, nos tempos já passados,
À grande força nunca obedeceu
Dos frios povos Cíticos ousados,
Cujo poder a tanto se estendeu

Que o Ibero o viu e o Tejo amedrontados;
E, enfim, co Bétis tanto alguns puderam
Que à terra de Vandália nome deram.

61 Que cidade tão forte porventura
Haverá que resista, se Lisboa
Não pôde resistir à força dura
Da gente cuja fama tanto voa?
Já lhe obedece toda a Estremadura,
Óbidos, Alanquer (por onde soa
O tom das frescas águas entre as pedras,
Que murmurando lava) e Torres Vedras.

62 E vós também, ó terras Transtaganas,
Afamadas co dom da flava Ceres,
Obedeceis às forças mais que humanas,
Entregando-lhe os muros e os poderes;
E tu, lavrador Mouro, que te enganas,
Se sustentar a fértil terra queres;
Que Elvas e Moura e Serpa, conhecidas,
E Alcácere do Sal estão rendidas.

63 Eis a nobre cidade, certo assento
Do rebelde Sertório antigamente,
Onde ora as águas nítidas de argento
Vêm sustentar de longe a terra e a gente,
Pelos arcos reais, que, cento e cento,
Nos ares se alevantam nobremente,

---

62. *Transtaganas*: além do Tejo, Alentejo. *Flava Ceres*: refere-se aos cereais, produtos agrícolas.
63. *Cento e cento*: centenas, muitos.

Obedeceu por meio e ousadia
De Giraldo, que medos não temia.

64 Já na cidade Beja vai tomar
Vingança de Trancoso destruída
Afonso, que não sabe sossegar,
Por estender coa fama a curta vida.
Não se lhe pode muito sustentar
A cidade; mas, sendo já rendida,
Em toda a cousa viva a gente irada
Provando os fios vai da dura espada.

65 Com estas so[b]jugada foi Palmela
E a piscosa Sezimbra e, juntamente,
Sendo ajudado mais de sua estrela,
Desbarata um exército potente
(Sentiu-o a vila e viu-o a serra dela),
Que a socorrê-la vinha diligente
Pela fralda da serra, descuidado
Do temeroso encontro inopinado.

66 O Rei de Badajoz era alto Mouro,
Com quatro mil cavalos furiosos
Inúmeros peões, de armas e de ouro
Guarnecidos, guerreiros e lustrosos.
Mas, qual no mês de Maio o bravo tourom
Cos ciúmes da vaca, arreceosos,
Sentindo gente, o bruto e cego amante,
Salteia o descuidado caminhante:

67 Destarte Afonso, súbito mostrado,
Na gente dá, que passa bem segura;
Fere, mata, derriba denodado;
Foge o Rei Mouro e só da vida cura.
Dum Pânico terror todo assombrado,
Só de segui-lo o exército procura;
Sendo estes que fizeram tanto abalo
No'mais que só sessenta de cavalo.

68 Logo segue a vitória, sem tardança,
O grão Rei incansábil, ajuntando
Gentes de todo o Reino, cuja usança
Era andar sempre terras conquistando.
Cercar vai Badajoz e logo alcança
O fim de seu desejo, pelejando
Com tanto esforço e arte e valentia,
Que a fez fazer às outras companhia.

69 Mas o alto Deus, que pera longe guarda
O castigo daquele que o merece,
Ou pera que se emende, às vezes tarda,
Ou por segredos que homem não conhece,
Se até' qui sempre o forte Rei resguarda
Dos perigos a que ele se oferece,
Agora lhe não deixa ter defesa
Da maldição da mãe que estava presa.

70 Que, estando na cidade que cercara,
Cercado nela foi dos Leoneses,
Porque a conquista dela lhe tomara,

---

67. *No'mais*: não mais, apenas, basta.

De Leão sendo e não dos Portugueses.
A pertinácia aqui lhe custa cara,
Assi[m] como acontece muitas vezes,
Que em ferros quebra as pernas, indo aceso
À batalha, onde foi vencido e preso.

71 Ó famoso Pompeio, não te pene
De teus feitos ilustres a ruína,
Nem ver que a justa Nêmesis ordene
Ter teu sogro de ti vitória di[g]na,
Posto que o frio Fásis ou Siene,
Que pera nenhum cabo a sombra inclina,
O Bootes gelado e a Linha ardente
Temessem o teu nome geralmente.

72 Posto que a rica Arábia e que os feroces
Heníocos e Colcos, cuja fama
O Véu dourado estende, e os Capadoces
E Judeia, que um Deus adora e ama,
E que os moles Sofenos e os atroces
Cilícios, com a Armênia, que derrama
As águas dos dous rios cuja fonte
Está noutro mais alto e santo Monte,

73 E posto, enfim, que desde o Mar de Atlante
Até o Cítico Tauro, monte erguido,
Já vencedor te vissem, não te espante
Se o campo Emátio só te viu vencido;
Porque Afonso verás, soberbo e ovante,
Tudo render e ser de[s]pois rendido.
Assi[m] o quis o Conselho alto, celeste,
Que vença o sogro a ti e o genro a este.

74 Tornado o Rei sublime, finalmente,
Do divino Juízo castigado,
De[s]pois que em Santarém soberbamente,
Em vão, dos Sarracenos foi cercado,
E de[s]pois que do mártire Vicente
o santíssimo corpo venerado
Do Sacro Promontório conhecido
À cidade Ulisseia foi trazido;

75 Por que levasse avante seu desejo,
Ao forte filho manda, o lasso velho,
Que às terras se passasse de Alentejo,
Com gente e co belígero aparelho.
Sancho, de esforço e de ânimo sobejo,
Avante passa e faz correr vermelho
O rio que Sevilha vai regando,
Co sangue Mauro, bárbaro e nefando.

76 E, com esta vitória cobiçoso,
Já não descansa o moço, até que veja
Outro estrago como este, temeroso,
No Bárbaro que tem cercado Beja.
Não tarda muito o Príncipe ditoso
Sem ver o fim daquilo que deseja.
Assi[m] estragado, o Mouro na vingança
De tantas perdas põe sua esperança.

77 Já se ajuntam do monte a quem Medusa
O corpo fez perder que teve o Céu;
Já vêm do promontório de Ampelusa
E do Tinge, que assento, foi de Anteu.
O morador de Abila não se escusa,

Que também com suas armas se moveu,
Ao som da Mauritana e ronca tuba,
Todo o Reino que foi do nobre Juba.

78 Entrava, com toda esta companhia,
O Miralmumini em Portugal;
Treze Reis mouros leva de valia,
Entre os quais tem o cetro Imperial.
E assi[m], fazendo quanto mal podia,
O que em partes podia fazer mal,
Dom Sancho vai cercar em Santarém;
Porém não lhe sucede muito bem.

79 Dá-lhe combates ásperos, fazendo
Ardis de guerra mil, o Mouro iroso;
Não lhe aproveita já trabuco horrendo,
Mina secreta, aríete forçoso;
Porque o filho de Afonso, não perdendo
Nada do esforço e acordo generoso,
Tudo provê com ânimo e prudência,
Que em toda a parte há esforço e resistência,

80 Mas o velho, a quem tinham já obrigado
Os trabalhosos anos ao sossego,
Estando na cidade cujo prado
Enverdecem as águas do Mondego,
Sabendo como o filho está cercado,
Em Santarém, do Mauro povo cego,
Se parte diligente da cidade;
Que não perde a presteza coa idade.

---

80. *Cidade do Mondego*: Coimbra.

81 E coa famosa gente, à guerra usada,
Vai socorrer o filho; e assi[m] ajuntados,
A Portuguesa fúria costumada
Em breve os Mouros tem desbaratados.
A campina, que toda está coalhada
De marlotas, capuzes variados,
De cavalos, jaezes, presa rica,
De seus senhores mortos cheia fica.

82 Logo todo o restante se partiu
De Lusitânia, postos em fugida;
O Miralmumini só não fugiu,
Porque, antes de fugir, lhe foge a vida.
A Quem lhe esta vitória permitiu
Dão louvores e graças sem medida;
Que, em casos tão estranhos, claramente
Mais peleja o favor de Deus que a gente.

83 De tamanhas vitórias triunfava
O velho Afonso, Príncipe subido,
Quando quem tudo enfim vencendo andava,
Da larga e muita idade foi vencido.
A pálida doença lhe tocava,
Com fria mão, o corpo enfraquecido;
E pagaram seus anos, deste jeito,
À triste Libitina seu direito.

84 Os altos promontórios o choraram,
E dos rios as águas saudosas
Os semeados campos alagaram,
Com lágrimas correndo piedosas;
Mas tanto pelo mundo se alargaram,

Com fama, suas obras valerosas,
Que sempre no seu Reino chamarão
"Afonso, Afonso!" os ecos; mas em vão.

85 Sancho, forte mancebo, que ficara
Imitando seu pai na valentia,
E que em sua vida já se exprimentara
Quando o Bétis de sangue se tingia
E o bárbaro poder desbaratara
Do Ismaelita Rei de Andaluzia,
E mais quando os que Beja em vão cercaram,
Os golpes de seu braço em si provaram;

86 De[s]pois que foi por Rei alevantado,
Havendo poucos anos que reinava,
A cidade de Silves tem cercado
Cujos campos o Bárbaro lavrava.
Foi das valentes gentes ajudado
Da Germânica armada que passava,
De armas fortes e gente apercebida,
A recobrar Judeia já perdida.

87 Passavam a ajudar na santa empresa
O roxo F[r]ederico, que moveu
O poderoso exército, em defesa
Da cidade onde Cristo padeceu,
Quando Guido, coa gente em sede acesa,
Ao grande Saladino se rendeu,
No lugar onde aos Mouros sobejavam
As águas que os de Guido desejavam.

88 Mas a fermosa armada, que viera
Por contraste de vento àquela parte,
Sancho quis ajudar na guerra fera,
Já que em serviço vai do santo Marte.
Assi[m] como a seu pai acontecera
Quando tomou Lisboa, da mesma arte
Do Germano ajudado, Silves toma
E o bravo morador destrui e doma.

89 E se tantos troféus do Ma[h]ometa
Alevantando vai, também do forte
Leonês não consente estar quieta
A terra, usada aos casos de Mavorte,
Até que na cerviz seu jugo meta
Da soberba Tuí, que a mesma sorte
Viu ter a muitas vilas suas vizinhas,
Que, por armas, tu, Sancho, humildes tinhas.

90 Mas, entre tantas palmas salteado
Da temerosa morte, fica herdeiro
Um filho seu, de todos estimado,
Que foi segundo Afonso e Rei terceiro.
No tempo deste, aos Mouros foi tomado
Alcácere do Sal, por derradeiro;
Porque dantes os Mouros o tomaram,
Mas agora estruídos o pagaram.

91 Morto de[s]pois Afonso, lhe sucede
Sancho segundo, manso e descuidado;
Que tanto em seus descuidos se desmede
Que de outrem quem mandava era mandado.
De governar o Reino, que outro pede,

Por causa dos privados foi privado,
Porque, como por eles se regia,
Em todos os seus vícios consentia.

92 Não era Sancho, não, tão desonesto
Como Nero, que um moço recebia
Por mulher e, de[s]pois, horrendo incesto
Com a mãe Agripina cometia;
Nem tão cruel às gentes e molesto
Que a cidade queimasse onde vivia;
Nem tão mau como foi Heliogabalo,
Nem como o mole Rei Sardanapalo.

93 Nem era o povo seu tiranizado,
Como Sicília foi de seus tiranos;
Nem tinha, como Fálaris, achado
Gênero de tormentos inumanos;
Mas o Reino, de altivo e costumado
A senhores em tudo soberanos,
A Rei não obedece nem consente
Que não for mais que todos excelente.

94 Por esta causa, o Reino governou
O Conde Bolonhês, de[s]pois alçado
Por Rei, quando da vida se apartou
Seu irmão Sancho, sempre ao ócio dado.
Este, que Afonso o Bravo se chamou,
De[s]pois de ter o Reino segurado,
Em dilatá-lo cuida, que em terreno
Não cabe o altivo peito, tão pequeno.

95 Da terra dos Algarves, que lhe fora
Em casamento dada, grande parte
Recupera co braço, e deita fora
O Mouro, mal querido já de Marte.
Este de todo fez livre e senhora
Lusitânia, com força e bélica arte;
E acabou de oprimir a nação forte,
Na terra que aos de Luso coube em sorte.

96 Eis de[s]pois vem Dinis, que bem parece
Do bravo Afonso estirpe nobre e di[g]na,
Com quem a fama grande se escurece
Da liberalidade Alexandrina.
Com este o Reino próspero flore[s]ce
(Alcançada já a paz áurea divina)
Em constituições, leis e costumes,
Na terra já tranqüila claros lumes.

97 Fez primeiro em Coimbra exercitar-se
O valeroso ofício de Minerva;
E de Helicona as Musas fez passar-se
A pisar do Mondego a fértil erva.
Quanto pode de Atenas desejar-se
Tudo o soberbo Apolo aqui reserva.
Aqui as capelas dá tecidas de ouro,
Do bácaro e do sempre verde louro.

98 Nobres vilas de novo edificou,
Fortalezas, castelos mui seguros,
E quase o Reino todo reformou
Com edifícios grandes e altos muros:
Mas de[s]pois que a dura Átropos cortou

O fio de seus dias já maduros,
Ficou-lhe o filho, pouco obediente,
Quarto Afonso, mas forte e excelente.

99 Este sempre as soberbas Castelhanas
Co peito desprezou firme e sereno,
Porque não é das forças Lusitanas
Temer poder maior, por mais pequeno;
Mas porém, quando as gentes Mauritanas,
A possuir o hespérico terreno,
Entraram pelas terras de Castela,
Foi o soberbo Afonso a socorrê-la.

100 Nunca com Semiramis gente tanta
Veio os campos idáspicos enchendo,
Nem Átila, que Itália toda espanta,
Chamando-se de Deus açoute horrendo,
Gótica gente trouxe tanta, quanta
Do Sarraceno bárbaro, estupendo,
Co poder excessivo de Granada,
Foi nos campos Tartéssios ajuntada.

101 E, vendo o Rei sublime Castelhano
A força, inexpugnábil, grande e forte,
Temendo mais o fim do povo Hispano
(Já perdido ũa vez) que a própria morte,
Pedindo ajuda ao forte Lusitano
Lhe mandava a caríssima consorte,
Mulher de quem a manda e filha amada
Daquele a cujo Reino foi mandada.

102 Entrava a fermosíssima Maria
Pelos paternais paços sublimados,
Lindo o gesto, mas fora de alegria,
E seus olhos em lágrimas banhados.
Os cabelos angélicos trazia
Pelos ebúrneos ombros espalhados.
Diante do pai ledo, que a agasalha,
Estas palavras tais, chorando, espalha:

103 — Quantos povos a terra produziu
De África toda, gente fera e estranha,
O grão Rei de Marrocos conduziu
Pera vir possuir a nobre Espanha:
Poder tamanho junto não se viu,
De[s]pois que o salso mar a terra banha.
Trazem ferocidade e furor tanto
Que a vivos medo e a mortos faz espanto!

104 Aquele que me deste por marido,
Por defender sua terra amedrontada,
Co pequeno poder, oferecido
Ao duro golpe está da Maura espada.
E, se não for contigo socorrido,
Ver-me hás dele e do Reino ser privada;
Viúva e triste e posta em vida escura,
Sem marido, sem Reino e sem ventura.

105 Portanto, ó Rei, de quem com puro medo
O corrente Muluca se congela,
Rompe toda a tardança, acude cedo
À miseranda gente de Castela.
Se esse gesto, que mostras claro e ledo,

De pai o verdadeiro amor assela;
Acude e corre, pai, que, se não corres,
Pode ser que não aches quem socorres.

106 Não de outra sorte a tímida Maria
Falando está que a triste Vênus, quando
A Júpiter, seu pai, favor pedia
Pera Eneias, seu filho, navegando;
Que a tanta piedade o comovia
Que, caído das mãos o raio infando,
Tudo o clemente Padre lhe concede,
Pesando-lhe do pouco que lhe pede.

107 Mas já cos esquadrões da gente armada
Os Eborenses campos vão coalhados;
Lustra co Sol o arnês, a lança, a espada;
Vão rinchando os cavalos jaezados.
A canora trombeta embandeirada
Os corações, à paz acostumados,
Vai às fulgentes armas incitando,
Pelas concavidades retumbando.

108 Entre todos no meio se sublima,
Das insígnias Reais acompanhado,
O valeroso Afonso, que por cima
De todos leva o colo alevantado,
E somente co gesto esforça e anima
A qualquer coração amedrontado.
Assi[m] entra nas terras de Castela
Com a filha gentil, Rainha dela.

109 Juntos os dous Afonsos, finalmente
Nos campos de Tarifa estão defronte
Da grande multidão da cega gente,
Pera quem são pequenos campo e monte.
Não há peito tão alto e tão potente
Que de desconfiança não se afronte,
Enquanto não conheça e claro veja
Que co braço dos seus Cristo peleja.

110 Estão de Agar os netos quase rindo
Do poder dos Cristãos, fraco e pequeno,
As terras como suas repartindo,
Antemão, entre o exército Agareno,
Que, com título falso, possuindo
Está o famoso nome Sarraceno.
Assi[m] também, com falsa conta e nua,
À nobre terra alheia chamam sua.

111 Qual o membrudo e bárbaro Gigante,
Do Rei, Saul, com causa, tão temido,
Vendo o Pastor inerme estar diante,
Só de pedras e esforço apercebido,
Com palavras soberbas, o arrogante,
Despreza o fraco moço mal vestido,
Que, rodeando a funda, o desengana
Quanto mais pode a Fé que a força humana:

112 Destarte o Mouro pérfido despreza
O Poder dos Cristãos, e não entende
Que está ajudado da alta Fortaleza
A quem o Inferno horrífico se rende.
Co ela o Castelhano, e com destreza,

De Marrocos o Rei comete e ofende;
O Português, que tudo estima em nada,
Se faz temer ao Reino de Granada.

113 Eis as lanças e espadas retiniam
Por cima dos arneses (bravo estrago);
Chamam, segundo as Leis que ali seguiam,
Uns Mafamede e os outros Santiago.
Os feridos com grita o céu feriam,
Fazendo de seu sangue bruto lago,
Onde outros, meios mortos, se afogavam,
Quando do ferro as vidas escapavam.

114 Com esforço tamanho estrui e mata
O Luso ao Granadil, que, em pouco espaço,
Totalmente o poder lhe desbarata,
Sem lhe valer defesa ou peito de aço.
De alcançar tal vitória tão barata
Inda não bem contente o forte braço,
Vai ajudar ao bravo Castelhano,
Que pelejando está co Mauritano.

115 Já se ia o Sol ardente recolhendo
Pera a casa de Tét[h]is, e inclinado
Pera o Ponente, o Véspero trazendo,
Estava o claro dia memorado,
Quando o poder do Mouro, grande e horrendo,
Foi pelos fortes Reis desbaratado,
Com tanta mortindade que a memória
Nunca no mundo viu tão grão vitória.

116 Não matou a quarta parte o forte Mário
Dos que morreram neste vencimento,
Quando as águas co sangue do adversário
Fez beber ao exército sedento;
Nem o Peno, asperíssimo contrário
Do Romano poder, de na[s]cimento,
Quando tantos matou da ilustre Roma,
Que alqueires três de anéis dos mortos toma.

117 E se tu tantas almas só pudeste
Mandar ao Reino escuro de Cocito,
Quando a santa Cidade desfizeste
Do povo pertinaz no antigo rito,
Permissão e vingança foi celeste,
E não força de braço, ó nobre Tito;
Que assi[m] dos Vates foi profetizado,
E de[s]pois por JESU[S] certificado.

118 Passada esta tão próspera vitória,
Tornado Afonso à Lusitana terra,
A se lograr da paz com tanta glória
Quanta soube ganhar na dura guerra,
O caso triste, e di[g]no da memória
Que do sepulcro os homens desenterra,
Aconteceu da mísera e mesquinha
Que de[s]pois de ser morta foi Rainha.

119 Tu só, tu, puro Amor, com força crua,
Que os corações humanos tanto obriga,
Deste causa à molesta morte sua,
Como se fora pérfida inimiga,
Se dizem, fero Amor, que a sede tua

Nem com lágrimas tristes se mitiga,
É porque queres, áspero e tirano,
Tuas aras banhar em sangue humano.

120 Estavas, linda Inês, posta em sossego,
De teus anos colhendo doce fru[i]to,
Naquele engano da alma, ledo e cego,
Que a Fortuna não deixa durar muito,
Nos saudosos campos do Mondego,
De teus fermosos olhos nunca enxu[i]to,
Aos montes ensinando e às ervinhas
O nome que no peito escrito tinhas.

121 Do teu Príncipe ali te respondiam
As lembranças que na alma lhe moravam,
Que sempre ante seus olhos te traziam,
Quando dos teus fermosos se apartavam;
De noite, em doces sonhos que mentiam,
De dia, em pensamentos que voavam.
E quanto, enfim, cuidava e quanto via
Eram tudo memórias de alegria.

122 De outras belas senhoras e Princesas
Os desejados tálamos enjeita,
Que tudo, enfim, tu, puro amor, desprezas
Quando um gesto suave te sujeita.
Vendo estas namoradas estranhezas,
O velho pai sisudo, que respeita
O murmurar do povo e a fantasia
Do filho, que casar-se não queria,

123 Tirar Inês ao mundo determina,
Por lhe tirar o filho que tem preso,
Crendo co sangue só da morte indi[g]na
Matar do firme amor o fogo aceso.
Que furor consentiu que a espada fina
Que pôde sustentar o grande peso
Do furor Mauro, fosse alevantada
Contra ũa fraca dama delicada?

124 Traziam-[n]a os horríficos algozes
Ante o Rei, já movido a piedade;
Mas o povo, com falsas e ferozes
Razões, à morte crua o persuade.
Ela, com tristes e piedosas vozes,
Saídas só da mágoa e saudade
Do seu Príncipe e filhos, que deixava,
Que mais que a própria morte a magoava,

125 Pera o céu cristalino alevantando,
Com lágrimas, os olhos piedosos
(Os olhos, porque as mãos lhe estava atando
Um dos duros ministros rigorosos);
E de[s]pois nos meninos atentando,
Que tão queridos tinha e tão mimosos,
Cuja orfindade como mãe temia,
Pera o avô cruel assi[m] dizia:

126 — Se já nas brutas feras, cuja mente
Natura fez cruel de na[s]cimento,
E nas aves agrestes, que somente
Nas rapinas aéreas têm o intento,
Com pequenas crianças viu a gente

Terem tão piedoso sentimento
Como coa mãe de Nino já mostraram,
E cos irmãos que Roma edificaram:

127 Ó tu, que tens de humano o gesto e o peito
(Se de humano é matar ũa donzela,
Fraca e sem força, só por ter sujeito
O coração a quem soube vencê-la),
A estas criancinhas tem respeito,
Pois o não tens à morte escura dela;
Mova-te a piedade sua e minha,
Pois te não move a culpa que não tinha.

128 E se, vencendo a Maura resistência,
A morte sabes dar com fogo e ferro,
Sabe também dar vida, com clemência,
A quem pera perdê-la não fez erro.
Mas, se to assi[m] merece esta inocência,
Põe-me em perpétuo e mísero desterro,
Na Cítia fria ou lá na Líbia, ardente,
Onde em lágrimas viva eternamente.

129 Põe-me onde se use toda a feridade,
Entre leões e tigres, e verei
Se neles achar posso a piedade
Que entre peitos humanos não achei.
Ali, co amor intrínseco e vontade
Naquele por quem mouro, criarei
Estas relíquias suas que aqui viste,
Que refrigério sejam da mãe triste.

130 Queria perdoar-lhe o Rei beni[g]no,
Movido das palavras que o magoam;
Mas o pertinaz povo e seu destino
(Que desta sorte o quis) lhe não perdoam.
Arrancam das espadas de aço fino
Os que por bom tal feito ali apregoam.
Contra ũa dama, ó peitos carniceiros,
Feros vos amostrais, e cavaleiros?

131 Qual contra a linda moça Policena,
Consolação extrema da mãe velha,
Porque a sombra de Aquiles a condena,
Co ferro o duro Pirro se aparelha;
Mas ela, os olhos com que o ar serena
(Bem como paciente e mansa ovelha)
Na mísera mãe postos, que endoudece,
Ao duro sacrifício se oferece:

132 Tais contra Inês os brutos matadores,
No colo de alabastro, que sustinha
As obras com que Amor matou de amores
Aquele que de[s]pois a fez rainha,
As espadas banhando, e as brancas flores,
Que ela dos olhos seus regadas tinha,
Se encarniçavam, férvidos e irosos;
No futuro castigo não cuidosos.

133 Bem puderas, ó Sol, da vista destes,
Teus raios apartar aquele dia,
Como da seva mesa de Tiestes,
Quando os filhos por mão de Atreu comia.
Vós, ó côncavos vales, que pudestes

A voz extrema ouvir da boca fria,
O nome do seu Pedro, que lhe ouvistes,
Por muito grande espaço repetistes.

134 Assi[m] como a bonina que cortada
Antes do tempo foi, cândida e bela,
Sendo das mãos la[s]civas maltratada
Da menina que a trouxe na capela,
O cheiro traz perdido e a cor murchada:
Tal está, morta, a pálida donzela,
Secas do rosto as rosas e perdida
A branca e viva cor, coa doce vida.

135 As filhas do Mondego a morte escura
Longo tempo chorando memoraram,
E, por memória eterna, em fonte pura
As lágrimas choradas transformaram.
O nome lhe puseram, que inda dura,
Dos amores de Inês, que ali passaram.
Vede que fresca fonte rega as flores,
Que lágrimas são a água e o nome Amores.

136 Não correu muito tempo que a vingança
Não visse Pedro das mortais feridas,
Que, em tomando do Reino a governança,
A tomou dos fugidos homicidas.
Do outro Pedro cruíssimo os alcança,
Que ambos, imigos das humanas vidas,
O concerto fizeram, duro e injusto,
Que com Lépido e Antônio fez Augusto.

137 Este castigador foi rigoroso
De latrocínios, mortes e adultérios;
Fazer nos maus cruezas, fero e iroso,
Eram os seus mais certos refrigérios.
As cidades guardando, justiçoso,
De todos os soberbos vitupérios,
Mais ladrões, castigando, à morte deu,
Que o vagabundo Alcides ou Teseu.

138 Do justo e duro Pedro na[s]ce o brando
(Vede da natureza o desconcerto),
Remisso e sem cuidado algum, Fernando,
Que todo o Reino pôs em muito aperto;
Que, vindo o Castelhano devastando
As terras sem defesa, esteve perto
De destruir-se o Reino totalmente;
Que um fraco Rei faz fraca a forte gente.

139 Ou foi castigo claro do pecado
De tirar Lianor a seu marido
E casar-se co ela, de enlevado
Num falso parecer mal-entendido;
Ou foi que o coração, sujeito e dado
Ao vício vil, de quem se viu rendido,
Mole se fez e fraco; e bem parece
Que um ba[i]xo amor os fortes enfraquece.

140 Do pecado tiveram sempre a pena
Muitos, que Deus o quis e permitiu:
Os que foram roubar a bela Helena,
E com Ápio também Tarquino o viu.
Pois por quem Davi Santo se condena?

Ou quem o Tribo ilustre destruiu
De Benjamim? Bem claro no-lo ensina
Por Sarra Faraó, Siquém por Dina.

141 E pois, se os peitos fortes enfraquece
Um inconcesso amor desatinado,
Bem no filho de Alcmena se parece
Quando em Ônfale andava transformado.
De Marco Antônio a fama se escurece
Com ser tanto a Cleópatra afeiçoado.
Tu também, Peno próspero, o sentiste
De[s]pois que ũa moça vil na Apúlia viste.

142 Mas quem pode livrar-se, porventura,
Dos laços que Amor arma brandamente
Entre as rosas e a neve humana pura,
O ouro e o alabastro transparente?
Quem, de ũa peregrina fermosura,
De um vulto de Medusa propriamente,
Que o coração converte que tem preso,
Em pedra, não, mas em desejo aceso?

143 Quem viu um olhar seguro, um gesto brando,
Ũa suave e angélica excelência,
Que em si, está sempre as almas transformando,
Que tivesse contra ela resistência?
Desculpado por certo está Fernando,
Pera quem tem de amor experiência;
Mas antes, tendo livre a fantasia,
Por muito mais culpado o julgaria.

Canto quarto

1 De[s]pois de procelosa tempestade,
No[c]turna sombra e sibilante vento,
Traz a manhã serena claridade,
Esperança de porto e salvamento;
Aparta o Sol a negra escuridade,
Removendo o temor ao pensamento.
Assi[m] no Reino forte aconteceu
De[s]pois que o Rei Fernando faleceu.

2 Porque, se muito os nossos desejaram
Quem os danos e ofensas vá vingando
Naqueles que tão bem se aproveitaram
Do descuido remisso de Fernando,
De[s]pois de pouco tempo o alcançaram,
Joane, sempre ilustre, alevantando
Por Rei, como de Pedro único herdeiro
(Ainda que bastardo) verdadeiro.

3 Ser isto ordenação dos Céus divina
Por sinais muito claros se mostrou,
Quando em Évora a voz de ũa menina,
Ante tempo falando, o nomeou.
E, como cousa, enfim, que o Céu destina,
No berço o corpo e a voz alevantou:
— Portugal, Portugal — alçando a mão,
Disse, pelo Rei novo, Dom João.

4 Alteradas então do Reino as gentes
Co ódio que ocupado os peitos tinha,

Absolutas cruezas e evidentes
Faz do povo o furor por onde vinha;
Matando vão amigos e parentes
Do adúltero Conde e da Rainha,
Com quem sua incontinência desonesta
Mais, de[s]pois de viúva, manifesta.

5 Mas ele, enfim, com causa desonrado,
Diante dela a ferro frio morre,
De outros muitos na morte acompanhado,
Que tudo o fogo erguido queima e corre:
Quem, como Astianás, precipitado,
Sem lhe valerem ordens, de alta torre;
A quem ordens, nem aras, nem respeito;
Quem nu por ruas, e em pedaços feito.

6 Podem-se pôr em longo esquecimento
As cruezas mortais que Roma viu,
Feitas do feroz Mário e do cruento
Sila, quando o contrário lhe fugiu.
Por isso Lianor, que o sentimento
Do morto Conde ao mundo descobriu,
Faz contra Lusitânia vir Castela,
Dizendo ser sua filha herdeira dela.

7 Beatriz era a filha, que casada
Co Castelhano está que o Reino pede,
Por filha de Fernando reputada,
Se a corrompida fama lho concede.
Com esta voz Castela alevantada,
Dizendo que esta filha ao pai sucede,
Suas forças ajunta, pera as guerras,
De várias regiões e várias terras.

8 Vêm de toda a província que de um Brigo
(Se foi) já teve o nome derivado;
Das terras que Fernando e que Rodrigo
Ganharam do tirano e Mauro estado.
Não estimam das armas o perigo
Os que cortando vão co duro arado
Os campos Leoneses, cuja gente
Cos Mouros foi nas armas excelente.

9 Os Vândalos, na antiga valentia
Ainda confiados, se ajuntavam
Da cabeça de toda Andaluzia,
Que do Guadalquibir as águas lavam.
A nobre Ilha também se apercebia
Que antigamente os Tírios habitavam,
Trazendo por insígnias verdadeiras
As hercúleas colunas nas bandeiras.

10 Também vêm lá do Reino de Toledo,
Cidade nobre e antiga, a quem cercando
O Tejo em torno vai, suave e ledo,
Que das serras de Conca vem manando.
A vós outros também não tolhe o medo,
Ó sórdidos Galegos, duro bando,
Que, pera resistirdes, vos armastes,
Àqueles cujos golpes já provastes.

11 Também movem da guerra as negras fúrias
A gente Biscainha, que carece
De polidas razões, e que as injúrias
Muito mal dos estranhos compadece.
A terra de Guipúscua e das Astúrias,

Que com minas de ferro se e[n]obrece,
Armou dele os soberbos moradores,
Pera ajudar na guerra a seus senhores.

12 Joane, a quem do peito o esforço cre[s]ce,
Como a Sansão hebreio da guedelha,
Posto que tudo pouco lhe parece,
Cos poucos de seu Reino, se aparelha;
E, não porque conselho lhe falece,
Cos principais senhores se aconselha,
Mas só por ver das gentes as sentenças,
Que sempre houve entre muitos diferenças.

13 Não falta com razões quem desconcerte
Da opinião de todos, na vontade;
Em quem o esforço antigo se converte
Em desusada e má deslealdade,
Podendo o temor mais, gelado, inerte,
Que a própria e natural fidelidade.
Negam o Rei e a Pátria e, se convém,
Negarão, como Pedro, o Deus que tem.

14 Mas nunca foi que este erro se sentisse
No forte Dom Nuno Álvares; mas antes,
Posto que em seus irmãos tão claro o visse,
Reprovando as vontades inco[n]stantes,
Àquelas duvidosas gentes disse,
Com palavras mais duras que elegantes,
A mão na espada, irado e não facundo,
Ameaçando a terra, o mar e o mundo:

15 — Como? Da gente ilustre Portuguesa
Há de haver quem refuse o pátrio Marte?
Como? Desta província, que princesa
Foi das gentes na guerra em toda parte,
Há de sair quem negue ter defesa?
Quem negue a Fé, o amor, o esforço e arte
De Português, e por nenhum respeito
O próprio Reino queira ver sujeito?

16 Como? Não sois vós inda os descendentes
Daqueles que, deba[i]xo da bandeira
Do grande Henriques, feros e valentes,
Vencestes esta gente tão guerreira,
Quando tantas bandeiras, tantas gentes
Puseram em fugida, de maneira
Que sete ilustres condes lhe trouxeram
Presos, afora a presa que tiveram?

17 Com quem foram contin[u]o sopeados
Estes, de quem o estais agora vós,
Por Dinis e seu filho sublimados,
Senão cos vossos fortes pais e avós?
Pois se, com seus descuidos ou pecados,
Fernando em tal fraqueza assi[m] vos pôs,
Torne-vos vossas forças o Rei novo,
Se é certo que co Rei se muda o povo.

18 Rei tendes tal que, se o valor tiverdes
Igual ao Rei que agora alevantastes,
Desbaratareis tudo o que quiserdes,
Quanto mais a quem já desbaratastes.
E se com isto, enfim, vos não moverdes

Do penetrante medo que tomastes,
Atai as mãos a vosso vão receio,
Que, eu só, resistirei ao jugo alheio.

19 Eu só, com meus vassalos e com esta
(E dizendo isto arranca meia espada),
Defenderei da força dura e infesta
A terra nunca de outrem so[b]jugada.
Em virtude do Rei, da pátria mesta,
Da lealdade já por vós negada,
Vencerei não só estes adversários,
Mas quantos a meu Rei forem contrários.

20 Bem como entre os mancebos recolhidos
Em Canúsio, relíquias sós de Canas,
Já pera se entregar quase movidos
À fortuna das forças africanas,
Cornélio moço os faz que, compelidos
Da sua espada, jurem que as Romanas
Armas não deixarão, enquanto a vida
Os não deixar ou nelas for perdida:

21 Destarte a gente força e esforça Nuno,
Que, com lhe ouvir as últimas razões,
Removem o temor frio, importuno,
Que gelados lhe tinha os corações.
Nos animais cavalgam de Neptuno,
Brandindo e volteando arremessões;
Vão correndo e gritando, a boca aberta:
Viva o famoso Rei que nos liberta!

22 Das gentes populares, uns aprovam
A guerra com que a pátria se sustinha;
Uns as armas alimpam e renovam,
Que a ferrugem da paz gastadas tinha;
Capacetes estofam, peitos provam,
Arma-se cada um como convinha;
Outros fazem vestidos de mil cores,
Com letras e tenções de seus amores.

23 Com toda esta lustrosa companhia
Joane forte sai da fresca Abrantes,
Abrantes, que também da fonte fria
Do Tejo logra as águas abundantes.
Os primeiros armígeros regia
Quem pera reger era os mui possantes
Orientais exércitos sem conto
Com que passava Xerxes o Helesponto.

24 Dom Nuno Álvares digo, verdadeiro
Açoute de soberbos Castelhanos,
Como já o fero Huno o foi primeiro
Pera Franceses, pera Italianos.
Outro também, famoso cavaleiro,
Que a ala direita tem dos Lusitanos,
Apto pera mandá-los e regê-los,
Mem Rodrigues se diz de Vasconcelos.

25 E da outra ala, que a esta corresponde,
Antão Vasques de Almada é capitão,
Que de[s]pois foi de Abranches nobre Conde;
Das gentes vai regendo a sestra mão.
Logo na retaguarda não se esconde

Das Quinas e Castelos o pendão,
Com Joane, Rei forte em toda parte,
Que escurecendo o preço vai de Marte.

26 Estavam pelos muros, temerosas
E de um alegre medo quase frias,
Rezando, as mães, irmãs, damas e esposas,
Prometendo jejuns e romarias.
Já chegam as esquadras belicosas
Defronte das imigas companhias,
Que com grita grandíssima os recebem:
E todas grande dúvida concebem.

27 Respondem as trombetas mensageiras,
Pífaros sibilantes e atambores;
Alférezes volteiam as bandeiras,
Que variadas são de muitas cores.
Era no seco tempo que nas eiras
Ceres o fruto deixa aos lavradores;
Entra em Astreia o Sol, no mês de agosto;
Baco das uvas tira o doce mosto.

28 Deu sinal a trombeta castelhana,
Horrendo, fero, ingente e temeroso;
Ouviu-o o monte Artabro, e Guadiana
Atrás tornou as ondas de medroso.
Ouviu o Douro e a terra Transtagana;
Correu ao mar o Tejo duvidoso;
E as mães que o som terríbil escu[i]taram,
Aos peitos os filhinhos apertaram.

29 Quantos rostos ali se vem sem cor,
Que ao coração acode o sangue amigo!
Que, nos perigos grandes, o temor
É maior muitas vezes que o perigo.
E se o não é, parece-o, que o furor
De ofender ou vencer o duro imigo
Faz não sentir que é perda grande e rara
Dos membros corporais, da vida cara.

30 Começa-se a travar a incerta guerra:
De ambas partes se move a primeira ala;
Uns leva a defensão da própria terra,
Outros as esperanças de ganhá-la.
Logo o grande Pereira, em quem se encerra
Todo o valor, primeiro se assinala:
Derriba e encontra e a terra enfim semeia
Dos que a tanto desejam, sendo alheia.

31 Já pelo espesso ar os estridentes
Farpões, setas e vários tiros voam;
Deba[i]xo dos pés duros dos ardentes
Cavalos treme a terra, os vales soam.
Espedaçam-se as lanças, e as frequentes
Quedas coas duras armas tudo atroam.
Recre[s]cem os imigos sobre a pouca
Gente do fero Nuno, que os apouca.

32 Eis ali seus irmãos contra ele vão
(Caso feio e cruel); mas não se espanta,
Que menos é querer matar o irmão,

32. *Júlio e Magno*: Júlio César e Pompeu Magno, que se lê Manho para rimar com estranho.

Quem contra o Rei e a Pátria se alevanta.
Destes arrenegados muitos são
No primeiro esquadrão, que se adianta
Contra irmãos e parentes (caso estranho),
Quais nas guerras civis de Júlio [e] Magno.

33 Ó tu, Sertório, ó nobre Coriolano,
Catilina, e vós outros dos antigos
Que contra vossas pátrias, com profano
Coração, vos fizestes inimigos:
Se lá no reino escuro de Sumano
Receberdes gravíssimos castigos,
Dizei-lhe que também dos Portugueses
Alguns tre[i]dores houve algũas vezes.

34 Rompem-se aqui dos nossos os primeiros,
Tantos dos inimigos a eles vão.
Está ali Nuno, qual pelos outeiros
De Ceita está o fortíssimo leão
Que cercado se vê dos cavaleiros
Que os campos vão correr de Tutuão:
Perseguem-no coas lanças, e ele, iroso,
Torvado um pouco está, mas não medroso.

35 Com torva vista os vê, mas a natura
Ferina e a ira não lhe compadecem
Que as costas dê, mas antes na espessura
Das lanças se arremessa, que recre[s]cem.
Tal está o cavaleiro, que a verdura
Tinge co sangue alheio; ali perecem

---

35. *Natura Ferina*: natureza, índole feroz.

Alguns dos seus, que o ânimo valente
Perde a virtude contra tanta gente.

36 Sentiu Joane a afronta que passava
Nuno, que, como sábio capitão,
Tudo corria e via e a todos dava,
Com presença e palavras, coração.
Qual parida leoa, fera e brava,
Que os filhos, que no ninho sós estão,
Sentiu que, enquanto pasto lhe buscara,
O pastor de Massília lhos furtara,

37 Corre raivosa e freme e com bramidos
Os montes Sete Irmãos atroa e abala:
Tal Joane, com outros escolhidos
Dos seus, correndo acode à primeira ala:
— Ó fortes companheiros, ó subidos
Cavaleiros, a quem nenhum se iguala,
Defendei vossas terras, que a esperança
Da liberdade está na vossa lança!

38 Vedes-me aqui, Rei vosso e companheiro,
Que entre as lanças e setas e os arneses
Dos inimigos corro e vou primeiro;
Pelejai, verdadeiros Portugueses!
Isto disse o magnânimo guerreiro
E, sopesando a lança quatro vezes,
Com força tira; e deste único tiro
Muitos lançaram o último suspiro.

---

36. *Afronta*: aperto, pressão, situação difícil.

39 Porque eis os seus, acesos novamente
De ũa nobre vergonha e honroso fogo,
Sobre qual mais, com ânimo valente,
Perigos vencerá do Márcio jogo,
Porfiam; tinge o ferro o fogo ardente;
Rompem malhas primeiro e peitos logo.
Assi[m] recebem junto e dão feridas,
Como a quem já não dói perder as vidas.

40 A muitos mandam ver o Estígio lago,
Em cujo corpo a morte e o ferro entrava.
O Mestre morre ali de Santiago,
Que fortíssimamente pelejava;
Morre também, fazendo grande estrago,
Outro Mestre cruel de Calatrava.
Os Pereiras também, arrenegados,
Morrem, arrenegando o Céu e os Fados.

41 Muitos também do vulgo vil, sem nome,
Vão, e também dos nobres, ao Profundo,
Onde o trifauce Cão perpétua fome
Tem das almas que passam deste mundo.
E porque mais aqui se amanse e dome
A soberba do imigo furibundo,
A sublime bandeira castelhana
Foi derribada aos pés da Lusitana.

42 Aqui a fera batalha se encruece
Com mortes, gritos, sangue e cutiladas;
A multidão da gente que perece

---

39. *Márcio jogo*: jogo de Marte, a guerra.

Tem as flores da própria cor mudadas.
Já as costas dão e as vidas; já falece
O furor e sobejam as lançadas;
Já de Castela o Rei desbaratado
Se vê e de seu propósito mudado.

43 O campo vai deixando ao vencedor,
Contente de lhe não deixar a vida.
Seguem-no os que ficaram, e o temor
Lhe dá, não pés, mas asas à fugida.
Encobrem no profundo peito a dor
Da morte, da fazenda despendida,
Da mágoa, da desonra e triste nojo
De ver outrem triunfar de seu despojo.

44 Alguns vão maldizendo e blasfemando
Do primeiro que guerra fez no mundo;
Outros a sede dura vão culpando
Do peito cobiçoso e sitibundo,
Que, por tomar o alheio, o miserando
Povo aventura às penas do Profundo,
Deixando tantas mães, tantas esposas,
Sem filhos, sem maridos, desditosas.

45 O vencedor Joane esteve os dias
Costumados no campo, em grande glória;
Com ofertas, de[s]pois, e romarias,
As graças deu a Quem lhe deu vitória.
Mas Nuno, que não quer por outras vias
Entre as gentes deixar de si memória
Senão por armas sempre soberanas,
Pera as terras se passa Transtaganas.

46 Ajuda-o seu destino de maneira
Que fez igual o efeito ao pensamento,
Porque a terra dos Vândalos, fronteira,
Lhe concede o despojo e o vencimento.
Já de Sevilha a Bética bandeira,
E de vários senhores, num momento
Se lhe derriba aos pés, sem ter defesa,
Obrigados da força portuguesa.

47 Destas e outras vitórias longamente
Eram os Castelhanos oprimidos,
Quando a paz, desejada já da gente,
Deram os vencedores aos vencidos,
De[s)pois que quis o Padre o[m]nipotente
Dar os Reis inimigos por maridos
Às duas ilustríssimas inglesas,
Gentis, fermosas, ínclitas princesas.

48 Não sofre o peito forte, usado à guerra,
Não ter imigo já a quem faça dano;
E assi[m], não tendo a quem vencer na terra,
Vai cometer as ondas do Oceano.
Este é o primeiro Rei que se desterra
Da pátria, por fazer que o Africano
Conheça, pelas armas, quanto excede
A lei de Cristo à lei de Mafamede.

49 Eis mil nadantes aves, pelo argento
Da furiosa Tét[h]is inquieta,
Abrindo as pandas asas vão ao vento,

---

49. *Nadantes aves*: os navios. *Pandas asas*: velas infladas.

Pera onde Alcides pôs a extrema meta.
O monte Abila e o nobre fundamento
De Ceita toma, e o torpe Ma[h]ometa
Deita fora, e segura toda Espanha
Da Juliana, má e desleal manha.

50 Não consentiu a morte tantos anos
Que de herói tão ditoso se lograsse
Portugal, mas os coros soberanos
Do Céu supremo quis que povoasse.
Mas, pera defensão dos Lusitanos,
Deixou Quem o levou, quem governasse
E aumentasse a terra mais que dantes:
Ínclita geração, altos Infantes.

51 Não foi do Rei Duarte tão ditoso
O tempo que ficou na suma alteza,
Que assi[m] vai alternando o tempo iroso
O bem co mal, o gosto coa tristeza.
Quem viu sempre um estado deleitoso?
Ou quem viu em Fortuna haver firmeza?
Pois inda neste Reino e neste Rei
Não usou ela tanto desta lei?

52 Viu ser cativo o santo irmão Fernando
(Que a tão altas empresas aspirava),
Que, por salvar o povo miserando
Cercado, ao Sarraceno se entregava.
Só por amor da pátria está passando
A vida, de senhora feita escrava,
Por não se dar por ele a forte Ceita.
Mais o púbrico bem que o seu respeita.

53 Codro, por que o inimigo não vencesse,
Deixou antes vencer da morte a vida;
Régulo, por que a pátria não perdesse,
Quis mais a liberdade ver perdida.
Este, porque se Espanha não temesse,
A cativeiro eterno se convida.
Codro, nem Cúrcio, ouvido por, espanto,
Nem os Décios leais, fizeram tanto.

54 Mas Afonso, do Reino único herdeiro,
Nome em armas ditoso em nossa Hespéria,
Que a soberba do Bárbaro fronteiro
Tornou em ba[i]xa e humílima miséria,
Fora por certo invicto cavaleiro,
Se não quisera ir ver a terra Ibéria.
Mas África dirá ser impossíbil
Poder ninguém vencer o Rei terríbil.

55 Este pôde colher as maçãs de ouro
Que somente o Tiríntio colher pôde.
Do jugo que lhe pôs, o bravo Mouro
A cerviz inda agora não sacode.
Na fronte a palma leva e o verde louro
Das vitórias do bárbaro, que acode
A defender Alcácer, forte vila,
Tângere populoso e a dura Arzila.

56 Porém elas, enfim, por força entradas,
Os muros aba[i]xaram de diamante
Às portuguesas forças, costumadas
A derribarem quanto acham diante.
Maravilhas em armas, estremadas

E de escritura di[g]nas elegante,
Fizeram cavaleiros nesta empresa,
Mais afinando a fama portuguesa.

57 Porém de[s]pois, tocado de ambição
E glória de mandar, amara e bela,
Vai cometer Fernando de Aragão,
Sobre o potente Reino de Castela.
Ajunta-se a inimiga multidão
Das soberbas e várias gentes dela,
Desde Cáliz ao alto Perineu,
Que tudo ao Rei Fernando obedeceu.

58 Não quis ficar nos Reinos ocioso
O mancebo Joane, e logo ordena
De ir ajudar o pai ambicioso,
Que então lhe foi ajuda não pequena.
Saiu-se, enfim, do trance perigoso,
Com fronte não torvada, mas serena.
Desbaratado o pai sanguinolento,
Mas ficou duvidoso o vencimento:

59 Porque o filho, sublime e soberano,
Gentil, forte, animoso cavaleiro,
Nos contrários fazendo imenso dano,
Todo um dia ficou no campo inteiro.
Destarte foi vencido Octaviano,
E Antônio vencedor, seu companheiro,
Quando daqueles que César mataram
Nos Filípicos campos se vingaram.

---

58. *Trance perigoso*: transe, aperto.

60 Porém, de[s]pois que a escura noite eterna
Afonso apo[u]sentou no Céu sereno,
O Príncipe que o Reino então governa
Foi Joane segundo e Rei trezeno.
Este, por haver fama sempiterna,
Mais do que tentar pode o homem terreno
Tentou, que foi buscar da roxa Aurora
Os términos, que eu vou buscando agora.

61 Manda seus mensageiros, que passaram
Espanha, França, Itália celebrada,
E lá no ilustre porto se embarcaram
Onde já foi Parténope enterrada,
Nápoles, onde os Fados se mostraram,
Fazendo-a a várias gentes su[b]jugada,
Pela ilustrar, no fim de tantos anos,
Co senhorio de ínclitos Hispanos.

62 Pelo mar alto Sículo navegam;
Vão-se às praias de Rodes arenosas;
E dali às ribeiras altas chegam
Que com morte de Magno são famosas.
Vão a Mênfis, e às terras que se regam
Das enchentes Nilóticas undosas;
Sobem à Etiópia sobre Egi[p]to,
Que de Cristo lá guarda o santo rito.

63 Passam também as ondas Eritreias,
Que o povo de Israel sem nau passou;
Ficam-lhe atrás as serras Nabateias,
Que o filho de Ismael co nome ornou.
As costas odoríferas Sabeias,

Que a mãe do belo Adônis tanto honrou,
Cercam, com toda a Arábia descoberta
Feliz, deixando a Pétrea e a Deserta.

64 Entram no Estreito Pérsico, onde dura
Da confusa Babel inda a memória;
Ali co Tigre o Eufrates se mistura,
Que as fontes onde na[s]cem têm por glória.
Dali vão em demanda da água pura,
Que causa inda será de larga história,
Do Indo, pelas ondas do Oceano,
Onde não se atreveu passar Trajano.

65 Viram gentes incógnitas e estranhas
Da Índia, da Carmânia e Gedrosia,
Vendo vários costumes, várias manhas,
Que cada região produze e cria.
Mas de vias tão ásperas, tamanhas,
Tornar-se facilmente não podia.
Lá morreram, enfim, e lá ficaram,
Que à desejada pátria não tornaram.

66 Parece que guardava o claro Céu
A Manuel e seus merecimentos
Esta empresa tão árdua, que o moveu
A subidos e ilustres movimentos.
Manuel, que a Joane sucedeu
No Reino e nos altivos pensamentos,
Logo como tomou do Reino cargo,
Tomou mais a conquista do mar largo.

67 O qual, como do nobre pensamento
Daquela obrigação que lhe ficara
De seus antepassados, cujo intento
Foi sempre acre[s]centar a terra cara,
Não deixasse de ser um só momento
Conquistado, no tempo que a luz clara
Foge, e as estrelas nítidas que saem
A repouso convidam quando caem,

68 Estando já deitado no áureo leito,
Onde imaginações mais certas são,
Revolvendo contín[u]o no conceito
De seu ofício e sangue a obrigação
Os olhos lhe ocupou o sono aceito,
Sem lhe desocupar o coração;
Porque, tanto que lasso se adormece,
Morfeu em várias formas lhe aparece.

69 Aqui se lhe apresenta que subia
Tão alto que tocava à prima Esfera,
Donde diante vários mundos via,
Nações de muita gente, estranha e fera.
E lá bem junto donde na[s]ce o dia,
De[s]pois que os olhos longos estendera,
Viu de antigos, longínq[u]os e altos montes
Na[s]cerem duas claras e altas fontes.

70 Aves agrestes, feras e alimárias
Pelo monte selvático habitavam;
Mil árvores silvestres e ervas várias
O passo e o trato às gentes atalhavam.
Estas duras montanhas, adversárias

De mais conversação, por si mostravam
Que, dês que Adão pecou aos nossos anos,
Não as romperam nunca pés humanos.

71 Das águas se lhe antolha que saíam,
Para ele os largos passos inclinando,
Dous homens, que mui velhos pareciam,
De aspeito, inda que agreste, venerando.
Das pontas dos cabelos lhe caíam
Gotas, que o corpo todo vão banhando;
A cor da pele baça e denegrida,
A barba hirsuta, intonsa, mas comprida.

72 De ambos de dous a fronte coroada
Ramos não conhecidos e ervas tinha.
Um deles a presença traz cansada,
Como quem de mais longe ali caminha;
E assi[m] a água, com ímpeto alterada,
Parecia que doutra parte vinha,
Bem como Alfeu de Arcádia em Siracusa
Vai buscar os abraços de Aretusa.

73 Este, que era o mais grave na pessoa,
Destarte pera o Rei de longe brada:
— Ó tu, a cujos reinos e coroa
Grande parte do mundo está guardada,
Nós outros, cuja fama tanto voa,
Cuja cerviz bem nunca foi domada,
Te avisamos que é tempo que já mandes
A receber de nós tributos grandes.

74 Eu sou o ilustre Ganges, que na terra
Celeste tenho o berço verdadeiro;
Est'outro é o Indo Rei, que, nesta serra
Que vês, seu na[s]cimento tem primeiro.
Custar-te-emos contudo dura guerra;
Mas, insistindo tu, por derradeiro,
Com não vistas vitórias, sem receio
A quantas gentes vês porás o freio.

75 Não disse mais o Rio ilustre e santo,
Mas ambos desaparecem num momento.
Acorda Emanuel cum novo espanto
E grande alteração de pensamento.
Estendeu nisto Febo o claro manto
Pelo escuro Hemisfério sonolento;
Veio a manhã no céu pintando as cores
De pudibunda rosa e roxas flores.

76 Chama o Rei os senhores a conselho
E propõe-lhe as figuras da visão;
As palavras lhe diz do santo velho,
Que a todos foram grande admiração,
Determinam o náutico aparelho,
Pera que, com sublime coração,
Vá a gente que mandar cortando os mares
A buscar novos climas, novos ares.

77 Eu, que bem mal cuidava que em efeito
Se pusesse o que o peito me pedia,
Que sempre grandes cousas deste jeito,
Pressago, o coração me prometia,
Não sei por que razão, por que respeito,

Ou por que bom sinal que em mi[m] se via,
Me põe o ínclito Rei nas mãos a chave
Deste cometimento grande e grave.

78 E com rogo e palavras amorosas,
Que é um mando nos Reis que a mais obriga,
Me disse: — As cousas árduas e lustrosas
Se alcançam com trabalho e com fadiga;
Faz as pessoas altas e famosas
A vida que se perde e que periga,
Que, quando ao medo infame não se rende,
Então, se menos dura, mais se estende.

79 Eu vos tenho entre todos escolhido
Pera ũa empresa, qual a vós se deve,
Trabalho ilustre, duro e esclarecido,
O que eu sei que por mi[m] vos será leve.
Não sofri mais, mas logo: — Ó Rei subido,
Aventurar-me a ferro, a fogo, a neve,
É tão pouco por vós que mais me pena
Ser esta vida cousa tão pequena.

80 Imaginai tamanhas aventuras
Quais Euristeu a Alcides inventava:
O leão Cleonéu, Harpias duras,
O porco de Erimanto, a Hidra brava,
De[s]cer, enfim, às sombras vãs e escuras
Onde os campos de Dite a Estige lava;
Porque a maior perigo, a mor afronta,
Por vós, ó Rei, o esprito e carne é pronta.

81 Com mercês suntuosas me agradece
E com razões me louva esta vontade;
Que a virtude louvada vive e cre[s]ce
E o louvor altos casos persuade.
A acompanhar-me logo se oferece,
Obrigado de amor e de amizade,
Não menos cobiçoso de honra e fama,
O caro meu irmão Paulo da Gama.

82 Mais se me ajunta Nicolau Coelho,
De trabalhos mui grande sofredor.
Ambos são de valia e de conselho,
De experiência em armas, e furor.
Já de manceba gente me aparelho,
Em que cre[s]ce o desejo do valor;
Todos de grande esforço; e assi[m] parece
Quem a tamanhas cousas se oferece.

83 Foram de Emanuel remunerados,
Por que com mais amor se apercebessem,
E com palavras altas animados
Pera quantos trabalhos sucedessem.
Assi[m] foram os Mínias ajuntados,
Pera que o Véu dourado combatessem,
Na fatídica Nau que ousou primeira
Tentar o mar Euxínio, aventureira.

84 E já no porto da ínclita Ulisseia,
Cum alvoroço nobre e cum desejo
(Onde o licor mistura e branca areia
Co salgado Neptuno o doce Tejo)
As naus prestes estão; e não refreia

Temor nenhum o juvenil despejo,
Porque a gente marítima e a de Marte
Estão pera seguir-me a toda parte.

85 Pelas praias vestidos os soldados
De várias cores vêm e várias artes,
E não menos de esforço aparelhados
Pera buscar do mundo novas partes.
Nas fortes naus os ventos sossegados
Ondeiam os aéreos estandartes.
Elas prometem, vendo os mares largos,
De ser no Olimpo estrelas, como a de Argos.

86 De[s]pois de aparelhados, desta sorte,
De quanto tal viagem pede e manda,
Aparelhamos a alma pera a morte,
Que sempre aos nautas ante os olhos anda.
Pera o sumo Poder, que a etérea Corte
Sustenta só coa vista veneranda,
Imploramos favor que nos guiasse
E que nossos começos aspirasse.

87 Partimo-nos assi[m] do santo templo
Que nas praias do mar está assentado,
Que o nome tem da terra, pera exemplo,
Donde Deus foi em carne ao mundo dado.
Certifico-te, ó Rei, que, se contemplo
Como fui destas praias apartado,
Cheio dentro de dúvida e receio,
Que apenas nos meus olhos ponho o freio.

88 A gente da cidade, aquele dia,
(Uns por amigos, outros por parentes,
Outros por ver somente) concorria,
Saudosos na vista e descontentes.
E nós, coa virtuosa companhia
De mil Religiosos diligentes,
Em procissão solene, a Deus orando,
Pera os batéis viemos caminhando.

89 Em tão longo caminho e duvidoso
Por perdidos as gentes nos julgavam,
As mulheres cum choro piedoso,
Os homens com suspiros que arrancavam.
Mães, Esposas, Irmãs, que o temoroso
Amor mais desconfia, acre[s]centavam
A desesperação e frio medo
De já nos não tornar a ver tão cedo.

90 Qual vai dizendo: — Ó filho, a quem eu tinha
Só pera refrigério e doce amparo
Desta cansada já velhice minha,
Que em choro acabará, penoso e amaro,
Por que me deixas, mísera e mesquinha?
Por que de mi[m] te vás, ó filho caro,
A fazer o funéreo enterramento
Onde sejas de pe[i]xes mantimento?

91 Qual em cabelo: — Ó doce e amado esposo,
Sem quem não quis Amor que viver possa,
Por que is aventurar ao mar iroso
Essa vida que é minha e não é vossa?
Como, por um caminho duvidoso,

Vos esquece a afeição tão doce nossa?
Nosso amor, nosso vão contentamento,
Quereis que com as velas leve o vento?

92 Nestas e outras palavras que diziam,
De amor e de piedosa humanidade,
Os velhos e os meninos as seguiam,
Em quem menos esforço põe a idade.
Os montes de mais perto respondiam,
Quase movidos de alta piedade;
A branca areia as lágrimas banhavam,
Que em multidão co elas se igualavam.

93 Nós outros, sem a vista alevantarmos
Nem a Mãe, nem a Esposa, neste estado,
Por nos não magoarmos, ou mudarmos
Do propósito firme começado,
Determinei de assi[m] nos embarcarmos,
Sem o despedimento costumado,
Que, posto que é de amor usança boa,
A quem se aparta, ou fica, mais magoa.

94 Mas um velho, de aspeito venerando,
Que ficava nas praias, entre a gente,
Postos em nós os olhos, meneando
Três vezes a cabeça, descontente,
A voz pesada um pouco alevantando,
Que nós no mar ouvimos claramente,
Cum saber só de experiências feito,
Tais palavras tirou do experto peito:

95 — Ó glória de mandar, ó vã cobiça
Desta vaidade a quem chamamos Fama!
Ó fraudulento gosto, que se atiça
Cũa aura popular, que honra se chama!
Que castigo tamanho e que justiça
Fazes no peito vão que muito te ama!
Que mortes, que perigos, que tormentas,
Que crueldades neles exprimentas!

96 Dura inquietação da alma e da vida,
Fonte de desamparos e adultérios,
Sagaz consumidora conhecida
De fazendas, de reinos e de impérios!
Chamam-te ilustre, chamam-te subida,
Sendo di[g]na de infames vitupérios;
Chamam-te Fama e Glória soberana,
Nomes com quem se o povo néscio engana!

97 A que novos desastres determinas
De levar estes Reinos e esta gente?
Que perigos, que mortes lhe destinas,
Deba[i]xo dalgum nome preminente?
Que promessas de reinos e de minas
De ouro, que lhe farás tão facilmente?
Que famas lhe prometerás? Que histórias?
Que triunfos? Que palmas? Que vitórias?

98 Mas, ó tu, geração daquele insano
Cujo pecado e desobediência
Não somente do Reino soberano
Te pôs neste desterro e triste ausência,
Mas inda doutro estado, mais que humano,

Da quieta e da simpres inocência,
Idade de ouro, tanto te privou,
Que na de ferro e de armas te deitou:

99 Já que nesta gostosa vaidade
Tanto enlevas a leve fantasia,
Já que à bruta crueza e feridade
Puseste nome "esforço e valentia",
Já que prezas em tanta quantidade
O desprezo da vida, que devia
De ser sempre estimada, pois que já
Temeu tanto perdê-la Quem a dá:

100 Não tens junto contigo o Ismaelita,
Com quem sempre terás guerras sobejas?
Não segue ele do Arábio a lei maldita,
Se tu pela de Cristo só pelejas?
Não tem cidades mil, terra infinita,
Se terras e riqueza mais desejas?
Não é ele por armas esforçado,
Se queres por vitórias ser louvado?

101 Deixas criar às portas o inimigo,
Por ires buscar outro de tão longe,
Por quem se despovoe o Reino antigo,
Se enfraqueça e se vá deitando a longe;
Buscas o incerto e incógnito perigo,
Por que a Fama te exalte e te lisonje
Chamando-te senhor, com larga cópia,
Da Índia, Pérsia, Arábia e de Etiópia.

102 Oh! Maldito o primeiro que, no mundo,
Nas ondas vela pôs em seco lenho!
Di[g]no da eterna pena do Profundo,
Se é justa a justa Lei que sigo e tenho!
Nunca juízo algum alto e profundo
Nem cítara sonora ou vivo engenho,
Te dê por isso fama nem memória,
Mas contigo se acabe o nome e glória!

103 Trouxe o filho de Jápeto do Céu
O fogo que ajuntou ao peito humano,
Fogo que o mundo em armas acendeu,
Em mortes, em desonras (grande engano!).
Quando melhor nos fora, Prometeu,
E quanto pera o mundo menos dano,
Que a tua estátua ilustre não tivera
Fogo de altos desejos que a movera!

104 Não cometera o moço miserando
O carro alto do pai, nem o ar vazio
O grande a[r]quite[c]tor co filho, dando,
Um, nome ao mar, e o outro, fama ao rio.
Nenhum cometimento alto e nefando
Por fogo, ferro, água, calma e frio,
Deixa intentado a humana geração.
Mísera sorte! Estranha condição!

Canto quinto

1 Estas sentenças tais o velho honrado
Vociferando estava, quando abrimos
As asas ao sereno e sossegado
Vento, e do porto amado nos partimos.
E, como é já no mar costume usado,
A vela desfraldando, o céu ferimos,
Dizendo: — Boa viagem! Logo o vento
Nos troncos fez o usado movimento.

2 Entrava neste tempo o Eterno lume
No animal Nemeio truculento;
E o Mundo, que com tempo se consume,
Na sexta idade andava, enfermo e lento.
Nela vê, como tinha por costume,
Cursos do Sol catorze vezes cento,
Com mais noventa e sete, em que corria,
Quando no mar a armada se estendia.

3 Já a vista, pouco e pouco, se desterra
Daqueles pátrios montes, que ficavam;
Ficava o caro Tejo e a fresca serra
De Sintra, e nela os olhos se alongavam.
Ficava-nos também na amada terra
O coração, que as mágoas lá deixavam.
E, já de[s]pois que toda se escondeu,
Não vimos mais, enfim, que mar e céu.

---

2. *Eterno lume*: o Sol. *Sexta idade*: época a partir do nascimento de Cristo. *Catorze vezes cento, com mais noventa e sete*: o ano de 1497.

4 Assi[m] fomos abrindo aqueles mares,
Que geração algũa não abriu,
As novas Ilhas vendo e os novos ares
Que o generoso Henrique descobriu;
De Mauritânia os montes e lugares,
Terra que Anteu num tempo possuiu,
Deixando à mão esquerda, que à direita
Não há certeza doutra, mas suspeita.

5 Passamos a grande Ilha da Madeira,
Que do muito arvoredo assi[m] se chama;
Das que nós povoamos a primeira,
Mais célebre por nome que por fama.
Mas, nem por ser do mundo a derradeira,
Se lhe avantajam quantas Vênus ama;
Antes, sendo esta sua, se esquecera
De Cipro, Gnido, Pafos e Citera.

6 Deixamos de Massília a estéril costa,
Onde seu gado os Azenegues pastam,
Gente que as frescas águas nunca gosta
Nem as ervas do campo bem lhe abastam;
A terra a nenhum fruto, enfim, disposta,
Onde as aves no ventre o ferro gastam,
Padecendo de tudo extrema inópia,
Que aparta a Barbaria de Etiópia.

7 Passamos o limite aonde chega
O Sol, que pera o Norte os carros guia;
Onde jazem os povos a quem nega
O filho de Climene a cor do dia.
Aqui gentes estranhas lava e rega

Do negro Sanagá a corrente fria,
Onde o Cabo Arsinário o nome perde,
Chamando-se dos nossos Cabo Verde.

8 Passadas tendo já as Canárias ilhas,
Que tiveram por nome Fortunadas,
Entramos, navegando, pelas filhas
Do velho Hespério, Hespéridas chamadas;
Terras por onde novas maravilhas
Andaram vendo já nossas armadas.
Ali tomamos porto com bom vento,
Por tomarmos da terra mantimento.

9 Àquela ilha aportamos que tomou
O nome do guerreiro Santiago,
Santo que os Espanhóis tanto ajudou
A fazerem nos Mouros bravo estrago.
Daqui, tanto que Bóreas nos ventou,
Tornamos a cortar o imenso lago
Do salgado Oceano, e assi[m] deixamos
A terra onde o refresco doce achamos.

10 Por aqui rodeando a larga parte
De África, que ficava ao Oriente:
A província Jalofo, que reparte
Por diversas nações a negra gente;
A mui grande Mandinga, por cuja arte
Logramos o metal rico e luzente,
Que do curvo Gambeia as águas bebe,
As quais o largo Atlântico recebe;

11 As Dórcadas passamos, povoadas
Das Irmãs que outro tempo ali viviam,
Que, de vista total sendo privadas,
Todas três dum só olho se serviam.
Tu só, tu, cujas tranças encrespadas
Neptuno lá nas águas acendiam,
Tornada já de todas a mais feia,
De bívoras encheste a ardente areia.

12 Sempre, enfim, pera o Austro a aguda proa,
No grandíssimo gólfão nos metemos,
Deixando a serra aspérrima Leoa,
Co Cabo a quem das Palmas nome demos.
O grande rio, onde batendo soa
O mar nas praias notas, que ali temos,
Ficou, coa Ilha ilustre, que tomou
O nome dum que o lado a Deus tocou.

13 Ali o mui grande reino está de Congo,
Por nós já convertido à fé de Cristo,
Por onde o Zaire passa, claro e longo,
Rio pelos antigos nunca visto.
Por este largo mar, enfim, me alongo
Do conhecido polo de Calisto,
Tendo o término ardente já passado
Onde o meio do Mundo é limitado.

14 Já descoberto tínhamos diante,
Lá no novo Hemisfério, nova estrela,
Não vista de outra gente, que, ignorante,

11. *Bívoras*: víboras.

Alguns tempos esteve incerta dela.
Vimos a parte menos rutilante
E, por falta de estrelas, menos bela,
Do Polo fixo, onde inda se não sabe
Que outra terra comece ou mar acabe.

15 Assi[m], passando aquelas regiões
Por onde duas vezes passa Apolo,
Dous invernos fazendo e dous verões,
Enquanto corre dum ao outro Polo,
Por calmas, por tormentas e opressões,
Que sempre faz no mar o irado Eolo,
Vimos as Ursas, a pesar de Juno,
Banharem-se nas águas de Neptuno.

16 Contar-te longamente as perigosas
Cousas do mar, que os homens não entendem,
Súbitas trovoadas temerosas,
Relâmpados que o ar em fogo acendem,
Negros chuveiros, noites tenebrosas,
Bramidos de trovões, que o mundo fendem,
Não menos é trabalho que grande erro,
Ainda que tivesse a voz de ferro.

17 Os casos vi que os rudos marinheiros,
Que têm por mestra a longa experiência,
Contam por certos sempre e verdadeiros,
Julgando as cousas só pela aparência,
E que os que têm juízos mais inteiros,
Que só por puro engenho e por ciência

---

15. *A pesar*: apesar, contra a vontade.

Vem do Mundo os segredos escondidos,
Julgam por falsos ou mal-entendidos.

18 Vi, claramente visto, o lume vivo
Que a marítima gente tem por Santo,
Em tempo de tormenta e vento esquivo,
De tempestade escura e triste pranto.
Não menos foi a todos excessivo
Milagre, e cousa, certo, de alto espanto,
Ver as nuvens, do mar com largo cano,
Sorver as altas águas do Oceano.

19 Eu o vi certamente (e não presumo
Que a vista me enganava): levantar-se
No ar um vaporzinho e su[b]til fumo
E, do vento trazido, rodear-se;
De aqui levado um cano ao Polo sumo
Se via, tão delgado, que enxergar-se
Dos olhos facilmente não podia;
Da matéria das nuvens parecia.

20 Ia-se pouco e pouco acre[s]centando
E mais que um largo mast[r]o se engrossava;
Aqui se estreita, aqui se alarga, quando
Os golpes grandes de água em si chupava;
Estava-se coas ondas ondeando;
Em cima dele ũa nuvem se espessava,
Fazendo-se maior, mais carregada,
Co cargo grande da água em si tomada.

21 Qual roxa sanguessuga se veria
Nos beiços da alimária (que, imprudente,
Bebendo a recolheu na fonte fria)
Fartar co sangue alheio a sede ardente;
Chupando, mais e mais se engrossa e cria,
Ali se enche e se alarga grandemente:
Tal a grande coluna, enchendo, aumenta
A si e a nuvem negra que sustenta.

22 Mas, de[s]pois que de todo se fartou,
O pé que tem no mar a si recolhe
E pelo céu, chovendo, enfim voou,
Por que coa água a jacente água molhe;
Às ondas torna as ondas que tomou,
Mas o sabor do sal lhe tira e tolhe.
Vejam agora os sábios na escritura
Que segredos são estes de Natura.

23 Se os antigos Filósofos, que andaram
Tantas terras, por ver segredos delas,
As maravilhas que eu passei, passaram,
A tão diversos ventos dando as velas,
Que grandes escrituras que deixaram!
Que influição de si[g]nos e de estrelas,
Que estranhezas, que grandes qualidades!
E tudo, sem mentir, puras verdades.

24 Mas já o Planeta que no céu primeiro
Habita, cinco vezes apressada,
Agora meio rosto, agora inteiro,
Mostrara, enquanto o mar cortava a armada,
Quando da etérea gávea um marinheiro,

Pronto coa vista: — Terra, terra — brada.
Salta no bordo alvoroçada a gente,
Cos olhos no horizonte do Oriente.

25 A maneira de nuvens se começam
A descobrir os montes que enxergamos;
As âncoras pesadas se adereçam;
As velas, já chegados, amainamos.
E, pera que mais certas se conheçam
As partes tão remotas onde estamos,
Pelo novo instrumento do astrolábio,
Invenção de su[b]til juízo e sábio:

26 Desembarcamos logo na espaçosa
Parte, por onde a gente se espalhou,
De ver cousas estranhas desejosa,
Da terra que outro povo não pisou.
Porém eu, cos pilotos, na arenosa
Praia, por vermos em que parte estou,
Me detenho em tomar do Sol a altura
E compassar a universal pintura.

27 Achamos ter de todo já passado
Do semicapro Pe[i]xe a grande meta,
Estando entre ele e o círculo gelado
Austral, parte do mundo mais secreta.
Eis, de meus companheiros rodeado,
Vejo um estranho vir, de pele preta,
Que tomaram por força, enquanto apanha
De mel os doces favos na montanha.

28 Torvado vem na vista, como aquele
Que não se vira nunca em tal extremo;
Nem ele entende a nós, nem nós a ele,
Selvagem mais que o bruto Polifemo.
Começo-lhe a mostrar da rica pele
De Colcos o gentil metal supremo,
A prata fina, a quente especiaria:
A nada disto o bruto se movia.

29 Mando mostrar-lhe peças mais somenos:
Contas de cristalino transparente,
Alguns soantes cascáveis pequenos,
Um barrete vermelho, cor contente;
Vi logo, por sinais e por acenos,
Que com isto se alegra grandemente.
Mando-o soltar com tudo e assi[m caminha
Pera a povoação, que perto tinha.

30 Mas, logo ao outro dia, seus parceiros,
Todos nus e da cor da escura treva,
De[s]cendo pelos ásperos outeiros,
As peças vêm buscar que estoutro leva.
Domésticos já tanto e companheiros
Se nos mostram, que fazem que se atreva
Fernão Veloso a ir ver da terra o trato
E partir-se co eles pelo mato.

31 É Veloso no braço confiado
E, de arrogante, crê que vai seguro;
Mas, sendo um grande espaço já passado,
Em que algum bom sinal saber procuro,
Estando, a vista alçada, co cuidado

No aventureiro, eis pelo monte duro
Aparece e, segundo ao mar caminha,
Mais apressado do que fôra, vinha.

32 O batel de Coelho foi depressa
Pelo tomar, mas, antes que chegasse,
Um Etíope ousado se arremessa
A ele, por que não se lhe escapasse.
Outro e outro lhe saem; vê-se em pressa
Veloso, sem que alguém lhe ali ajudasse.
Acudo eu logo, e, enquanto o remo aperto,
Se mostra um bando negro, descoberto.

33 Da espessa nuvem sctas e pedradas
Chovem sobre nós outros, sem medida;
E não foram ao vento em vão deitadas,
Que esta perna trouxe eu dali ferida.
Mas nós, como pessoas magoadas,
A re[s]posta lhe demos tão tecida,
Que em mais que nos barretes se suspeita
Que a cor vermelha levam desta feita.

34 E, sendo já Veloso em salvamento,
Logo nos recolhemos pera a armada,
Vendo a malícia feia e rudo intento
Da gente bestial, bruta e malvada,
De quem nenhum melhor conhecimento
Pudemos ter da Índia desejada
Que estarmos Índa muito longe dela.
E assi[m] tornei a dar ao vento a vela.

35 Disse então a Veloso um companheiro
(Começando-se todos a sorrir):
— O[u]lá! Veloso amigo, aquele outeiro
É melhor de de[s]cer que de subir.
— Si[m], é, responde o ousado aventureiro;
Mas, quando eu pera cá vi tantos vir
Daqueles cães, depressa um pouco vim,
Por me lembrar que estáveis cá sem mi[m].

36 Contou então que, tanto que passaram
Aquele monte os negros de quem falo,
Avante mais passar o não deixaram,
Querendo, se não torna, ali matá-lo;
E tornando-se, logo se emboscaram,
Por que, saindo nós pera tomá-lo,
Nos pudessem mandar ao reino escuro,
Por nos roubarem mais a seu seguro.

37 Porém já cinco Sóis eram passados
Que dali nos partíramos, cortando
Os mares nunca de outrem navegados,
Prosperamente os ventos assoprando,
Quando ũa noite, estando descuidados
Na cortadora proa vigiando,
Ũa nuvem que os ares escurece,
Sobre nossas cabeças aparece.

38 Tão temerosa vinha e carregada,
Que pôs nos corações um grande medo;
Bramindo, o negro mar de longe brada,
Como se desse em vão nalgum rochedo.
— Ó Potestade, disse, sublimada:

Que ameaço divino ou que segredo
Este clima e este mar nos apresenta,
Que mor cousa parece que tormenta?

39 Não acabava, quando ũa figura
Se nos mostra no ar, robusta e válida,
De disforme e grandíssima estatura;
O rosto carregado, a barba esquálida,
Os olhos encovados, e a postura
Medonha e má e, a cor terrena e pálida;
Cheios de terra e crespos os cabelos,
A boca negra, os dentes amarelos.

40 Tão grande era de membros que bem posso
Certificar-te que este era o segundo
De Rodes estranhíssimo Colosso,
Que um dos Sete milagres foi do mundo.
Cum tom de voz nos fala, horrendo e grosso,
Que pareceu sair do mar profundo.
Arrepiam-se as carnes e o cabelo,
A mi[m] e a todos, só de ouvi-lo e vê-lo!

41 E disse: — Ó gente ousada, mais que quantas
No mundo cometeram grandes cousas,
Tu, que por guerras cruas, tais e tantas,
E por trabalhos vãos nunca repousas,
Pois os vedados términos quebrantas
E navegar meus longos mares ousas,

---

40. *De Rodes estranhíssimo Colosso*: o Colosso de Rodes, estátua de Apolo (o Sol) erguida a beira-mar e considerada uma das sete maravilhas do mundo.

Que eu tanto tempo há já que guardo e tenho,
Nunca arados de estranho ou próprio lenho:

42 Pois vens ver os segredos escondidos
Da natureza e do úmido elemento,
A nenhum grande humano concedidos
De nobre ou de imortal merecimento,
Ouve os danos de mi[m] que apercebidos
Estão a teu sobejo atrevimento,
Por todo o largo mar e pela terra
Que inda hás de so[b]jugar com dura guerra.

43 Sabe que quantas naus esta viagem
Que tu fazes, fizerem, de atrevidas,
Inimiga terão esta paragem,
Com ventos e tormentas desmedidas!
E da primeira armada que passagem
Fizer por estas ondas insofridas,
Eu farei de improviso tal castigo
Que seja mor o dano que o perigo!

44 Aqui espero tomar, se não me engano,
De quem me descobriu suma vingança.
E não se acabará só nisto o dano
De vossa pertinace confiança:
Antes, em vossas naus vereis, cada ano,
Se é verdade o que meu juízo alcança,
Naufrágios, perdições de toda sorte,
Que o menor mal de todos seja a morte!

45 E do primeiro Ilustre, que a ventura
Com fama alta fizer tocar os Céus,
Serei eterna e nova sepultura,
Por juízos incógnitos de Deus.
Aqui porá da Turca armada dura
Os soberbos e prósperos troféus;
Comigo de seus danos o ameaça
A destruída Quíloa com Mombaça.

46 Outro também virá, de honrada fama,
Liberal, cavaleiro, enamorado,
E consigo trará a fermosa dama
Que Amor por grão mercê lhe terá dado.
Triste ventura e negro fado os chama
Neste terreno meu, que, duro e irado,
Os deixará dum cru naufrágio vivos,
Pera verem trabalhos excessivos.

47 Verão morrer com fome os filhos caros,
Em tanto amor gerados e na[s]cidos;
Verão os Cafres, ásperos e avaros,
Tirar à linda dama seus vestidos;
Os cristalinos membros e preclaros
À calma, ao frio, ao ar, verão despidos,
De[s]pois de ter pisada, longamente,
Cos delicados pés a areia ardente.

48 E verão mais os olhos que escaparem
De tanto mal, de tanta desventura,
Os dous amantes míseros ficarem
Na férvida, implacábil espessura.
Ali, de[s]pois, que as pedras abrandarem

Com lágrimas de dor, de mágoa pura,
Abraçados, as almas soltarão
Da fermosa e misérrima prisão.

49 Mais ia por diante o monstro horrendo,
Dizendo nossos Fados, quando, alçado,
Lhe disse eu: — Quem és tu? Que esse [estupendo
Corpo, certo me tem maravilhado!
A boca e os olhos negros retorcendo
E dando um espantoso e grande brado,
Me respondeu, com voz pesada e amara,
Como quem da pergunta lhe pesara:

50 Eu sou aquele oculto e grande Cabo
A quem chamais vós outros Tormentório,
Que nunca a Ptolomeu, Pompônio, Estrabo,
Plínio e quantos passaram fui notório.
Aqui toda a Africana costa acabo
Neste meu nunca visto Promontório,
Que pera o Polo Antártico se estende,
A quem vossa ousadia tanto ofende!

51 Fui dos filhos aspérrimos da Terra,
Qual Encélado, Egeu e o Centimano;
Chamei-me Adamastor, e fui na guerra
Contra o que vibra os raios de Vulcano;
Não que pusesse serra sobre serra,
Mas, conquistando as ondas do Oceano,

---

50. *Cabo Tormentório*: Cabo das Tormentas, depois mudado por D. João II para Cabo da Boa Esperança.

Fui capitão do mar, por onde andava
A armada de Neptuno, que eu buscava.

52 Amores da alta esposa de Peleu
Me fizeram tomar tamanha empresa.
Todas as Deusas desprezei do Céu,
Só por amar das Águas a Princesa.
Um dia a vi, coas filhas de Nereu,
Sair nua na praia: e logo presa
A vontade senti de tal maneira
Que inda não sinto cousa que mais queira.

53 Como fosse impossíbil alcançá-la,
Pela grandeza feia de meu gesto,
Determinei por armas de tomá-la
E a Dóris este caso manifesto.
De medo a Deusa então por mi[m] lhe fala;
Mas ela, cum fermoso riso honesto,
Respondeu: — Qual será o amor bastante
De Ninfa, que sustente o dum Gigante?

54 Contudo, por livrarmos o Oceano
De tanta guerra, eu buscarei maneira
Com que, com minha honra, escuse o dano:
Tal re[s]posta me torna a mensageira.
Eu, que cair não pude neste engano
(Que é grande dos amantes a cegueira),
Encheram-me, com grandes abondanças,
O peito de desejos e esperanças.

55 Já néscio, já da guerra desistindo,
Ũa noute, de Dóris prometida,
Me aparece de longe o gesto lindo
Da branca T[h]étis, única, despida.
Como doudo corri de longe, abrindo
Os braços pera aquela que era vida
Deste corpo, e começo os olhos belos
A lhe beijar, as faces e os cabelos.

56 Oh! Que não sei de nojo como o conte:
Que, crendo ter nos braços quem amava,
Abraçado me achei cum duro monte
De áspero mato e de espessura brava.
Estando cum penedo fronte a fronte,
Que eu pelo rosto angélico apertava,
Não fiquei homem, não; mas mudo e quedo
E, junto dum penedo, outro penedo!

57 Ó Ninfa, a mais fermosa do Oceano,
Já que minha presença não te agrada,
Que te custava ter-me neste engano,
Ou fosse monte, nuvem, sonho ou nada?
Daqui me parto, irado e quase insano
Da mágoa e da desonra ali passada,
A buscar outro mundo, onde não visse
Quem de meu pranto e de meu mal se risse.

---

55. *Thétis*: uma das Nereidas, filha de Nereu e de Dóris. Considerada uma das divindades mais formosas, citada também na estrofe 59. Diferencia-se esta da outra *Téthis*, que era filha do Céu e da Terra.

58 Eram já neste tempo meus Irmãos
Vencidos e em miséria extrema postos,
E, por mais segurar-se os Deuses vãos,
Alguns a vários montes sotopostos.
E, como contra o Céu não valem mãos,
Eu, que chorando andava meus desgostos,
Comecei a sentir do Fado imigo,
Por meus atrevimentos, o castigo.

59 Converte-se-me a carne em terra dura;
Em penedos os ossos se fizeram;
Estes membros que vês, e esta figura,
Por estas longas águas se estenderam.
Enfim, minha grandíssima estatura
Neste remoto Cabo converteram
Os Deuses; e, por mais dobradas mágoas,
Me anda T[h]étis cercando destas águas.

60 Assi[m] contava; e, cum medonho choro,
Súbito de ante os olhos se apartou.
Desfez-se a nuvem negra, e cum sonoro
Bramido muito longe o mar soou.
Eu, levantando as mãos ao santo coro
Dos Anjos, que tão longe nos guiou,
A Deus pedi que removesse os duros
Casos, que Adamastor contou futuros.

61 Já Flegon e Piróis vinham tirando,
outros dous, o carro radiante,
Quando a terra alta se nos foi mostrando
Em que foi convertido o grão Gigante.
Ao longo desta costa, começando

Já de cortar as ondas do Levante,
Por ela aba[i]xo um pouco navegamos,
Onde segunda vez terra tomamos.

62 A gente que esta terra possuía,
Posto que todos Etíopes eram,
Mais humana no trato parecia
Que os outros que tão mal nos receberam.
Com bailos e com festas de alegria
Pela praia arenosa a nós vieram,
As mulheres consigo e o manso gado
Que apa[s]centavam, gordo e bem-criado.

63 As mulheres, queimadas, vêm em cima
Dos vagarosos bois, ali sentadas,
Animais que eles têm em mais estima
Que todo o outro gado das manadas.
Cantigas pastoris, ou prosa ou rima,
Na sua língua cantam, concertadas,
Co doce som das rústicas avenas,
Imitando de Títiro as Camenas.

64 Estes, como na vista prazenteiros
Fossem, humanamente nos trataram,
Trazendo-nos galinhas e carneiros
A troco doutras peças que levaram.
Mas como nunca, enfim, meus companheiros
Palavra sua algũa lhe alcançaram
Que desse algum sinal do que buscamos,
As velas dando, as âncoras levamos.

65 Já aqui tínhamos dado um grão rodeio
À Costa negra de África, e tornava
A proa a demandar o ardente meio
Do Céu, e o polo Antártico ficava.
Aquele ilhéu deixamos onde veio
Outra armada primeira, que buscava
O Tormentório Cabo e, descoberto,
Naquele ilhéu fez seu limite certo.

66 Daqui fomos cortando muitos dias,
Entre tormentas tristes e bonanças,
No largo mar fazendo novas vias,
Só conduzidos de árduas esperanças.
Co mar um tempo andamos em porfias,
Que, como tudo nele são mudanças,
Corrente nele achamos tão possante,
Que passar não deixava por diante:

67 Era maior a força em demasia,
Segundo pera trás nos obrigava,
Do mar, que contra nós ali corria,
Que por nós a do vento que assoprava.
Injuriado Noto da porfia
Em que co mar (parece) tanto estava,
Os assopros esforça iradamente,
Com que nos fez vencer a grão corrente.

68 Trazia o Sol o dia celebrado
Em que três Reis das partes do Oriente
Foram buscar um Rei, de pouco nado,
No qual Rei outros três há juntamente.
Neste dia outro porto foi tomado

Por nós, da mesma já contada gente,
Num largo rio, ao qual o nome demos
Do dia em que por ele nos metemos.

69 Desta gente refresco algum tomamos
E do rio fresca água; mas contudo
Nenhum sinal aqui da Índia achamos
No povo, com nós outros quase mudo.
Ora vê, Rei, q[u]amanha terra andamos,
Sem sair nunca deste povo rudo,
Sem vermos nunca nova nem sinal
Da desejada parte Oriental.

70 Ora imagina agora quão coitados
Andaríamos todos, quão perdidos
De fomes, de tormentas quebrantados,
Por climas e por mares não sabidos!
E do esperar comprido tão cansados
Quanto a desesperar já compelidos,
Por céus não naturais, de qualidade
Inimiga de nossa humanidade.

71 Corrupto já e danado o mantimento,
Danoso e mau ao fraco corpo humano;
E, além disso, nenhum contentamento,
Que sequer da esperança fosse engano.
Crês tu que, se este nosso ajuntamento
De soldados não fora Lusitano,
Que durara ele tanto obediente,
Porventura, a seu Rei e a seu regente?

---

69. *Quamanha terra*: quão extensa terra.

72 Crês tu que já não foram levantados
Contra seu Capitão, se os resistira,
Fazendo-se piratas, obrigados
De desesperação, de fome, de ira?
Grandemente, por certo, estão provados,
Pois que nenhum trabalho grande os tira
Daquela portuguesa alta excelência
De lealdade firme e obediência.

73 Deixando o porto, enfim, do doce rio
E tornando a cortar a água salgada,
Fizemos desta costa algum desvio,
Deitando pera o pego toda a armada;
Porque, ventando Noto, manso e frio,
Não nos apanhasse a água da enseada
Que a costa faz ali, daquela banda
Donde a rica Sofala o ouro manda.

74 Esta passada, logo o leve leme
Encomendado ao sacro Nicolau,
Pera onde o mar na costa brada e geme,
A proa inclina dua e doutra nau;
Quando, indo o coração que espera e teme
E que tanto fiou dum fraco pau,
Do que esperava já desesperado,
Foi dũa novidade alvoroçado.

75 E foi que, estando já da costa perto,
Onde as praias e vales bem se viam,
Num rio, que ali sai ao mar aberto,
Batéis à vela entravam e saíam.
Alegria mui grande foi, por certo,

Acharmos já pessoas que sabiam
Navegar, porque entre elas esperamos
De achar novas algũas, como achamos.

76 Etíopes são todos, mas parece
Que com gente melhor comunicavam;
Palavra algũa Arábia se conhece
Entre a linguagem sua que falavam;
E com pano delgado, que se tece
De algodão, as cabeças apertavam;
Com outro, que de tinta azul se tinge,
Cada um as vergonhosas partes cinge.

77 Pela Arábica língua, que mal falam
E que Fernão Martins mui bem entende,
Dizem que por naus que em grandeza igualam
As nossas, o seu mar se corta e fende;
Mas que, lá donde sai o Sol, se abalam
Pera onde a costa ao Sul se alarga e estende,
E do Sul pera o Sol, terra onde havia
Gente, assi[m] como nós, da cor do dia.

78 Mui grandemente aqui nos alegramos
Coa gente, e com as novas muito mais.
Pelos sinais que neste rio achamos
O nome lhe ficou dos Bons Sinais.
Um padrão nesta terra alevantamos
Que, pera assinalar lugares tais,
Trazia alguns; o nome tem do belo
Guiador de Tobias a Gabelo.

79 Aqui de limos, cascas e de ostrinhos,
Nojosa criação das águas fundas,
Alimpamos as naus, que dos caminhos
Longos do mar vêm sórdidas e imundas.
Dos hóspedes que tínhamos vizinhos,
Com mostras aprazíveis e jucundas,
Houvemos sempre o usado mantimento,
Limpos de todo o falso pensamento.

80 Mas não foi, da esperança grande e imensa
Que nesta terra houvemos, limpa e pura
A alegria; mas logo a recompensa
A Ramnúsia com nova desventura:
Assi[m] no Céu sereno se dispensa;
Co esta condição, pesada e dura,
Na[s]cemos: o pesar terá firmeza,
Mas o bem logo muda a natureza.

81 E foi que, de doença crua e feia,
A mais que eu nunca vi, desampararam
Muitos a vida, e em terra estranha e alheia
Os ossos pera sempre sepultaram.
Quem haverá que, sem o ver, o creia,
Que tão disformemente ali lhe incharam
As gengivas na boca, que cre[s]cia
A carne e juntamente apodrecia?

82 Apodrecia cum fétido e bruto
Cheiro, que o ar vizinho inficionava.
Não tínhamos ali médico astuto,

---

82. *Sururgião*: cirurgião.

Surugião su[b]til menos se achava;
Mas qualquer, neste ofício pouco instruto,
Pela carne já podre assi[m] cortava
Como se fora morta, e bem convinha,
Pois que morto ficava quem a tinha.

83 Enfim que, nesta incógnita espessura
Deixamos pera sempre os companheiros
Que em tal caminho e em tanta desventura
Foram sempre co[n]nosco aventureiros.
Quão fácil é ao corpo a sepultura!
Quaisquer ondas do mar, quaisquer outeiros
Estranhos, assi[m] mesmo como aos nossos,
Receberão de todo o ilustre os ossos.

84 Assi[m] que, deste porto nos partimos
Com maior esperança e mor tristeza,
E pela costa aba[i]xo o mar abrimos,
Buscando algum sinal de mais firmeza.
Na dura Moçambique, enfim, surgimos,
De cuja falsidade e má vileza
Já serás sabedor, e dos enganos
Dos povos de Mombaça, pouco humanos.

85 Até que aqui, no teu seguro porto,
Cuja brandura e doce tratamento
Dará saúde a um vivo e vida a um morto,
Nos trouxe a piedade do alto Assento.
Aqui repouso, aqui doce conforto,
Nova quietação do pensamento,
Nos deste. E vês aqui, se atento ouviste,
Te contei tudo quanto me pediste.

86 Julgas agora, Rei, se houve no mundo
Gentes que tais caminhos cometessem?
Crês tu que tanto Eneias e o facundo
Ulisses pelo mundo se estendessem?
Ousou algum a ver do mar profundo,
Por mais versos que dele se escrevessem,
Do que eu vi, a poder de esforço e de arte,
E do que inda hei de ver, a oitava parte?

87 Esse que bebeu tanto da água Aônia,
Sobre quem têm contenda peregrina,
Entre si, Rodes, Smirna e Colofônia,
Atenas, Ios, Argo e Salamina;
Essoutro que esclarece toda Ausônia,
A cuja voz, altíssona e divina,
Ouvindo, o pátrio Míncio se adormece,
Mas o Tibre co som se ensobervece:

88 Cantem, louvem e escrevam sempre extremos
Desses seus Semideuses e encareçam,
Fingindo magas Circes, Polifemos,
Sirenas que co canto os adormeçam;
Dem-lhe mais navegar à vela e remos
Os Cícones e a terra onde se esquecem
Os companheiros, em gostando o loto;
Dem-lhe perder nas águas o piloto;

89 Ventos soltos lhe finjam e imaginem
Dos odres e Calipsos namoradas:
Harpias que o manjar lhe contaminem;
De[s]cer às sombras nuas já passadas:
Que, por muito e por muito que se afinem

Nestas fábulas vãs, tão bem sonhadas,
A verdade que eu conto, nua e pura,
Vence toda grandíloq[u]a escritura!

90 Da boca do facundo Capitão
Pendendo estavam todos, embebidos,
Quando deu fim à longa narração
Dos altos feitos, grandes e subidos.
Louva o Rei o sublime coração
Dos Reis em tantas guerras conhecidos;
Da gente louva a antiga fortaleza,
A lealdade de ânimo e nobreza.

91 Vai recontando o povo, que se admira,
O caso cada qual que mais notou.
Nenhum deles da gente os olhos tira
Que tão longos caminhos rodeou.
Mas já o mancebo Délio as rédeas vira
Que o irmão de Lampécia mal guiou,
Por vir a descansar nos Tét[h]ios braços;
E el-Rei se vai do mar aos nobres paços.

92 Quão doce é o louvor e a justa glória
Dos próprios feitos, quando são soados!
Qualquer nobre trabalha que em memória
Vença ou iguale os grandes já passados.
As invejas da ilustre e alheia história
Fazem mil vezes feitos sublimados.
Quem valerosas obras exercita,
Louvor alheio muito o esperta e incita.

---

91. *Nos Téthios braços*: nas águas do oceano.

93 Não tinha em tanto os feitos gloriosos
De Aquiles, Alexandro, na peleja,
Quanto de quem o canta os numerosos
Versos: isso só louva, isso deseja.
Os troféus de Milcíades, famosos,
Temístocles despertam só de inveja;
E diz que nada tanto o deleitava
Como a voz que seus feitos celebrava.

94 Trabalha por mostrar Vasco da Gama
Que essas navegações que o mundo canta
Não merecem tamanha glória e fama
Como a sua, que o Céu e a Terra espanta.
Si[m], mas aquele Herói que estima e ama
Com dões, mercês, favores e honra tanta
A lira mantuana, faz que soe
Eneias, e a Romana glória voe.

95 Dá a terra Lusitana Cipiões,
Césares, Alexandros, e dá Augustos;
Mas não lhe dá, contudo, aqueles dões
Cuja falta os faz duros e robustos.
Octávio, entre as maiores opressões,
Compunha versos doutos e venustos
(Não dirá Fúlvia, certo, que é mentira,
Quando a deixava Antônio por Glafira).

96 Vai César so[b]jugando toda França
E as armas não lhe impedem a ciência;
Mas, nua mão a pena e noutra a lança,
Igualava de Cícero a eloquência.
O que de Cipião se sabe e alcança,

É nas comédias grande experiência.
Lia Alexandro a Homero de maneira
Que sempre se lhe sabe à cabeceira.

97 Enfim, não houve forte Capitão
Que não fosse também douto e ciente,
Da lácia, grega ou bárbara nação,
Senão da portuguesa tão somente.
Sem vergonha o não digo: que a razão
De algum não ser por versos excelente
É não se ver prezado o verso e rima:
Porque quem não sabe arte, não na estima.

98 Por isso, e não por falta de natura,
Não há também Virgílios nem Homeros;
Nem haverá, se este costume dura,
Pios Eneias nem Aquiles feros.
Mas o pior de tudo é que a ventura
Tão ásperos os fez e tão austeros,
Tão rudos e de engenho tão remisso,
Que a muitos lhe dá pouco ou nada disso.

99 Às Musas agradeça o nosso Gama
O muito amor da pátria, que as obriga
A dar aos seus, na lira, nome e fama
De toda a ilustre e bélica fadiga;
Que ele, nem quem na estirpe seu se chama,
Calíope não tem por tão amiga
Nem as filhas do Tejo, que deixassem
As telas de ouro fino e que o cantassem.

100 Porque o amor fraterno e puro gosto
De dar a todo o lusitano feito
Seu louvor, é somente o pressuposto
Das Tágides gentis, e seu respeito.
Porém não deixe, enfim, de ter disposto
Ninguém a grandes obras sempre o peito:
Que, por esta ou por outra qualquer via,
Não perderá seu preço e sua valia.

Canto sexto

1 Não sabia em que modo festejasse
O Rei Pagão os fortes navegantes,
Pera que as amizades alcançasse
Do Rei Cristão, das gentes tão possantes;
Pesa-lhe que tão longe o apo[u]sentasse
Das Europeias terras abundantes
A ventura, que não no fez vizinho
Donde Hércules ao mar abriu caminho.

2 Com jogos, danças e outras alegrias,
A segundo a polícia Melindana,
Com usadas e ledas pescarias,
Com que a Lageia Antônio alegra e engana,
Este famoso Rei, todos os dias,
Festeja a companhia lusitana,
Com banquetes, manjares desusados,
Com frutas, aves, carnes e pescados.

3 Mas, vendo o Capitão que se detinha
Já mais do que devia, e o fresco vento
O convida que parta e tome asinha
Os pilotos da terra e mantimento,
Não se quer mais deter, que ainda tinha
Muito pera cortar do salso argento.
Já do pagão beni[g]no se despede,
Que a todos amizade longa pede.

4 Pede-lhe mais que aquele porto seja
Sempre com suas frotas visitado,
Que nenhum outro bem maior deseja
Que dar a tais barões seu reino e estado;
E que, enquanto seu corpo o [e]sprito reja,
Estará de contín[u]o aparelhado
A pôr a vida e reino totalmente
Por tão bom Rei, por tão sublime gente.

5 Outras palavras tais lhe respondia
O Capitão, e logo, as velas dando,
Pera as terras da Aurora se partia,
Que tanto tempo há já que vai buscando.
No piloto que leva não havia
Falsidade, mas antes vai mostrando
A navegação certa; e assi[m] caminha,
Já mais seguro do que dantes vinha.

6 As ondas navegavam do Oriente,
Já nos mares da Índia, e enxergavam
Os tálamos do Sol, que na[s]ce ardente:
Já quase seus desejos se acabavam.
Mas o mau de Tioneu, que na alma sente
As venturas que então se aparelhavam
À gente lusitana, delas di[g]na,
Arde, morre, blasfema e desatina.

7 Via estar todo o Céu determinado
De fazer de Lisboa nova Roma;
Não no pode estorvar, que destinado
Está doutro Poder que tudo doma.
Do Olimpo de[s]ce enfim, desesperado:

Novo remédio em terra busca e toma:
Entra no úmido reino e vai-se à corte
Daquele a quem o mar caiu em sorte.

8 No mais interno fundo das profundas
Cavernas altas, onde o mar se esconde,
Lá donde as ondas saem furibundas
Quando às iras do vento o mar responde,
Neptuno mora e moram as jucundas
Nereidas e outros Deuses do mar, onde
As águas campo deixam às cidades
Que habitam estas úmidas deidades.

9 Descobre o fundo nunca descoberto
As areias ali de prata fina;
Torres altas se vem, no campo aberto,
De transparente massa cristalina;
Quanto se chegam mais os olhos perto
Tanto menos a vista determina
Se é cristal o que vê, se diamante,
Que assi[m] se mostra claro e radiante.

10 As portas de ouro fino, e marchetadas
Do rico aljôfar que nas conchas na[s]ce,
De escultura fermosa estão lavradas,
Na qual do irado Baco a vista pa[s]ce.
E vê primeiro, em cores variadas,
Do velho Caos a tão confusa face;
Vem-se os quatro Elementos trasladados,
Em diversos ofícios ocupados.

11 Ali, sublime, o Fogo estava em cima,
Que em nenhua matéria se sustinha;
Daqui as cousas vivas sempre anima,
De[s]pois que Prometeu furtado o tinha.
Logo após ele, leve se sublima
O invisíbil Ar, que mais asinha
Tomou lugar e, nem por quente ou frio,
Algum deixa no mundo estar vazio.

12 Estava a Terra em montes, revestida
De verdes ervas e árvores floridas,
Dando pasto diverso e dando vida
Às alimárias nela produzidas.
A clara forma ali estava esculpida
Das Águas, entre a terra desparzidas,
De pescados criando vários modos,
Com seu humor, mantendo os corpos todos.

13 Noutra parte, esculpida estava a guerra
Que tiveram os Deuses cos Gigantes;
Está Tifeu deba[i]xo da alta serra
De Etna, que as flamas lança crepitantes.
Esculpido se vê, ferindo a Terra,
Neptuno, quando as gentes, ignorantes,
Dele o cavalo houveram, e a primeira
De Minerva pacífica oliveira.

14 Pouca tardança faz Lieu irado
Na vista destas cousas, mas entrando
Nos paços de Neptuno, que, avisado
Da vinda sua, o estava já aguardando,
Às portas o recebe, acompanhado

Das Ninfas, que se estão maravilhando
De ver que, cometendo tal caminho,
Entre no reino da água o Rei do vinho.

15 — Ó Neptuno, lhe disse, não te espantes
De Baco nos teus reinos receberes,
Porque também cos grandes e possantes
Mostra a Fortuna injusta seus poderes.
Manda chamar os Deuses do mar, antes
Que fale mais, se ouvir-me o mais quiseres.
Verão da desventura grandes modos;
Ouçam todos o mal que toca a todos.

16 Julgando já Neptuno que seria
Estranho caso aquele, logo manda
Tritão, que chame os Deuses da água fria,
Que o Mar habitam dũa e doutra banda.
Tritão, que de ser filho se gloria
Do Rei e de Salácia veneranda,
Era mancebo grande, negro e feio,
Trombeta de seu pai e seu correio.

17 Os cabelos da barba e os que de[s]cem
Da cabeça nos ombros, todos eram
Uns limos prenhes de água, e bem parecem
Que nunca brando pente[m] conheceram.
Nas pontas pendurados não falecem
Os negros mexilhões, que ali se geram.
Na cabeça, por gorra, tinha posta
Ũa mui grande casca de lagosta.

18 O corpo nu, e os membros genitais,
Por não ter ao nadar impedimento,
Mas porém de pequenos animais
Do mar todos cobertos, cento e cento:
Camarões e cangrejos e outros mais,
Que recebem de Febe cre[s]cimento:
Ostras e camarões, do musgo sujos;
As costas com a casca, os caramujos.

19 Na mão a grande concha retorcida
Que trazia, com força já tocava;
A voz grande, canora, foi ouvida
Por todo o mar, que longe retumbava.
Já toda a companhia, apercebida,
Dos Deuses pera os paços caminhava
Do Deus que fez os muros de Dardânia,
Destruídos de[s]pois da grega insânia.

20 Vinha o padre Oceano, acompanhado
Dos filhos e das filhas que gerara;
Vem Nereu, que com Dóris foi casado,
Que todo o mar de Ninfas povoara.
O profeta Proteu, deixando o gado
Marítimo pa[s]cer pela água amara,
Ali veio também, mas já sabia
O que o padre Lieu no mar queria.

21 Vinha por outra parte a linda esposa
De Neptuno, de Celo e Vesta filha,
Grave e Ieda no gesto, e tão fermosa
Que se amansava o mar, de maravilha.
Vestida ũa camisa preciosa

Trazia, de delgada beatilha,
Que o corpo cristalino de[i]xa ver-se,
Que tanto bem não é pera esconder-se.

22 Anfitrite, fermosa como as flores,
Neste caso não quis que falecesse;
O delfim traz consigo que aos amores
Do Rei lhe aconselhou que obedecesse.
Cos olhos, que de tudo são senhores,
Qualquer parecerá que o Sol vencesse.
Ambas vêm pela mão, igual partido,
Pois ambas são esposas dum marido.

23 Aquela que, das fúrias de Atamante
Fugindo, veio a ter divino estado,
Consigo traz o filho, belo infante,
No número dos Deuses relatado.
Pela praia brincando vem, diante,
Com as lindas conchinhas, que o salgado
Mar sempre cria; e às vezes pela areia
No colo o toma a bela Panopeia.

24 E o Deus que foi num tempo corpo humano
E, por virtude da erva poderosa,
Foi convertido em pe[i]xe, e deste dano
Lhe resultou deidade gloriosa,
Inda vinha chorando o feio engano
Que Circe tinha usado coa fermosa
Cila, que ele ama, desta sendo amado,
Que a mais obriga amor mal empregado.

25 Já finalmente todos assentados
Na grande sala, nobre e divinal,
As Deusas em riquíssimos estrados,
Os Deuses em cadeiras de cristal,
Foram todos do Padre agasalhados,
Que co Tebano tinha assento igual.
De fumos enche a casa a rica massa
Que no mar na[s]ce e Arábia em cheiro passa.

26 Estando sossegado já o tumulto
Dos Deuses e de seus recebimentos,
Começa a descobrir do peito oculto
A causa o Tioneu de seus tormentos.
Um pouco carregando-se no vulto,
Dando mostra de grandes sentimentos,
Só por dar aos de Luso triste morte
Co ferro alheio, fala desta sorte:

27 — Príncipe, que de juro senhoreias,
Dum Polo ao outro Polo, o mar irado,
Tu, que as gentes da Terra toda enfreias,
Que não passem o termo limitado;
E tu, padre Oceano, que rodeias
O Mundo universal e o tens cercado,
E com justo decreto assi[m] permites
Que dentro vivam só de seus limites;

28 E vós, Deuses do Mar, que não sofreis
Injúria algũa em vosso reino grande,
Que com castigo igual vos não vingueis
De quem quer que por ele corra e ande:
Que descuido foi este em que viveis?

Quem pode ser que tanto vos abrande
Os peitos, com razão endurecidos
Contra os humanos, fracos e atrevidos?

29 Vistes que, com grandíssima ousadia,
Foram já cometer o Céu supremo;
Vistes aquela insana fantasia
De tentarem o mar com vela e remo;
Vistes, e ainda vemos cada dia,
Soberbas e insolências tais, que temo
Que do Mar e do Céu, em poucos anos,
Venham Deuses a ser, e nós, humanos.

30 Vedes agora a fraca geração
Que dum vassalo meu o nome toma,
Com soberbo e altivo coração
A vós e a mi[m] e o mundo todo doma.
Vedes, o vosso mar cortando vão,
Mais do que fez a gente alta de Roma;
Vedes, o vosso reino devassando,
Os vossos estatutos vão quebrando.

31 Eu vi que contra os Mínias, que primeiro
No vosso reino este caminho abriram,
Bóreas, injuriado, e o companheiro
Áquilo e os outros todos resistiram.
Pois se do ajuntamento aventureiro
Os ventos esta injúria assi[m] sentiram,
Vós, a quem mais compete esta vingança,
Que esperais? Por que a pondes em tardança?

32 E não consinto, Deuses, que cuideis
Que por amor de vós do Céu de[s]ci,
Nem da mágoa da injúria que sofreis,
Mas da que se me faz também a mi[m];
Que aquelas grandes honras que sabeis
Que no mundo ganhei, quando venci
As terras indianas do Oriente,
Todas vejo abatidas desta gente.

33 Que o grão Senhor e Fados, que destinam,
Como lhe bem parece, o ba[i]xo mundo,
Famas mores que nunca determinam
De dar a estes barões no mar profundo.
Aqui vereis, ó Deuses, como ensinam
O mal também a Deuses; que, a segundo
Se vê, ninguém já tem menos valia
Que quem com mais razão valer devia.

34 E por isso do Olimpo já fugi,
Buscando algum remédio a meus pesares,
Por ver o preço que no Céu perdi,
Se por dita acharei nos vossos mares.
Mais quis dizer, e não passou daqui,
Porque as lágrimas já, correndo a pares,
Lhe saltaram dos olhos, com que logo
Se acendem as deidades da água em fogo.

35 A ira com que súbito alterado
O coração dos Deuses foi num ponto,
Não sofreu mais conselho bem cuidado
Nem dilação nem outro algum desconto:
Ao grande Eolo mandam já recado,

Da parte de Neptuno, que sem conto
Solte as fúrias dos ventos repugnantes,
Que não haja no mar mais navegantes!

36 Bem quisera primeiro ali Proteu
Dizer, neste negócio, o que sentia;
E, segundo o que a todos pareceu,
Era algũa profunda profecia.
Porém tanto o tumulto se moveu,
Súbito, na divina companhia,
Que Tét[h]is, indi[g]nada, lhe bradou:
— Neptuno sabe bem o que mandou!

37 Já lá o soberbo Hipótades soltava
Do cárcere fechado os furiosos
Ventos, que com palavras animava
Contra os varões audaces e animosos.
Súbito, o céu sereno se obumbrava,
Que os ventos, mais que nunca impetuosos,
Começam novas forças a ir tomando,
Torres, montes e casas derribando.

38 Enquanto este conselho se fazia
No fundo aquoso, a Ieda, lassa frota
Com vento sossegado prosseguia,
Pelo tranquilo mar, a longa rota.
Era no tempo quando a luz do dia
Do Eoo Hemisfério está remota;
Os do quarto da prima se deitavam,
Pera o segundo os outros despertavam.

39 Vencidos vêm do sono e mal despertos;
Bocejando, amiúdo se encostavam
Pelas antenas, todos mal cobertos
Contra os agudos ares que assopravam;
Os olhos contra seu querer abertos
Mas estregando, os membros estiravam.
Remédios contra o sono buscar querem,
Histórias contam, casos mil referem.

40 — Com que melhor podemos, um dizia,
Este tempo passar, que é tão pesado,
Senão com algum conto de alegria,
Com que nos deixe o sono carregado?
Responde Lionardo, que trazia
Pensamentos de firme namorado:
— Que contos poderemos ter melhores,
Pera passar o tempo, que de amores?

41 — Não é, disse Veloso, cousa justa
Tratar branduras em tanta aspereza,
Que o trabalho do mar, que tanto custa,
Não sofre amores nem delicadeza;
Antes de guerra férvida e robusta
A nossa história seja, pois dureza
Nossa vida há de ser, segundo entendo,
Que o trabalho por vir mo está dizendo.

42 Consentem nisto todos, e encomendam
A Veloso que conte isto que aprova.
— Contarei, disse, sem que me reprendam

---

39. *Estregando*: esfregando.

De contar cousa fabulosa ou nova.
E por que os que me ouvirem daqui aprendam
A fazer feitos grandes de alta prova,
Dos na[s]cidos direi na nossa terra,
E estes sejam os Doze de Inglaterra.

43 No tempo que do Reino a rédea leve,
João, filho de Pedro, moderava,
De[s]pois que sossegado e livre o teve
Do vizinho poder, que o molestava,
Lá na grande Inglaterra, que da neve
Boreal sempre abunda, semeava
A fera Erínis dura e má cizânia,
Que lustre fosse a nossa Lusitânia.

44 Entre as damas gentis da corte inglesa
E nobres cortesãos, acaso um dia
Se levantou discórdia, em ira acesa
(Ou foi opinião, ou foi porfia).
Os cortesãos, a quem tão pouco pesa
Soltar palavras graves de ousadia,
Dizem que provarão que honras e famas
Em tais damas não há pera ser damas;

45 E que se houver alguém, com lança e espada,
Que queira sustentar a parte sua,
Que eles, em campo raso ou estacada,
Lhe darão feia infâmia ou morte crua.
A feminil fraqueza, pouco usada,
Ou nunca, a opróbrios tais, vendo-se nua
De forças naturais convenientes,
Socorro pede a amigos e parentes.

46 Mas, como fossem grandes e possantes
No reino os inimigos, não se atrevem
Nem parentes, nem férvidos amantes,
A sustentar as damas, como devem.
Com lágrimas fermosas, e bastantes
A fazer que em socorro os Deuses levem
De todo o Céu, por rostos de alabastro,
Se vão todas ao Duque de Alencastro.

47 Era este inglês potente e militara
Cos Portugueses já contra Castela,
Onde as forças magnânimas provara
Dos companheiros, e beni[g]na estrela.
Não menos nesta terra exprimentara
Namorados afeitos, quando nela
A filha viu que tanto o peito doma
Do forte Rei que por mulher a toma.

48 Este, que socorrer-lhe não queria
Por não causar discórdias intestinas,
Lhe diz: — Quando o direito pretendia
Do Reino lá das terras Iberinas,
Nos Lusitanos vi tanta ousadia,
Tanto primor e partes tão divinas,
Que eles sós poderiam, se não erro,
Sustentar vossa parte a fogo e ferro.

49 E se, agravadas damas, sois servidas,
Por vós lhe mandarei emba[i]xadores,
Que, por cartas discretas e polidas,
De vosso agravo os façam sabedores.
Também, por vossa parte, encarecidas

Com palavras de afagos e de amores
Lhe sejam vossas lágrimas, que eu creio
Que ali tereis socorro e forte esteio.

50 Destarte as aconselha o Duque experto
E logo lhe nomeia doze fortes;
E por que cada dama um tenha certo,
Lhe manda que sobre eles lancem sortes,
Que elas só doze são; e descoberto
Qual a qual tem caído das consortes,
Cada ua escreve ao seu, por vários modos,
E todas a seu Rei e o Duque a todos.

51 Já chega a Portugal o mensageiro;
Toda a corte alvoroça a novidade;
Quisera o Rei sublime ser primeiro,
Mas não lho sofre a régia Majestade.
Qualquer dos cortesãos aventureiro
Deseja ser, com férvida vontade,
E só fica por bem-aventurado
Quem já vem pelo Duque nomeado.

52 Lá na leal cidade donde teve
Origem (como é fama) o nome eterno
De Portugal, armar madeiro leve
Manda o que tem o leme do governo.
Apercebem-se os doze, em tempo breve,
De armas e roupas de uso mais moderno,
De elmos, cimeiras, letras e primores,
Cavalos e concertos de mil cores.

---

50. *Experto*: experimentado.

53 Já do seu Rei tomado têm licença,
Pera partir do Douro celebrado,
Aqueles que escolhidos por sentença
Foram do duque inglês exprimentado.
Não há na companhia diferença
De cavaleiro, destro ou esforçado;
Mas um só, que Magriço se dizia,
Destarte fala à forte companhia:

54 — Fortíssimos consócios, eu desejo
Há muito já de andar terras estranhas,
Por ver mais águas que as do Douro e Tejo,
Várias gentes e leis e várias manhas.
Agora que aparelho certo vejo,
Pois que do mundo as cousas são tamanhas,
Quero, se me deixais, ir só por terra,
Porque eu serei convosco em Inglaterra.

55 E quando caso for que eu impedido
Por quem das cousas é última linha,
Não for convosco ao prazo instituído,
Pouca falta vos faz a falta minha:
Todos por mi[m] fareis o que é devido.
Mas, se a verdade o [e]sprito me adivinha,
Rios, montes, Fortuna ou sua inveja
Não farão que eu convosco lá não seja.

56 Assi[m] diz e, abraçados os amigos
E tomada licença, enfim se parte.
Passa Leão, Castela, vendo antigos

---

56. *Frandes*: região entre a França e a Bélgica.

Lugares que ganhara o pátrio Marte;
Navarra, cos altíssimos perigos
Do Pireneu, que Espanha e Gália parte.
Vistas, enfim, de França as cousas grandes,
No grande empório foi parar de Frandes.

57 Ali chegado, ou fosse caso ou manha,
Sem passar se deteve muitos dias.
Mas dos onze a ilustríssima companha
Cortam do mar do Norte as ondas frias;
Chegados de Inglaterra à costa estranha,
Pera Londres já fazem todos vias.
Do Duque são com festa agasalhados
E das damas servidos e amimados.

58 Chega-se o prazo e dia assinalado
De entrar em campo já cos doze ingleses,
Que pelo Rei já tinham segurado;
Armam-se de elmos, grevas e de arneses.
Já as damas têm por si, fulgente e armado,
O Mavorte feroz dos Portugueses;
Vestem-se elas de cores e de sedas,
De ouro e de joias mil, ricas e ledas.

59 Mas aquela a quem fora em sorte dado
Magriço, que não vinha, com tristeza
Se veste, por não ter quem nomeado
Seja seu cavaleiro nesta empresa;
Bem que os onze apregoam que acabado
Será o negócio assi[m] na corte inglesa,
Que as damas vencedoras se conheçam,
Posto que dous e três dos seus faleçam.

60 Já num sublime e púbrico teatro
Se assenta o Rei Inglês com toda a corte.
Estavam três e três e quatro e quatro,
Bem como a cada qual coubera em sorte;
Não são vistos do Sol, do Tejo ao Batro,
De força, esforço e de ânimo mais forte,
Outros doze sair, como os ingleses,
No campo, contra os onze portugueses.

61 Mastigam os cavalos, escumando,
Os áureos freios, com feroz sembrante;
Estava o Sol nas armas rutilando,
Como em cristal ou rígido diamante;
Mas enxerga-se, num e noutro bando,
Partido desigual e dissonante
Dos onze contra os doze; quando a gente
Começa a alvoroçar-se geralmente.

62 Viram todos o rosto aonde havia
A causa principal do reboliço:
Eis entra um cavaleiro, que trazia
Armas, cavalo, ao bélico serviço;
Ao Rei e às damas fala e logo se ia
Pera os onze, que este era o grão Magriço.
Abraça os companheiros, como amigos
A quem não falta, certo nos perigos.

63 A dama, como ouviu que este era aquele
Que vinha a defender seu nome e fama,
Se alegra e veste ali do animal de Hele,
Que a gente bruta mais que virtude ama.
Já dão sinal, e o som da tuba impele

Os belicosos ânimos, que inflama;
Picam de esporas, largam rédeas logo,
Aba[i]xam lanças, fere a terra fogo.

64 Dos cavalos o estrépito parece
Que faz que o chão deba[i]xo todo treme;
O coração no peito que estremece
De quem os olha, se alvoroça e teme.
Qual do cavalo voa, que não de[s]ce;
Qual, co cavalo em terra dando, geme;
Qual vermelhas as armas faz de brancas;
Qual cos penachos do elmo açouta as ancas.

65 Algum dali tomou perpétuo sono
E fez da vida ao fim breve intervalo;
Correndo, algum cavalo vai sem dono,
E noutra parte o dono sem cavalo.
Cai a soberba inglesa de seu trono,
Que dous ou três já fora vão do valo.
Os que de espada vêm fazer batalha,
Mais acham já que arnês, escudo e malha.

66 Gastar palavras em contar extremos
De golpes feros, cruas estocadas,
É desses gastadores, que sabemos,
Maus do tempo, com fábulas sonhadas.
Basta, por fim do caso, que entendemos
Que, com finezas altas e afamadas,
Cos nossos fica a palma da vitória
E as damas vencedoras e com glória.

67 Recolhe o Duque os doze vencedores
Nos seus paços, com festas e alegria;
Cozinheiros ocupa e caçadores,
Das damas a fermosa companhia,
Que querem dar aos seus libertadores
Banquetes mil, cada hora e cada dia,
Enquanto se detêm em Inglaterra,
Até tornar à doce e cara terra.

68 Mas dizem, que, contudo, o grão Magriço,
Desejoso de ver as cousas grandes,
Lá se deixou ficar, onde um serviço
Notável à condessa fez de Frandes.
E, como quem não era já noviço
Em todo trance, onde tu, Marte, mandes,
Um francês mata em campo, que o destino
Lá teve de Torcato e de Corvino.

69 Outro também dos doze em Alemanha
Se lança e teve um fero desafio
Cum germano enganoso, que, com manha
Não devida, o quis pôr no extremo fio.
Contando assi[m] Veloso, já a companha
Lhe pede que não faça tal desvio
Do caso de Magriço e vencimento,
Nem deixe o de Alemanha em esquecimento.

70 Mas, neste passo, assi[m] prontos estando,
Eis o mestre, que olhando os ares anda,
O apito toca: acordam, despertando,
Os marinheiros dua e doutra banda.
E, porque o vento vinha refrescando,

Os traquetes das gáveas tomar manda.
— Alerta, disse, estai, que o vento cre[s]ce
Daquela nuvem negra que aparece.

71 Não eram os traquetes bem tomados,
Quando dá a grande e súbita procela.
— Amaina, disse o mestre a grandes brados,
Amaina, disse, amaina a grande vela!
Não esperam os ventos indi[g]nados
Que amainassem, mas, juntos dando nela,
Em pedaços a fazem cum ruído
Que o Mundo pareceu ser destruído!

72 O céu fere com gritos nisto a gente,
Cum súbito temor e desacordo;
Que, no romper da vela, a nau pendente
Toma grão suma de água pelo bordo.
Alija, disse o mestre rijamente,
Alija tudo ao mar, não falte acordo!
Vão outros dar à bomba, não cessando;
À bomba, que nos imos alagando!

73 Correm logo os soldados animosos
A dar à bomba; e, tanto que chegaram,
Os balanços que os mares temerosos
Deram à nau, num bordo os derribaram.
Três marinheiros, duros e forçosos,
A menear o leme não bastaram;
Talhas lhe punham, dũa e doutra parte,
Sem aproveitar dos homens força e arte.

74 Os ventos eram tais que não puderam
Mostrar mais força de ímpeto cruel,
Se pera derribar então vieram
A fortíssima Torre de Babel.
Nos altíssimos mares, que cre[s]ceram,
A pequena grandura dum batel
Mostra a possante nau, que move espanto,
Vendo que se sustém nas ondas tanto.

75 A nau grande, em que vai Paulo da Gama,
Quebrado leva o mast[r]o pelo meio,
Quase toda alagada; a gente chama
Aquele que a salvar o mundo veio.
Não menos gritos vãos ao ar derrama
Toda a nau de Coelho, com receio,
Conquanto teve o mestre tanto tento
Que primeiro amainou que desse o vento.

76 Agora sobre as nuvens os subiam
As ondas de Neptuno furibundo;
Agora a ver parece que de[s]ciam
As íntimas entranhas do Profundo.
Noto, Austro, Bóreas, Áquilo, queriam
Arruinar a máquina do Mundo;
A noite negra e feia se alumia
Cos raios com que o Polo todo ardia!

77 As Alciônias aves triste canto
Junto da costa brava levantaram,
Lembrando-se de seu passado pranto,

---

77. *Alciônias aves*: aves marinhas.

Que as furiosas águas lhe causaram.
Os delfins namorados, entretanto,
Lá nas covas marítimas entraram,
Fugindo à tempestade e ventos duros,
Que nem no fundo os deixa estar seguros.

78 Nunca tão vivos raios fabricou
Contra a fera soberba dos Gigantes
O grão ferreiro sórdido que obrou
Do enteado as armas radiantes;
Nem tanto o grão Tonante arremessou
Relâmpados ao mundo, fulminantes,
No grão dilúvio donde sós viveram
Os dous que em gente as pedras converteram.

79 Quantos montes, então, que derribaram
As ondas que batiam denodadas!
Quantas árvores velhas arrancaram
Do vento bravo as fúrias ind[g]nadas!
As forçosas raízes não cuidaram
Que nunca pera o céu fossem viradas,
Nem as fundas areias que pudessem
Tanto os mares que em cima as revolvessem.

80 Vendo Vasco da Gama que tão perto
Do fim de seu desejo se perdia,
Vendo ora o mar até o Inferno aberto,
Ora com nova fúria ao Céu subia,
Confuso de temor, da vida incerto,
Onde nenhum remédio lhe valia,
Chama aquele remédio santo e forte
Que o impossíbil pode, desta sorte:

81 — Divina Guarda, angélica, celeste,
Que os Céus, o Mar e Terra senhoreias:
Tu, que a todo Israel refúgio deste
Por metade das águas Eritreias;
Tu, que livraste Paulo e defendeste
Das Sirtes arenosas e ondas feias,
E guardaste, cos filhos, o segundo
Povoador do alagado e vácuo mundo:

82 Se tenho novos medos perigosos
Doutra Cila e Caríbdis já passados,
Outras Sirtes e ba[i]xos arenosos,
Outros Acroceráunios infamados,
No fim de tantos casos trabalhosos,
Porque somos de Ti desamparados,
Se este nosso trabalho, não te ofende,
Mas antes teu serviço só pretende?

83 Oh! Ditosos aqueles que puderam
Entre as agudas lanças africanas
Morrer, enquanto fortes sustiveram
A santa Fé nas terras Mauritanas!
De quem feitos ilustres se souberam,
De quem ficam memórias soberanas,
De quem se ganha a vida, com perdê-la,
Doce fazendo a morte as honras dela.

84 Assi[m] dizendo, os ventos, que lutavam
Como touros indómitos, bramando,
Mais e mais a tormenta acre[s]centavam,
Pela miúda enxárcia assoviando.
Relâmpados medonhos não cessavam,

Feros trovões, que vêm representando
Cair o Céu dos e[i]xos sobre a Terra,
Consigo os Elementos terem guerra.

85 Mas já a amorosa Estrela cintilava
Diante do Sol claro, no Horizonte,
Mensageira do dia, e visitava
A terra e o largo mar, com Ieda fronte.
A Deusa que nos Céus a governava.
De quem foge o ensífero Orionte,
Tanto que o mar e a cara armada vira,
Tocada junto foi de medo e de ira.

86 — Estas obras de Baco são, por certo,
Disse; mas não será que avante leve
Tão danada tenção, que descoberto
Me será sempre o mal a que se atreve.
Isto dizendo, de[s]ce ao mar aberto,
No caminho gastando espaço breve,
Enquanto manda as Ninfas amorosas
Grinaldas nas cabeças pôr de rosas.

87 Grinaldas manda pôr de várias cores
Sobre cabelos louros à porfia.
Quem não dirá que na[s]cem roxas flores
Sobre ouro natural, que Amor enfia?
Abrandar determina, por amores,
Dos ventos a nojosa companhia,
Mostrando-lhe as amadas Ninfas belas,
Que mais fermosas vinham que as estrelas.

88 Assi[m] foi; porque, tanto que chegaram
À vista delas, logo lhe falecem
As forças com que dantes pelejaram,
E já, como rendidos, lhe obedecem.
Os pés e mãos parece que lhe ataram
Os cabelos que os raios escurecem.
A Bóreas, que do peito mais queria,
Assi[m] disse a belíssima Oritia:

89 — Não creias, fero Bóreas, que te creio
Que me tiveste nunca amor constante,
Que brandura é de amor mais certo arreio
E não convém furor a firme amante.
Se já não pões a tanta insânia freio,
Não esperes de mi[m], daqui em diante,
Que possa mais amar-te, mas temer-te;
Que amor, contigo, em medo se converte.

90 Assi[m] mesmo a fermosa Galateia
Dizia ao fero Noto, que bem sabe
Que dias há que em vê-la se recreia,
E bem crê que com ele tudo acabe.
Não sabe o bravo tanto bem se o creia,
Que o coração no peito lhe não cabe,
De contente de ver que a dama o manda.
Pouco cuida que faz, se logo abranda.

91 Desta maneira as outras amansavam
Subitamente os outros amadores;
E logo à linda Vênus se entregavam,
Amansadas as iras e os furores.
Ela lhe prometeu, vendo que amavam,

Sempiterno favor em seus amores,
Nas belas mãos tomando-lhe homenagem
De lhe serem leais esta viagem.

92 Já a manhã clara dava nos outeiros
Por onde o Ganges murmurando soa,
Quando da celsa gávea os marinheiros
Enxergaram terra alta, pela proa.
Já fora de tormenta e dos primeiros
Mares, o temor vão do peito voa.
Disse alegre o piloto Melindano:
— Terra é de Calecu, se não me engano.

93 Esta é, por certo, a terra que buscais
Da verdadeira Índia, que aparece;
E, se do mundo mais não desejais,
Vosso trabalho longo aqui fenece.
Sofrer aqui não pôde o Gama mais,
De ledo em ver que a terra se conhece:
Os geolhos no chão, as mãos ao Céu,
A mercê grande a Deus agradeceu.

94 As graças a Deus dava, e razão tinha,
Que não somente a terra lhe mostrava
Que, com tanto temor, buscando vinha,
Por quem tanto trabalho exprimentava,
Mas via-se livrado, tão asinha,
Da morte, que no mar lhe aparelhava
O vento duro, férvido e medonho,
Como quem despertou de horrendo sonho.

95 Por meio destes hórridos perigos,
Destes trabalhos graves e temores,
Alcançam os que são de fama amigos
As honras imortais e graus maiores:
Não encostados sempre nos antigos
Troncos nobres de seus antecessores;
Não nos leitos dourados, entre os finos.
Animais de Moscóvia zibelinos;

96 Não cos manjares novos e esquisitos,
Não cos passeios moles e ociosos,
Não cos vários deleites e infinitos
Que afeminam os peitos generosos,
Não cos nunca vencidos apetitos,
Que a Fortuna tem sempre tão mimosos,
Que não sofre a nenhum que o passo mude
Pera algũa obra heroica de virtude:

97 Mas com buscar, co seu forçoso braço,
As honras que ele chame próprias suas;
Vigiando e vestindo o forjado aço,
Sofrendo tempestades e ondas cruas,
Vencendo os torpes frios no regaço
Do Sul, e regiões de abrigo nuas;
Engolindo o corrupto mantimento
Temperado cum árduo sofrimento;

98 E com forçar o rosto, que se enfia,
A parecer seguro, ledo, inteiro,
Pera o pelouro ardente que assovia
E leva a perna ou braço ao companheiro.
Destarte o peito um calo honroso cria,

Desprezador das honras e dinheiro,
Das honras e dinheiro que a ventura
Forjou, e não virtude justa e dura.

99 Destarte se esclarece o entendimento,
Que experiências fazem repousado,
E fica vendo, como de alto assento,
O ba[i]xo trato humano embaraçado.
Este, onde tiver força o regimento
Direito e não de afeitos ocupado,
Subirá (como deve) a ilustre mando,
Contra vontade sua, e não rogando.

Canto sétimo

1 Já se viam chegados junto à terra,
Que desejada já de tantos fora,
Que entre as correntes índicas se encerra
E o Ganges, que no Céu terreno mora.
Ora sus, gente forte, que na guerra
Quereis levar a palma vencedora:
Já sois chegados, já tendes diante
A terra de riquezas abundante!

2 A vós, ó geração de Luso, digo,
Que tão pequena parte sois no mundo;
Não digo inda no mundo, mas no amigo
Curral de Quem governa o Céu rotundo;
Vós, a quem não somente algum perigo
Estorva conquistar o povo imundo,
Mas nem cobiça ou pouca obediência
Da Madre que nos Céus está em essência:

3 Vós, Portugueses, poucos quanto fortes,
Que o fraco poder vosso não pesais;
Vós, que, à custa de vossas várias mortes,
A lei da vida eterna dilatais:
Assi[m] do Céu deitadas são as sortes
Que vós, por muito poucos que sejais,
Muito façais na santa Cristandade.
Que tanto, ó Cristo, exaltas a humildade!

4 Vede'los Alemães, soberbo gado,
Que por tão largos campos se apa[s]centa;
Do sucessor de Pedro rebelado,
Novo pastor e nova seita inventa.
Vede'lo em feias guerras ocupado,
Que inda co cego error se não contenta,
Não contra o superbíssimo Otomano,
Mas por sair do jugo soberano.

5 Vede'lo duro Inglês, que se nomeia
Rei da velha e santíssima Cidade,
Que o torpe Ismaelita senhoreia
(Quem viu honra tão longe da verdade?)
Entre as Boreais neves se recreia,
Nova maneira faz de Cristandade:
Pera os de Cristo tem a espada nua,
Não por tomar a terra que era sua.

6 Guarda-lhe, por entanto, um falso Rei
A cidade Hierosólima terreste,
Enquanto ele não guarda a santa Lei
Da cidade Hierosólima celeste.
Pois de ti, Galo indi[glno, que direi?
Que o nome Cristianíssimo quiseste,
Não pera defendê-lo nem guardá-lo,
Mas pera ser contra ele e derribá-lo!

7 Achas que tens direito em senhorios
De Cristãos, sendo o teu tão largo e tanto,
E não contra o Cinífio e Nilo rios,

---

4. *Vede'los Alemães*: vede os alemães.

Inimigos do antigo nome santo?
Ali se hão de provar da espada os fios
Em quem quer reprovar da Igreja o Canto.
De Carlos, de Luís, o nome e a terra
Herdaste, e as causas não da justa guerra?

8 Pois que direi daqueles que em delícias,
Que o vil ócio no mundo traz consigo,
Gastam as vidas, logram as divícias,
Esquecidos do seu valor antigo?
Na[s]cem da tirania inimicícias,
Que o povo forte tem, de si inimigo.
Contigo, Itália, falo, já su[b]mersa
Em vícios mil, e de ti mesma adversa.

9 Ó míseros Cristãos, pela ventura
Sois os dentes, de Cadmo desparzidos,
Que uns aos outros se dão à morte dura,
Sendo todos de um ventre produzidos?
Não vedes a divina Sepultura
Possuída de Cães, que, sempre unidos,
Vos vêm tomar a vossa antiga terra,
Fazendo-se famosos pela guerra?

10 Vedes, que têm por uso e por decreto,
Do qual são tão inteiros observantes,
Ajuntarem o exército inquieto
Contra os povos que são de Cristo amantes;
Entre vós nunca deixa a fera Aleto
De semear cizânias repugnantes.
Olhai se estais seguros de perigos,
Que eles, e vós, sois vossos inimigos.

11 Se cobiça de grandes senhorios
Vos faz ir conquistar terras alheias,
Não vedes que Pactolo e Hermo rios
Ambos volvem auríferas areias?
Em Lídia, Assíria, lavram de ouro os fios;
África esconde em si luzentes veias.
Mova-vos já, sequer, riqueza tanta,
Pois mover-vos não pode a Casa Santa.

12 Aquelas invenções, feras e novas,
De instrumentos mortais da artilharia
Já devem de fazer as duras provas
Nos muros de Bizâncio e de Turquia.
Fazei que torne lá às silvestres covas
Dos Cáspios montes e da Cítia fria
A Turca geração, que multiplica
Na polícia da vossa Europa rica.

13 Gregos, Traces, Armênios, Georgianos,
Bradando vos estão que o povo bruto
Lhe obriga os caros filhos aos profanos
Preceptos do Alcorão (duro tributo!).
Em castigar os feitos inumanos
Vos gloriai de peito forte e astuto,
E não queirais louvores arrogantes
De serdes contra os vossos mui possantes.

14 Mas, entanto que cegos e sedentos
Andais de vosso sangue, ó gente insana,
Não faltaram Cristãos atrevimentos
Nesta pequena casa Lusitana.
De África tem marítimos assentos;

É na Ásia mais que todas soberana;
Na quarta parte nova os campos ara;
E, se mais mundo houvera, lá chegara.

15 E vejamos, entanto, que acontece
Àqueles tão famosos navegantes,
De[s]pois que a branda Vênus enfraquece
O furor vão dos ventos repugnantes;
De[s]pois que a larga terra lhe aparece,
Fim de suas porfias tão constantes,
Onde vêm semear de Cristo a lei
E dar novo costume e novo Rei.

16 Tanto que à nova terra se chegaram,
Leves embarcações de pescadores
Acharam, que o caminho lhe mostraram
De Calecu, onde eram moradores,
Pera lá logo as proas se inclinaram,
Porque esta era a cidade, das melhores
Do Malabar, melhor, onde vivia
O Rei que a terra toda possuía.

17 Além do Indo jaz e aquém do Gange
Um terreno mui grande e assaz famoso
Que pela parte Austral o mar abrange
E pera o Norte o Emódio cavernoso.
Jugo de Reis diversos o constrange
A várias leis: alguns o vicioso
Ma[h]oma, alguns os ídolos adoram,
Alguns os animais que entre eles moram.

---

17. *Emódio cavernoso*: a cordilheira do Himalaia.

18 Lá bem no grande monte que, cortando
Tão larga terra, toda Ásia discorre,
Que nomes tão diversos vai tomando
Segundo as regiões por onde corre,
As fontes saem donde vêm manando
Os rios cuja grão corrente morre
No mar Índico, e cercam todo o peso
Do terreno, fazendo-o Quersoneso.

19 Entre um e o outro rio, em grande espaço
Sai da larga terra ũa longa ponta,
Quase piramidal, que, no regaço
Do mar, com Ceilão ínsula confronta.
E junto donde na[s]ce o largo braço
Gangético, o rumor antigo conta
Que os vizinhos, da terra moradores,
Do cheiro se mantêm das finas flores.

20 Mas agora, de nomes e de usança
Novos e vários são os habitantes:
Os Deliis, os Patanes, que, em possança
De terra e gente, são mais abundantes;
Decanis, Oriás, que a esperança
Têm de sua salvação nas ressonantes
Águas do Gange, e a terra de Bengala,
Fértil de sorte que outra não lhe iguala;

21 O Reino de Cambaia belicoso
(Dizem que foi de Poro, Rei potente);
O Reino de Narsinga, poderoso

---

18. *Quersoneso*: península.

Mais de ouro e pedras que de forte gente.
Aqui se enxerga, lá do mar undoso,
Um monte alto, que corre longamente,
Servindo ao Malabar de forte muro,
Com que do Canará vive seguro.

22 Da terra os naturais lhe chamam Gate,
Do pé do qual, pequena quantidade,
Se estende ũa fralda estreita, que combate
Do mar a natural ferocidade.
Aqui de outras cidades, sem debate,
Calecu tem a ilustre dignidade
De cabeça de Império, rica e bela;
Samorim se intitula o senhor dela;

23 Chegada a frota ao rico senhorio,
Um português, mandado, logo parte
A fazer sabedor o Rei gentio
Da vinda sua a tão remota parte.
Entrando o mensageiro pelo rio
Que ali nas ondas entra, a não vista arte,
A cor, o gesto estranho, o trajo novo,
Fez concorrer a vê-lo todo o povo.

24 Entre a gente que a vê-lo concorria,
Se chega um Ma[h]ometa, que na[s]cido
Fora na região da Berberia,
Lá onde fora Anteu obedecido.
(Ou, pela vizinhança, já teria
O Reino Lusitano conhecido,
Ou foi já assinalado de seu ferro;
Fortuna o trouxe a tão longo desterro).

25 Em vendo o mensageiro, com jucundo
Rosto, como quem sabe a língua hispana,
Lhe disse: — Quem te trouxe a estoutro mundo,
Tão longe da tua pátria Lusitana?
— Abrindo, lhe responde, o mar profundo
Por onde nunca veio gente humana;
Vimos buscar do Indo a grão corrente,
Por onde a Lei divina se acre[s]cente.

26 Espantado ficou da grão viagem
O Mouro, que Monçaide se chamava,
Ouvindo as opressões que, na passagem
Do mar, o Lusitano lhe contava.
Mas vendo, enfim, que a força da mensagem
Só pera o Rei da terra relevava,
Lhe diz que estava fora da cidade,
Mas de caminho pouca quantidade.

27 E que, entanto que a nova lhe chegasse
De sua estranha vinda, se queria,
Na sua pobre casa repousasse
E do manjar da terra comeria;
E de[s]pois que se um pouco recreasse
Co ele pera a armada tornaria,
Que alegria não pode ser tamanha
Que achar gente vizinha em terra estranha.

28 O português aceita de vontade
O que o ledo Monçaide lhe oferece;
Como se longa fora já a amizade,
Co ele come e bebe e lhe obedece.
Ambos se tornam logo da cidade

Pera a frota, que o Mouro bem conhece.
Sobem à capitaina, e toda a gente
Monçaide recebeu benignamente.

29 O Capitão o abraça, em cabo ledo,
Ouvindo clara a língua de Castela;
Junto de si o assenta e, pronto e quedo,
Pela terra pergunta e cousas dela.
Qual se ajuntava, em Ródope o arvoredo,
Só por ouvir o amante da donzela
Eurídice, tocando a lira de ouro,
Tal a gente se ajunta a ouvir o Mouro.

30 Ele começa: — Ó gente, que a Natura
Vizinha fez de meu paterno ninho,
Que destino tão grande ou que ventura
Vos trouxe a cometerdes tal caminho?
Não é sem causa, não, oculta e escura,
Vir do longínq[u]o Tejo e ignoto Minho,
Por mares nunca doutro lenho arados,
A Reinos tão remotos e apartados.

31 Deus, por certo, vos traz, porque pretende
Algum serviço seu por vós obrado;
Por isso só vos guia e vos defende
Dos imigos, do mar, do vento irado.
Sabei que estais na índia, onde se estende
Diverso povo, rico e prosperado
De ouro luzente e fina pedraria,
Cheiro suave, ardente especiaria.

32 Esta província, cujo porto agora
Tomado tendes, Malabar se chama;
Do culto antigo os ídolos adora,
Que cá por estas partes se derrama;
De diversos Reis. é, mas dum só fora
Noutro tempo, segundo a antiga fama:
Saramá Perimal foi derradeiro
Rei que este Reino teve unido e inteiro.

33 Porém, como a esta terra então viessem
De lá do seio Arábico outras gentes
Que o culto Ma[h]omético trouxessem,
No qual me instituíram meus parentes,
Sucedeu que, pregando, convertessem
O Perimal, de sábios e eloquentes;
Fazem-lhe a Lei tomar com fervor tanto
Que pressupôs de nela morrer santo.

34 Naus arma e nelas mete, curioso,
Mercadoria que ofereça rica,
Pera ir nelas a ser religioso
Onde o Profeta jaz que a Lei pubrica
Antes que parta, o Reino poderoso
Cos seus reparte; porque não lhe fica
Herdeiro próprio, faz os mais aceitos
Ricos, de pobres, livres, de sujeitos.

35 A um Cochim e a outro Cananor,
A qual Chalé, a qual a Ilha da pimenta,
A qual Coulão, a qual dá Cranganor,

34. *Lei pubrica*: que pregou a religião.

E o mais, a quem o mais serve e contenta.
Um só moço, a quem tinha muito amor,
De[s]pois que tudo. deu, se lhe apresenta:
Pera este Calecu somente fica,
Cidade já por trato nobre e rica.

36 Esta lhe dá, co título excelente
De Imperador, que sobre os outros mande.
Isto feito, se parte diligente
Pera onde em santa vida acabe e ande.
E daqui fica, o nome de potente
Samorim, mais que todos di[g]no e grande,
Ao moço e descendentes, donde vem
Este que agora o Império manda e tem.

37 A Lei da gente toda, rica e pobre,
De fábulas composta se imagina.
Andam nus e somente um pano cobre
As partes que a cobrir Natura ensina,
Dous modos há de gente, porque a nobre
Naires chamados são, e a menos di[g]na
Poleás tem por nome, a quem obriga
A Lei não misturar a casta antiga;

38 Porque os que usaram sempre um mesmo ofício,
De outro não podem receber consorte;
Nem os filhos terão outro exercício
Senão o de seus passados, até morte.
Pera os Naires é, certo, grande vício
Destes serem tocados; de tal sorte
Que, quando algum se toca porventura,
Com cerimônias mil se alimpa e apura.

39 Desta sorte o Judaico povo antigo
Não tocava na gente de Samária.
Mais estranhezas inda das que digo
Nesta terra vereis de usança varia.
Os Naires sós são, dados ao perigo
Das armas sós defendem da contrária
Banda o seu Rei, trazendo sempre usada
Na esquerda a adarga e na direita a espada.

40 Brâmenes são os seus religiosos,
Nome antigo e de grande preminência;
Observam os preceitos tão famosos
Dum que primeiro pôs nome à ciência;
Não matam cousa viva e, temerosos,
Das carnes têm grandíssima abstinência.
Somente no Venéreo ajuntamento
Têm mais licença e menos regimento.

41 Gerais são as mulheres, mas somente
Pera os da geração de seus maridos.
Ditosa condição, ditosa gente,
Que não são de ciúmes ofendidos!
Estes e outros costumes variamente
São pelos Malabares admitidos.
A terra é grossa em trato, em tudo aquilo
Que as ondas podem dar, da China ao Nilo.

42 Assi[m] contava o Mouro; mas vagando
Andava a fama já, pela cidade,
Da vinda desta gente estranha, quando
O Rei saber mandava da verdade.
Já vinham pelas ruas caminhando,

Rodeados de todo sexo e idade,
Os principais que o Rei buscar mandara
O Capitão da armada que chegara.

43 Mas ele, que do Rei já tem licença
Pera desembarcar, acompanhado
Dos nobres Portugueses, sem detença
Parte, de ricos panos adornado.
Das cores a fermosa diferença
A vista alegra ao povo alvoroçado;
O remo compassado fere frio
Agora o mar, de[s]pois o fresco rio.

44 Na praia um regedor do Reino estava
Que, na sua língua, Catual se chama,
Rodeado de Naires, que esperava
Com desusada festa o nobre Gama.
Já na terra, nos braços o levava
E num portátil leito ũa rica cama
Lhe oferece em que vá, costume usado,
Que nos ombros dos homens é levado.

45 Destarte o Malabar, destarte o Luso,
Caminham lá pera onde o Rei o espera.
Os outros Portugueses vão ao uso
Que infantaria segue, esquadra fera.
O povo que concorre vai confuso
De ver a gente estranha, e bem quisera
Perguntar; mas, no tempo já passado,
Na Torre de Babel lhe foi vedado.

46 O Gama e o Catual iam falando
Nas cousas que lhe o tempo oferecia;
Monçaide, entre eles, vai interpretando
As palavras que de ambos entendia.
Assi[m] pela cidade caminhando,
Onde ũa rica fábrica se erguia
De um suntuoso templo já chegavam,
Pelas portas do qual juntos entravam.

47 Ali estão das Deidades as figuras,
Esculpidas em pau e em pedra fria,
Vários de gestos, vários de pinturas,
A segundo o Demônio lhe fingia.
Vem-se as abomináveis, esculturas,
Qual a Quimera em membros se varia.
Os cristãos olhos, a ver Deus usados
Em forma humana, estão maravilhados.

48 Um na cabeça cornos esculpidos,
Qual Júpiter Amon em Líbia estava;
Outro num corpo rostos tinha unidos,
Bem como o antigo Jano se pintava;
Outro, com muitos braços divididos,
A Briareu parece que imitava;
Outro fronte canina tem de fora,
Qual Anúbis Menfítico se adora.

49 Aqui feita do bárbaro Gentio
A supersticiosa adoração,
Direitos vão, sem outro algum desvio,
Pera onde estava o Rei do povo vão.
Engrossando-se vai, da gente o fio

Cos que vêm ver o estranho Capitão.
Estão pelos telhados e janelas
Velhos e moços, donas e donzelas.

50 Já chegam perto, e não [com] passos lentos,
Dos jardins odoríferos fermosos,
Que em si escondem os régios apo[u]sentos,
Altos de torres não, mas suntuosos.
Edificam-se os nobres seus assentos
Por entre os arvoredos deleitosos.
Assi[m] vivem os Reis daquela gente,
No campo e na cidade juntamente.

51 Pelos portais da cerca a su[b]tileza
Se enxerga da Dedálea faculdade,
Em figuras mostrando, por nobreza,
Da Índia a mais remota antiguidade.
Afiguradas vão com tal viveza
As histórias daquela antiga idade,
Que quem delas tiver notícia inteira,
Pela sombra conhece a verdadeira.

52 Estava um grande exército, que pisa
A terra Oriental que o Idaspe lava;
Rege-o um capitão de fronte lisa,
Que com frondentes tirsos pelejava
(Por ele edificada estava Nisa
Nas ribeiras do rio que manava),
Tão próprio que, se ali estiver Semele,
Dirá, por certo, que é seu filho aquele.

53 Mais avante, bebendo, seca o rio
Mui grande multidão da Assíria gente,
Sujeita a feminino senhorio
De ũa tão bela como incontinente.
Ali tem, junto ao lado nunca frio,
Esculpido o feroz ginete ardente
Com quem teria o filho competência.
Amor nefando, bruta incontinência!

54 Daqui mais apartadas, tremulavam
As bandeiras de Grécia gloriosas
(Terceira Monarquia), e so[b]jugavam
Até as águas Gangéticas undosas.
Dum capitão mancebo se guiavam,
De palmas rodeado valerosas,
Que já não de Filipo, mas, sem falta,
De progênie de Júpiter se exalta.

55 Os Portugueses vendo estas memórias,
Dizia o Catual ao Capitão:
— Tempo cedo virá que outras vitórias
Estas que agora olhais abaterão.
Aqui se escreverão novas histórias
Por gentes estrangeiras que virão;
Que os nossos sábios magos o alcançaram
Quando o tempo futuro especularam.

56 E diz-lhe mais a mágica ciência
Que, pera se evitar força tamanha,
Não valerá dos homens resistência,

---

56. *Não val da gente manha*: nada vale a esperteza humana.

Que contra o Céu não val da gente manha;
Mas também diz que a bélica excelência,
Nas armas e na paz, da gente estranha
Será tal, que será no mundo ouvido
O vencedor por glória do vencido.

57 Assi[m] falando, entravam já na sala
Onde aquele potente Imperador
Nũa camilha jaz, que não se iguala
De outra algũa no preço e no lavor.
No recostado gesto se assinala
Um venerando e próspero senhor;
Um pano de ouro cinge, e na cabeça
De preciosas gemas se adereça.

58 Bem junto dele, um velho reverente,
Cos geolhos no chão, de quando em quando
Lhe dava a verde folha da erva ardente,
Que a seu costume estava ruminando.
Um Brâmene, pessoa preminente,
Pera o Gama vem com passo brando,
Pera que ao grande Príncipe o apresente,
Que diante lhe acena que se assente.

59 Sentado o Gama junto ao rico leito,
Os seus mais afastados, pronto em vista
Estava o Samori[m] no trajo e jeito
Da gente, nunca de antes dele vista.
Lançando a grave voz do sábio peito,
Que grande autoridade logo aquista
Na opinião do Rei e do povo todo,
O Capitão lhe fala deste modo:

60 — Um grande Rei, de lá das partes onde
O Céu volúbil, com perpétua roda,
Da terra a luz solar coa Terra esconde,
Tingindo, a que deixou, de escura nód[o]a.
Ouvindo do rumor que lá responde
O eco, como em ti da Índia toda
O principado está e a majestade,
Vínculo quer contigo de amizade.

61 E por longos rodeios a ti manda
Por te fazer saber que tudo aquilo
Que sobre o mar, que sobre as terras anda,
De riquezas, de lá do Tejo ao Nilo,
E desde a fria plaga de Gelanda
Até bem donde o Sol não muda o estilo
Nos dias, sobre a gente de Etiópia,
Tudo tem no seu Reino em grande cópia.

62 E se queres, com pactos e lianças
De paz e de amizade, sacra e nua,
Comércio consentir das abondanças
Das fazendas da terra sua e tua,
Por que cre[s]çam as rendas e abastanças
(Por quem a gente mais trabalha e sua)
De vossos Reinos, será certamente
De ti proveito, e dele glória ingente.

63 E sendo assi[m] que o nó desta amizade
Entre vós firmemente permaneça,
Estará pronto, a toda adversidade

60. *Escura nódoa*: noite.

Que por guerra a teu Reino se ofereça,
Com gente, armas e naus, de qualidade
Que por irmão te tenha e te conheça;
E da vontade em ti sobre isto posta.
Me dês a mi[m} certíssima re[s]posta.

64 Tal emba[i]xada dava o Capitão,
A quem o Rei gentio respondia
Que, em ver emba[i]xadores de nação
Tão remota, grão glória recebia;
Mas neste caso a última tenção
Com os de seu conselho tomaria,
Informando-se certo de quem era
O Rei e a gente e terra que dissera.

65 E que, entanto, podia do trabalho
Passado ir repousar; e em tempo breve
Daria a seu despacho um justo talho,
Com que a seu Rei re[s]posta alegre leve.
Já nisto punha a noite o usado atalho
Às humanas canseiras, por que ceve.
De doce sono os membros trabalhados,
Os olhos ocupando, ao ócio dados.

66 Agasalhados foram juntamente
O Gama e Portugueses no apo[u]sento
Do nobre Regedor da índica gente,
Com festas e geral contentamento.
O Catual, no cargo diligente
De seu Rei, tinha já por regimento
Saber da gente estranha donde vinha,
Que costumes, que lei, que terra tinha.

67 Tanto que os ígneos carros do fermoso
Mancebo Délio viu, que a luz renova,
Manda chamar Monçaide, desejoso
De poder-se informar da gente nova.
Já lhe pergunta, pronto e curioso,
Se tem notícia inteira e certa prova
Dos estranhos, quem são; que ouvido tinha
Que é gente de sua pátria mui vizinha.

68 Que particularmente ali lhe desse
Informação mui larga, pois fazia
Nisso serviço ao Rei, por que soubesse
O que neste negócio se faria.
Monçaide torna: — Posto que eu quisesse
Dizer-te disto mais, não saberia;
Somente sei que é gente lá de Espanha,
Onde o meu ninho e o Sol no mar se banha.

69 Têm a lei dum Profeta que gerado
Foi sem fazer na carne detrimento
Da mãe, tal que por Bafo está aprovado
Do Deus que tem do Mundo o regimento.
O que entre meus, antigos é vulgado
Deles, é que o valor sanguinolento
Das armas no seu braço resplandece;
O que em nossos passados se parece.

70 Porque eles, com virtude sobre-humana,
Os deitaram dos campos abundosos
Do rico Tejo e fresca Guadiana,

---

69. *Bafo*: sopro, espírito.

Com feitos memoráveis e famosos.
E não contentes inda, e na Africana
Parte, cortando os mares procelosos,
Nos não querem deixar viver seguros,
Tomando-nos cidades e altos muros.

71 Não menos têm mostrado esforço e manha
Em quaisquer outras guerras que aconteçam,
Ou das gentes belígeras de Espanha,
Ou lá dalguns que do Pirene de[s]çam.
Assi[m] que nunca enfim, com lança estranha
Se tem que por vencidos se conheçam;
Nem se sabe inda, não, te afirmo e asselo,
Pera estes Anibais nenhum Marcelo.

72 E se esta informação não for inteira
Tanto quanto convém, deles pretende
Informar-te, que é gente verdadeira,
A quem mais falsidade enoja e ofende.
Vai ver-lhe a frota, as armas e a maneira
Do fundido metal que tudo rende,
E folgarás de veres a polícia
Portuguesa, na paz e na milícia.

73 Já com desejos o Idolatra ardia
De ver isto que o Mouro lhe contava.
Manda esquipar batéis, que ir ver queria
Os lenhos em que o Gama navegava.
Ambos partem da praia, a quem seguia
A Naira geração, que o mar coalhava.
À capitaina sobem, forte e bela,
Onde Paulo os recebe a bordo dela.

74 Purpúreos são os toldos, e as bandeiras
Do rico fio são que o bicho gera;
Nelas estão pintadas as guerreiras
Obras que o forte braço já fizera;
Batalhas têm campais aventureiras,
Desafios cruéis, pintura fera,
Que, tanto que ao Gentio se apresenta,
A tento nela os olhos apa[s]centa.

75 Pelo que vê pergunta; mas o Gama
Lhe pedia primeiro que se assente
E que aquele deleite que tanto ama
A seita Epicureia experimente.
Dos espumantes vasos se derrama
O licor que Noé mostrara à gente;
Mas comer o Gentio não pretende,
Que a seita que seguia lho defende.

76 A trombeta, que, em paz, no pensamento
Imagem faz de guerra, rompe os ares;
Co fogo o diabólico instrumento
Se faz ouvir no fundo lá dos mares.
Tudo o Gentio nota; mas o intento
Mostrava sempre ter nos singulares
Feitos dos homens que, em retrato breve,
A muda poesia ali descreve.

77 Alça-se em pé, com ele o Gama junto,
Coelho de outra parte e o Mauritano:
Os olhos põe no bélico tra[n]sunto

---

76. *Diabólico instrumento*: o canhão, a artilharia.

De um velho branco, aspeito venerando,
Cujo nome não pode ser defunto
Enquanto houver no mundo trato humano.
No trajo a Grega usança está perfeita;
Um ramo, por insígnia, na direita.

78 Um ramo na mão tinha... Mas, ó cego,
Eu, que cometo, insano e temerário,
Sem vós, Ninfas do Tejo e do Mondego,
Por caminho tão árduo, longo e vário!
Vosso favor invoco, que navego
Por alto mar, com vento tão contrário
Que, se não me ajudais, hei grande medo
Que o meu fraco batel se alague cedo.

79 Olhai que há tanto tempo que, cantando
O vosso Tejo e os vossos Lusitanos,
A Fortuna me traz peregrinando,
Novos trabalhos vendo e novos danos:
Agora o mar, agora exprimentando
Os perigos Mavórcios inumanos,
Qual Cánace, que à morte se condena,
Nũa mão sempre a espada e noutra a pena;

80 Agora, com pobreza avorrecida,
Por hospícios alheios degradado;
Agora, da esperança já adquirida,

---

79. *Cánace*: filha de Éolo, o deus do vento. Por ter cometido incesto com seu irmão, o pai entregou-lhe uma espada para que se suicidasse. Escreveu, então, uma carta de despedida ao irmão, mantendo em uma das mãos a caneta e noutra, a espada. Assim Camões se compara, por ser poeta e soldado.

De novo, mais que nunca, derribado;
Agora às costas escapando a vida,
Que dum fio pendia tão delgado
Que não menos milagre foi salvar-se
Que pera o Rei Judaico acre[s]centar-se.

81 E ainda, Ninfas minhas, não bastava
Que tamanhas misérias me cercassem,
Senão que aqueles que eu cantando andava
Tal prêmio de meus versos me tornassem:
A troco dos descansos que esperava,
Das capelas de louro que me honrassem,
Trabalhos nunca usados me inventaram,
Com que em tão duro estado me deitaram!

82 Vede, Ninfas, que engenhos de senhores
O vosso Tejo cria valerosos,
Que assi[m] sabem prezar, com tais favores,
A quem os faz, cantando, gloriosos!
Que exemplos a futuros escritores,
Pera espertar engenhos curiosos,
Pera porem as cousas em memória
Que merecerem ter eterna glória!

83 Pois logo, em tantos males, é forçado
Que só vosso favor me não faleça,
Principalmente aqui, que sou chegado
Onde feitos diversos engrandeça:
Dai-mo vós sós, que eu tenho já jurado

---

81. *Capelas de louro*: coroas de louro.

Que não no empregue em quem o não mereça,
Nem por lisonja louve algum subido,
Sob pena de não ser agradecido.

84 Nem creiais, Ninfas, não, que fama desse
A quem ao bem comum e do seu Rei
Antepuser seu próprio interesse,
Imigo da divina e humana Lei.
Nenhum ambicioso que quisesse
Subir a grandes cargos, cantarei,
Só por poder com torpes exercícios
Usar mais largamente de seus vícios;

85 Nenhum que use de seu poder bastante
Pera servir a seu desejo feio,
E que, por comprazer ao vulgo errante,
Se muda em mais figuras que Proteio.
Nem, Camenas, também cuideis que cante
Quem, com hábito honesto e grave, veio,
Por contentar o Rei, no ofício novo,
A despir e roubar o pobre povo!

86 Nem quem acha que é justo e que é direito
Guardar-se a lei do Rei severamente,
E não acha que é justo e bom respeito
Que se pague o suor da servil gente;
Nem quem sempre, com pouco experto peito,
Razões aprende, e cuida que é prudente,
Pera taxar, com mão rapace e escassa,
Os trabalhos alheios que não passa.

87 Aqueles sós direi que aventuraram
Por seu Deus, por seu Rei, a amada vida,
Onde, perdendo-a, em fama a dilataram,
Tão bem de suas obras merecida.
Apolo e as Musas, que me acompanharam,
Me dobrarão a fúria concedida,
Enquanto eu tomo alento, descansado,
Por tornar ao trabalho, mais folgado.

Canto oitavo

1 Na primeira figura se detinha
O catual que vira estar pintada,
Que por divisa um ramo na mão tinha,
A barba branca, longa e penteada.
Quem era e por que causa lhe convinha
A divisa que tem na mão tomada?
Paulo responde, cuja voz discreta
O Mauritano sábio lhe interpreta:

2 — Estas figuras todas que aparecem,
Bravos em vista e feros nos aspeitos,
Mais bravos e mais feros se conhecem,
Pela fama, nas obras e nos feitos.
Antigos são, mas inda resplandecem
Co nome, entre os engenhos mais perfeitos.
Este que vês, é Luso, donde a Fama
O nosso Reino Lusitânia chama.

3 Foi filho e companheiro do Tebano
Que tão diversas partes conquistou;
Parece vindo ter ao ninho Hispano
Seguindo as armas, que contín[u]o usou.
Do Douro [e] Guadiana o campo ufano,
Já dito Elísio, tanto o contentou
Que ali quis dar aos já cansados ossos
Eterna sepultura, e nome aos nossos.

4 O ramo que lhe vês, pera divisa,
O verde tirso foi de Baco usado;

O qual à nossa idade amostra e avisa
Que foi seu companheiro e filho amado.
Vês outro, que do Tejo a terra pisa,
De[s]pois de ter tão longo mar arado,
Onde muros perpétuos edifica,
E templo a Palas, que em memória fica?

5 Ulisses é o que faz a santa casa
À Deusa que lhe dá língua facunda;
Que se lá na Ásia Troia insigne abrasa,
Cá na Europa Lisboa ingente funda.
— Quem será estoutro cá, que o campo arrasa
De mortos, com presença furibunda?
Grandes batalhas tem desbaratadas,
Que as Águias nas bandeiras tem pintadas.

6 Assi[m] o Gentio diz. Responde o Gama:
— Este que vês, pastor já foi de gado;
Viriato sabemos que se chama,
Destro na lança mais que no cajado.
Injuriada tem de Roma a fama,
Vencedor invencíbil, afamado.
Não têm co ele, não, nem ter puderam,
O primor que com Pirro já tiveram.

7 Com força, não; com manha vergonhosa
A vida lhe tiraram que os espanta;
Que o grande aperto, em gente inda que
[honrosa,
Às vezes leis magnânimas quebranta.
Outro está aqui que, contra a pátria irosa,
Degradado, co[n]nosco se alevanta.

Escolheu bem com quem se alevantasse
Pera que eternamente se ilustrasse.

8 Vês, co[n]nosco também vence as bandeiras
Dessas aves de Júpiter validas;
Que já naquele tempo as mais guerreiras
Gentes de nós souberam ser vencidas.
Olha tão su[b]tis artes e maneiras
Pera adquirir os povos, tão fingidas:
A fatídica cerva que o avisa.
Ele é Sertório, e ela a sua divisa.

9 Olha estoutra bandeira, e vê pintado
O grão progenitor dos Reis primeiros.
Nós Húngaro o fazemos, porém nado
Crem ser em Lotaríngia os estrangeiros.
De[s]pois de ter, cos Mouros, superado
Galegos e Leoneses cavaleiros,
À Santa Casa passa o santo Henrique,
Por que o tronco dos Reis se santifique.

10 — Quem é, me dize, estoutro que me espanta
(Pergunta o Malabar maravilhado),
Que tantos esquadrões, que gente tanta,
Com tão pouca, tem roto e destroçado?
Tantos muros aspérrimos quebranta,
Tantas batalhas dá, nunca cansado,
Tantas coroas tem, por tantas partes,
A seus pés derribadas, e estandartes!

11 — Este é o primeiro Afonso, disse o Gama,
Que todo Portugal aos Mouros toma;
Por quem no Estígio lago jura a Fama
De mais não celebrar nenhum de Roma.
Este é aquele zeloso a quem Deus ama,
Com cujo braço o Mouro imigo doma,
Pera quem de seu Reino aba[i]xa os muros,
Nada deixando já pera os futuros.

12 Se César, se Alexandre Rei, tiveram
Tão pequeno poder, tão pouca gente,
Contra tantos imigos quantos eram
Os que desbaratava este excelente,
Não creias que seus nomes se estenderam
Com glórias imortais tão largamente;
Mas deixa os feitos seus inexplicáveis
Vê que os de seus vassalos são notáveis.

13 Este que vês olhar, com gesto irado,
Pera o rompido aluno mal sofrido,
Dizendo-lhe que o exército espalhado
Recolha, e torne ao campo defendido;
Torna o Moço, do velho acompanhado,
Que vencedor o torna de vencido:
Egas Moniz se chama, o forte velho,
Pera leais vassalos claro espelho.

14 Vê-lo cá vai cos filhos a entregar-se,
A corda ao colo, nu de seda e pano,
Porque não quis o moço sujeitar-se,
Como ele prometera, ao Castelhano.
Fez com siso e promessas levantar-se

O cerco, que já estava soberano.
Os filhos e mulher obriga à pena:
Pera que o senhor salve, a si condena.

15 Não fez o Cônsul tanto que cercado
Foi nas Forcas Caudinas, de ignorante,
Quando a passar por ba[i]xo foi forçado
Do Samnítico jugo triunfante.
Este, pelo seu povo injuriado,
A si se entrega só, firme e constante;
Estoutro a si e os filhos naturais
E a consorte sem culpa, que dói mais.

16 Vês este que, saindo da cilada,
Dá sobre o Rei que cerca a vila forte?
Já o Rei tem preso e a vila descercada;
Ilustre feito, digno de Mavorte.
Vê-lo cá vai pintado nesta armada,
No mar também aos Mouros dando a morte,
Tomando-lhe as galés, levando a glória
Da primeira marítima vitória.

17 É Dom Fuas Roupinho, que na terra
E no mar resplandece juntamente,
Co fogo que acendeu junto da serra
De Abila, nas galés da Maura gente.
Olha como, em tão justa e santa guerra,
De acabar pelejando está contente.
Das mãos dos Mouros entra a felice alma,
Triunfando, nos Céus, com justa palma.

18 Não vês um ajuntamento, de estrangeiro
Trajo, sair da grande armada nova
Que ajuda a combater o Rei primeiro
Lisboa, de si dando santa prova?
Olha Henrique, famoso cavaleiro,
A palma que lhe na[s]ce junto à cova.
Por eles mostra Deus milagre visto;
Germanos são os Mártires de Cristo.

19 Um Sacerdote vê, brandindo a espada
Contra Arronches, que toma, por vingança
De Leiria, que de antes foi tomada
Por quem por Mafamede enresta a lança:
É Teotônio Prior. Mas vê cercada
Santarém, e verás a segurança
Da figura nos muros que, primeira
Subindo, ergueu das Quinas a bandeira.

20 Vê-lo cá donde Sancho desbarata
Os Mouros de Vandália em fera guerra;
Os imigos rompendo, o alferes mata
E Hispálico pendão derriba em terra.
Mem Moniz é, que em si o valor retrata
Que o sepulcro do pai cos ossos cerra.
Digno destas bandeiras, pois sem falta
A contrária derriba e a sua exalta.

21 Olha aquele que de[s]ce pela lança,
Com as duas cabeças dos vigias,
Onde a cilada esconde, com que alcança
A cidade, por manhas e ousadias.
Ela por armas toma a semelhança

Do cavaleiro que as cabeças frias
Na mão levava (feito nunca feito!).
Giraldo Sem Pavor é o forte peito.

22 Não vês um Castelhano, que, agravado
De Afonso nono, Rei, pelo ódio antigo
Dos de Lara, cos Mouros é deitado,
De Portugal fazendo-se inimigo?
Abrantes vila toma, acompanhado
Dos duros infiéis que traz consigo.
Mas vê que um português, com pouca gente
O desbarata e o prende ousadamente.

23 Martim Lopes se chama o cavaleiro
Que destes levar pode a palma e o louro.
Mas olha um eclesiástico guerreiro,
Que em lança de aço torna o bago de ouro.
Vê-lo, entre os duvidosos, tão inteiro
Em não negar batalha ao bravo Mouro?
Olha o sinal no Céu, que lhe aparece,
Com que nos poucos seus o esforço cre[s]ce.

24 Vês, vão os Reis de Córdova e Sevilha
Rotos, cos outros dous, e não de espaço.
Rotos? Mas antes mortos; maravilha
Feita de Deus, que não de humano braço.
Vês? Já a vila de Alcácere se humilha,
Sem lhe valer defesa ou muro de aço,
A Dom Mateus, o Bispo de Lisboa,
Que a coroa de palma ali coroa.

25 Olha um Mestre que de[s]ce de Castela,
Português de nação, como conquista
A terra dos Algarves, e já nela
Não acha que por armas lhe resista.
Com manha, esforço e com beni[glna estrela,
Vilas, castelos, toma à escala vista.
Vês Tavila tomada aos moradores,
Em vingança dos sete caçadores?

26 Vês, com bélica astúcia ao Mouro ganha
Silves, que ele ganhou com força ingente.
É Dom Paio Correia, cuja manha
E grande esforço faz inveja à gente.
Mas não passes os três que em França e Espanha
Se fazem conhecer perpetuamente
Em desafios, justas e tornéus,
Nelas deixando públicos troféus.

27 Vê-los co nome vêm de aventureiros
A Castela, onde o preço sós levaram
Dos jogos de Belona verdadeiros,
Que com dano dalguns se exercitaram.
Vê mortos os soberbos cavaleiros
Que o principal dos três desafiaram,
Que Gonçalo Ribeiro se nomeia,
Que pode não temer a lei Leteia.

28 Atenta num que a fama tanto estende
Que de nenhum passado se contenta;
Que a pátria, que de um fraco fio pende,

---

27. *Lei Leteia*: lei do esquecimento, da morte.

Sobre seus duros ombros a sustenta.
Não no vês tinto de ira, que reprende
A vil desconfiança, inerte e lenta,
Do povo, e faz que tome o doce freio
De Rei seu natural, e não de alheio?

29 Olha: por seu conselho e ousadia,
De Deus guiada só e de santa estrela,
Só, pode o que impossíbil parecia:
Vencer o povo ingente de Castela.
Vês, por indústria, esforço e valentia,
Outro estrago e vitória, clara e bela,
Na gente, assi[m] feroz como infinita,
Que entre o Tarteso e Guadiana habita?

30 Mas não vês quase já desbaratado
O poder Lusitano, pela ausência
Do Capitão devoto, que, apartado,
Orando invoca a suma e trina Essência?
Vê-lo com pressa já dos seus achado,
Que lhe dizem que falta resistência
Contra poder tamanho, e que viesse
Por que consigo esforço aos fracos desse.

31 Mas olha com que santa confiança,
Que inda não era tempo, respondia,
Como quem tinha em Deus a segurança
Da vitória que logo lhe daria.
Assi[m] Pompílio, ouvindo que a possança
Dos imigos a terra lhe corria,
A quem lhe a dura nova estava dando,
— Pois eu, responde, estou sacrificando.

32 Se quem com tanto esforço em Deus se atreve
Ouvir quiseres como se nomeia,
Português Cipião chamar-se deve;
Mas mais de Dom Nuno Álvares se arreia.
Ditosa pátria que tal filho teve!
Mas antes pai: que, enquanto o Sol rodeia
Este globo de Ceres e Neptuno,
Sempre suspirará por tal aluno.

33 Na mesma guerra vê que presas ganha
Estoutro Capitão de pouca gente;
Comendadores vence e o gado apanha
Que le[va]vam roubado ousadamente.
Outra vez vê que a lança em sangue banha
Destes, só por livrar, co amor ardente,
O preso amigo, preso por leal:
Pero Rodrigues é do Landroal.

34 Olha este desleal o como paga
O perjúrio que fez e vil engano;
Gil Fernandes é de Elvas quem o estraga
E faz vir a passar o último dano:
De Xerez rouba o campo e quase alaga
Co sangue de seus donos Castelhano.
Mas olha Rui Pereira, que co rosto
Faz escudo às galés, diante posto.

35 Olha que dezassete Lusitanos,
Neste outeiro subidos, se defendem
Fortes, de quatrocentos Castelhanos,
Que em derredor, pelos tomar, se estendem;
Porém logo sentiram, com seus danos,

Que não só se defendem, mas ofendem.
Di[g]no feito de ser, no mundo, eterno,
Grande no tempo antigo e no moderno.

36 Sabe-se antigamente que trezentos
Já contra mil Romanos pelejaram,
No tempo que os viris atrevimentos
De Viriato tanto se ilustraram,
E deles alcançando vencimentos
Memoráveis, de herança nos deixaram
Que os muitos, por ser poucos, não temamos;
O que de[s]pois mil vezes amostramos.

37 Olha cá dous Infantes, Pedro e Henrique,
Progênie generosa de Joane;
Aquele faz que fama ilustre fique
Dele em Germânia, com que a morte engane;
Este, que ela nos mares o pubrique
Por seu descobridor, e desengane
De Ceita a Maura túmida vaidade,
Primeiro entrando as portas da cidade.

38 Vês o Conde Dom Pedro, que sustenta
Dous cercos contra toda a Barbaria?
Vês outro Conde está, que representa
Em terra Marte, em forças e ousadia.
De poder defender se não contenta
Alcácere, da ingente companhia;
Mas do seu Rei defende a cara vida,
Pondo por muro a sua, ali perdida.

39 Outros muitos verias, que os pintores
Aqui também por certo pintariam;
Mas falta-lhe pincel, faltam-lhe cores:
Honra, prêmio, favor, que as artes criam.
Culpa dos viciosos sucessores,
Que degeneram, certo, e se desviam
Do lustre e do valor dos seus passados,
Em gostos e vaidades atolados.

40 Aqueles pais ilustres que já deram
Princípio à geração que deles pende,
Pela virtude muito então fizeram
E por deixar a casa que descende.
Cegos, que, dos trabalhos que tiveram,
Se alta fama e rumor deles se estende,
Escuros deixam sempre seus menores,
Com lhe deixar descansos corrutores.

41 Outros também há grandes e abastados,
Sem nenhum tronco ilustre donde venham.
Culpa de Reis, que às vezes a privados
Dão mais que a mil que esforço e saber tenham.
Estes os seus não querem ver pintados,
Crendo que cores vãs lhe não convenham,
E, como a seu contrário natural,
A pintura que fala querem mal.

42 Não nego que há, contudo, descendentes
Do generoso tronco e casa rica,
Que, com costumes altos e excelentes,
Sustentam a nobreza que lhe fica;
E se a luz dos antigos seus parentes

Neles mais o valor não clarifica,
Não falta, ao menos, nem se faz escura.
Mas destes acha poucos a pintura.

43 Assi[m] está declarando os grandes feitos
O Gama, que ali mostra a vária tinta
Que a douta mão tão claros, tão perfeitos,
Do singular artífice ali pinta.
Os olhos tinha prontos e direitos
O Catual na história bem distinta;
Mil vezes perguntava e mil ouvia
As gostosas batalhas que ali via.

44 Mas já a luz se mostrava duvidosa,
Porque a lâmpada grande se escondia
Deba[i]xo do Horizonte e, luminosa,
Levava aos Antípodas o dia,
Quando o Gentio e a gente generosa
Dos Naires da nau forte se partia,
A buscar o repouso que descansa
Os lassos animais, na noite mansa.

45 Entretanto, os arúspices famosos
Na falsa opinião, que em sacrifícios
Antevém sempre os casos duvidosos
Por sinais diabólicos e indícios,
Mandados do Rei próprio, estudiosos,
Exercitavam a arte e seus ofícios,

---

44. *Lâmpada grande*: o Sol.
45. *Arúspices*: sacerdotes que consultavam as entranhas dos mortos para fazer previsões.

Sobre esta vinda desta gente estranha,
Que às suas terras vem da ignota Espanha.

46 Sinal lhe mostra o Demo verdadeiro
De como a nova gente lhe seria
Jugo perpétuo, eterno cativeiro,
Destruição de gente e de valia.
Vai-se espantado o atônito agoureiro
Dizer ao Rei (segundo o que entendia)
Os sinais temerosos que alcançara
Nas entranhas das vítimas que olhara.

47 A isto mais se ajunta que um devoto
Sacerdote da lei de Mafamede,
Dos ódios concebidos não remoto
Contra a divina Fé, que tudo excede,
Em forma do Profeta falso e noto
Que do filho da escrava Agar procede,
Baco odioso em sonhos lhe aparece,
Que de seus ódios inda se não de[s]ce.

48 E diz-lhe assi[m]: — Guardai-vos, gente
[minha,
Do mal que se aparelha pelo imigo
Que pelas águas úmidas caminha,
Antes que esteis mais perto do perigo.
Isto dizendo, acorda o Mouro asinha,
Espantado do sonho; mas consigo
Cuida que não é mais que sonho usado.
Torna a dormir, quieto e sossegado.

49 Torna Baco, dizendo: — Não conheces
O grão legislador que a teus passados
Tem mostrado o preceito a que obedeces,
Sem o qual fôreis muitos ba[p]tizados?
Eu por ti, rudo, velo, e tu adormeces?
Pois saberás que aqueles que chegados
De novo são, serão mui grande dano
Da Lei que eu dei ao néscio povo humano.

50 Enquanto é fraca a força desta gente,
Ordena como em tudo se resista,
Porque, quando o Sol sai, facilmente
Se pode nele pôr a aguda vista;
Porém, de[s]pois que sobe claro e ardente,
Se agudeza dos olhos o conquista,
Tão cega fica, quanto ficareis
Se raízes criar lhe não tolheis.

51 Isto dito, ele e o sono se despede.
Tremendo fica o atônito Agareno;
Salta da cama, lume aos servos pede,
Lavrando nele o férvido veneno.
Tanto que a nova luz que ao Sol precede
Mostrara rosto angélico e sereno,
Convoca os principais da torpe Seita,
Aos quais do que sonhou dá conta estreita.

52 Diversos pareceres e contrários
Ali se dão, segundo o que entendiam;
Astutas traições, enganos vários,
Perfídias, inventavam e teciam;
Mas, deixando conselhos temerários,

Destruição da gente pretendiam,
Por manhas mais su[b]tis e ardis melhores,
Com peitas adquirindo os regedores.

53 Com peitas, ouro e dádivas secretas
Conciliam da terra os principais;
E com razões notáveis e discretas
Mostram ser perdição dos naturais,
Dizendo que são gentes inquietas,
Que, os mares discorrendo Ocidentais,
Vivem só de piráticas rapinas,
Sem Rei, sem leis humanas ou divinas.

54 Oh! Quanto deve o Rei que bem governa
De olhar que os conselheiros ou privados
De consciência e de virtude interna
E de sincero amor sejam dotados!
Porque, como este posto na superna
Cadeira, pode mal dos apartados
Negócios ter notícia mais inteira
Do que lhe der a língua conselheira.

55 Nem tão pouco direi que tome tanto
Em grosso a consciência limpa e certa,
Que se enleve num pobre e humilde manto,
Onde ambição acaso ande encoberta.
E, quando um bom em tudo é justo e santo,
E em negócios do mundo pouco acerta;
Que mal co eles poderá ter conta
A quieta inocência, em só Deus pronta.

56 Mas aqueles avaros Catuais
Que o Gentilico povo governavam,
Induzidos das gentes infernais,
O Português despacho dilatavam.
Mas o Gama, que não pretende mais,
De tudo quanto os Mouros ordenavam,
Que levar a seu Rei um sinal certo
Do mundo que deixava descoberto,

57 Nisto trabalha só; que bem sabia
Que, de[s]pois que levasse esta certeza,
Armas e naus e gentes mandaria
Manuel, que exercita a suma alteza,
Com que a seu Jugo e Lei so[b]meteria
Das terras e do mar a redondeza;
Que ele não era mais que um diligente
Descobridor das terras do Oriente.

58 Falar ao Rei gentio determina,
Por que com seu despacho se tornasse,
Que já sentia em tudo da mali[g]na
Gente impedir-se quanto desejasse.
O Rei, que da notícia falsa e indi[g]na
Não era de espantar se se espantasse,
Que tão crédulo era em seus agouros,
E mais sendo afirmados pelos Mouros,

59 Este temor lhe esfria o ba[i]xo peito.
Por outra parte, a força da cobiça,
A quem por natureza está sujeito,
Um desejo imortal lhe acende e atiça:
Que bem vê que grandíssimo proveito

Fará, se, com verdade e com justiça,
O contrato fizer, por longos anos,
Que lhe comete o Rei dos Lusitanos.

60 Sobre isto, nos conselhos que tomava,
Achava mui contrários pareceres;
Que naqueles com quem se aconselhava
Executa o dinheiro seus poderes.
O grande Capitão chamar mandava,
A quem chegado disse: — Se quiseres
Confessar-me a verdade limpa e nua,
Perdão alcançarás da culpa tua.

61 Eu sou bem informado que a emba[i]xada
Que de teu Rei me deste, que é fingida;
Porque nem tu tens Rei, nem pátria amada,
Mas vagabundo vás passando a vida.
Que quem da Hespéria última alongada,
Rei ou senhor de insânia desmedida,
Há de vir cometer, com naus e frotas,
Tão incertas viagens e remotas?

62 E, se de grandes Reinos poderosos
O teu Rei tem a Régia majestade,
Que presentes me trazes valerosos,
Sinais de tua incógnita verdade?
Com peças e dões altos, suntuosos,
Se lia dos Reis altos a amizade;
Que sinal nem penhor não é bastante
As palavras dum vago navegante.

63 Se porventura vindes desterrados,
Como já foram homens de alta sorte,
Em meu Reino sereis agasalhados,
Que toda a terra é pátria pera o forte;
Ou se piratas sois, ao mar usados,
Dizei-mo sem temor de infâmia ou morte,
Que, por se sustentar, em toda idade
Tudo faz a vital necessidade.

64 Isto assi[m] dito, o Gama, que já tinha
Suspeitas das insídias que ordenava
O Ma[h]omético ódio, donde vinha
Aquilo que tão mal o Rei cuidava,
Cũa alta confiança, que convinha,
Com que seguro crédito alcançava,
Que Vênus Acidália lhe influía,
Tais palavras do sábio peito abria:

65 — Se os antigos delitos que a malícia
Humana cometeu na prisca idade
Não causaram que o vaso da nequícia,
Açoute tão cruel da Cristandade,
Viera pôr perpétua inimicícia
Na geração de Adão, coa falsidade,
Ó poderoso Rei, da torpe Seita,
Não conceberas tu tão má suspeita.

66 Mas, porque nenhum grande bem se alcança
Sem grandes opressões, e em todo o feito
Segue o temor os passos da esperança,

---

64. *Acidália*: outro nome dado a Vênus.

Que em suor vive sempre de seu peito,
Me mostras tu tão pouca confiança
Desta minha verdade, sem respeito
Das razões em contrário que acharias
Se não cresses a quem não crer devias.

67 Porque, se eu de rapinas só vivesse,
Undívago ou da pátria desterrado,
Como crês que tão longe me viesse
Buscar assento incógnito e apartado?
Por que esperanças, ou por que interesse
Viria exprimentando o mar irado,
Os Antárticos frios e os ardores
Que sofrem do Carneiro os moradores?

68 Se com grandes presentes de alta estima
O crédito me pedes do que digo,
Eu não vim mais que a achar o estranho clima
Onde a Natura pôs teu Reino antigo;
Mas, se a Fortuna tanto me sublima,
Que eu torne à minha pátria e Reino amigo,
Então verás o dom soberbo e rico
Com que minha tornada certifico.

69 Se te parece inopinado feito
Que Rei da última Hespéria a ti me mande,
O coração sublime, o régio peito,
Nenhum caso possíbil tem por grande.
Bem parece que o nobre e grão conceito
Do Lusitano espírito demande
Maior crédito e fé de mais alteza,
Que creia dele tanta fortaleza.

70 Sabe que há muitos anos que os antigos
Reis nossos firmemente propuseram
De vencer os trabalhos e perigos
Que sempre às grandes cousas se opuseram;
E, descobrindo os mares inimigos
Do quieto descanso, pretenderam
De saber que fim tinham e onde estavam
As derradeiras praias que lavavam.

71 Conceito di[g]no foi do ramo claro
Do venturoso Rei que arou primeiro
O mar, por ir deitar do ninho caro
O morador de Abila derradeiro;
Este, por sua indústria e engenho raro,
Num madeiro ajuntando outro madeiro,
Descobrir pôde a parte que faz clara
De Argos, da Hidra a luz, da Lebre e da Ara.

72 Cre[s]cendo cos sucessos bons primeiros
No peito as ousadias, descobriram,
Pouco e pouco, caminhos estrangeiros,
Que, uns sucedendo aos outros, prosseguiram.
De África os moradores derradeiros,
Austrais, que nunca as Sete flamas viram,
Foram vistos de nós, atrás deixando
Quantos estão os Trópicos queimando.

73 Assi[m], com firme peito e com tamanho
Propósito vencemos a Fortuna,
Até que nós no teu terreno estranho
Viemos pôr a última coluna.
Rompendo a força do líquido estanho,

Da tempestade horrífica e importuna,
A ti chegamos, de quem só queremos
Sinal que ao nosso Rei de ti levemos.

74 Esta é a verdade, Rei; que não faria
Por tão incerto bem, tão fraco prêmio,
Qual, não sendo isto assi[m], esperar podia,
Tão longo, tão fingido e vão proêmio;
Mas antes descansar me deixaria
No nunca descansado e fero grêmio
Da madre Tét[h]is, qual pirata iníq[u]o,
Dos trabalhos alheios feito rico.

75 Assi[m] que, ó Rei, se minha grão verdade
Tens por qual é, sincera e não dobrada,
Ajunta-me ao despacho brevidade,
Não me impidas o gosto da tornada;
E, se inda te parece falsidade,
Cuida bem na razão que está provada,
Que com claro juízo pode ver-se,
Que fácil é a verdade de entender-se.

76 A tento estava o Rei na segurança
Com que provava o Gama o que dizia,
Concebe dele certa confiança,
Crédito firme, em quanto proferia;
Pondera das palavras a abastança,
Julga na autoridade grão valia,
Começa de julgar por enganados
Os Catuais corrutos, mal julgados.

77 Juntamente, a cobiça do proveito
Que espera do contrato Lusitano
O faz obedecer e ter respeito
Co Capitão, e não co Mauro engano.
Enfim ao Gama manda que direito
Às naus se vá e, seguro dalgum dano,
Possa a terra mandar qualquer fazenda
Que pela especiaria troque e venda.

78 Que mande da fazenda, enfim, lhe manda
Que nos Reinos Gangéticos faleça,
Se algũa traz idônea lá da banda
Donde a terra se acaba e o mar começa.
Já da real presença veneranda
Se parte o Capitão, pera onde peça
Ao Catual que dele tinha cargo,
Embarcação, que a sua está de largo.

79 Embarcação que o leve às naus lhe pede,
Mas o mau Regedor, que novos laços
Lhe maquinava, nada lhe concede,
Interpondo tardanças e embaraços.
Co ele parte ao cais, por que o arrede
Longe quanto puder dos régios paços,
Onde, sem que seu Rei tenha notícia,
Faça o que lhe ensinar sua malícia.

80 Lá bem longe lhe diz que lhe daria
Embarcação bastante em que partisse,
Ou que pera a luz crástina do dia
Futuro sua partida diferisse.
Já com tantas tardanças entendia

O Gama que o Gentio consentisse
Na má tenção dos Mouros, torpe e fera,
O que dele até li não entendera.

81 Era este Catual um dos que estavam
Corrutos pela Maometana gente,
O principal por quem se governavam
As cidades do Samorim potente.
Dele somente os Mouros esperavam
Efeito a seus enganos torpemente.
Ele, que no concerto vil conspira,
De suas esperanças não delira.

82 O Gama com instância lhe requere
Que o mande pôr nas naus, e não lhe val;
E que assi[m] lho mandara, lhe refere,
O nobre sucessor de Perimal.
Por que razão lhe impede e lhe difere
A fazenda trazer de Portugal?
Pois aquilo que os Reis já têm mandado
Não pode ser por outrem derrogado.

83 Pouco obedece o Catual corruto
A tais palavras; antes, revolvendo
Na fantasia algum su[b]til e astuto
Engano diabólico e estupendo,
Ou como banhar possa o ferro bruto
No sangue avorrecido, estava vendo,
Ou como as naus em fogo lhe abrasasse,
Por que nenhũa à pátria mais tornasse.

84 Que nenhum torne à pátria só pretende
O conselho infernal dos Maometanos,
Por que não saiba nunca onde se estende
A terra Eoa o Rei dos Lusitanos.
Não parte o Gama, enfim, que lho defende
O Regedor dos Bárbaros profanos;
Nem sem licença sua ir-se podia,
Que as almadias todas lhe tolhia.

85 Aos brados e razões do Capitão
Responde o Idolatra que mandasse
Chegar à terra as naus que longe estão,
Por que melhor dali fosse e tornasse.
Sinal é de inimigo e de ladrão
Que lá tão longe a frota se alargasse,
Lhe diz; porque do certo e fido amigo
É não temer do seu nenhum perigo.

86 Nestas palavras o discreto Gama
Enxerga bem que as naus deseja perto
O Catual, por que com ferro e flama
Lhas assalte, por ódio descoberto.
Em vários pensamentos se derrama;
Fantasiando está remédio certo
Que desse a quanto mal se lhe ordenava.
Tudo temia; tudo, enfim, cuidava.

87 Qual o reflexo lume do polido
Espelho de aço ou de cristal fermoso,
Que, do raio solar sendo ferido,

84. *Terra Eoa*: terra do Oriente.

Vai ferir noutra parte, luminoso,
E, sendo da ociosa mão movido,
Pela casa, do moço curioso,
Anda pelas paredes e telhado
Trêmulo, aqui e ali, e dessossegado:

88 Tal o vago juízo flutuava
Do Gama preso, quando lhe lembrara
Coelho, se por caso o esperava
Na praia cos batéis, como ordenara.
Logo secretamente lhe mandava
Que se tornasse à frota, que deixara,
Não fosse salteado dos enganos
Que esperava dos feros Maometanos.

89 Tal há de ser quem quer, co dom de Marte,
Imitar os Ilustres e igualá-los:
Voar co pensamento a toda parte,
Adivinhar perigos e evitá-los
Com militar engenho e su[b]til arte,
Entender os imigos, e enganá-los,
Crer tudo, enfim; que nunca louvarei
O Capitão que diga: — Não cuidei.

90 Insiste o Malabar em tê-lo preso
Se não manda chegar a terra a armada.
Ele, constante e de ira nobre aceso,
Os ameaços seus não teme nada;
Que antes quer sobre si tomar o peso
De quanto mal a vil malícia ousada
Lhe andar armando, que pôr em ventura
A frota de seu Rei, que tem segura.

91 Aquela noite esteve ali detido,
E parte do outro dia, quando ordena
De se tornar ao Rei; mas impedido
Foi da guarda que tinha, não pequena.
Comete-lhe o Gentio outro partido,
Temendo de seu Rei castigo ou pena
Se sabe esta malícia, a qual asinha
Saberá, se mais tempo ali o detinha.

92 Diz-lhe que mande vir toda a fazenda
Vendíbil que trazia, pera a terra,
Pera que, devagar, se troque e venda;
Que, quem não quer comércio, busca guerra.
Posto que os maus propósitos entenda
O Gama, que o danado peito encerra,
Consente, porque sabe por verdade
Que compra coa fazenda a liberdade.

93 Concertam-se que o Negro mande dar
Embarcações idôneas com que venha;
Que os seus batéis não quer aventurar
Onde lhos tome o imigo, ou lhos detenha.
Partem as almadias a buscar
Mercadoria Hispana que convenha.
Escreve a seu irmão que lhe mandasse
A fazenda com que se resgatasse.

94 Vem a fazenda a terra, aonde logo
A agasalhou o infame Catual;
Co ela ficam Álvaro e Diogo,
Que a pudessem vender pelo que val.
Se mais que obrigação, que mando e rogo,

No peito vil o prêmio pode igual,
Bem o mostra o Gentio a quem o entenda,
Pois o Gama soltou pela fazenda.

95 Por ela o solta, crendo que ali tinha
Penhor bastante donde recebesse
Interesse maior do que lhe vinha
Se o Capitão mais tempo detivesse.
Ele, vendo que já lhe não convinha
Tornar a terra, por que não pudesse
Ser mais retido, sendo às naus chegado
Nelas estar se deixa descansado.

96 Nas naus estar se deixa, vagaroso,
Até ver o que o tempo lhe descobre;
Que não se fia já do cobiçoso
Regedor, corrompido e pouco nobre.
Veja agora o juízo curioso
Quanto no rico, assi[m] como no pobre,
Pode o vil interesse e sede imiga
Do dinheiro, que a tudo nos obriga.

97 A Polidoro mata o Rei Treício,
Só por ficar senhor do grão tesouro;
Entra, pelo fortíssimo edifício,
Com a filha de Acriso a chuva de ouro;
Pode tanto em Tarpeia avaro vício
Que, a troco do metal luzente e louro,
Entrega aos inimigos a alta torre,
Do qual quase afogada em pago morre.

98 Este rende munidas fortalezas;
Faz tre[i]doros e falsos os amigos;
Este a mais nobres faz fazer vilezas,
E entrega Capitães aos inimigos;
Este corrompe virginais purezas,
Sem temer de honra ou fama alguns perigos;
Este deprava às vezes as ciências,
Os juízos cegando e as consciências.

99 Este interpreta mais que su[b]tilmente
Os textos; este faz e desfaz leis;
Este causa os perjúrios entre a gente
E mil vezes tiranos torna os Reis.
Até os que só a Deus o[m]nipotente
Se dedicam, mil vezes ouvireis
Que corrompe este encantador, e ilude;
Mas não sem cor, contudo, de virtude.

Canto nono

1 Tiveram longamente na cidade,
Sem vender-se, a fazenda os dous feitores,
Que os Infiéis, por manha e falsidade,
Fazem que não lha comprem mercadores;
Que todo seu propósito e vontade
Era deter ali os descobridores
Da Índia tanto tempo que viessem
De Meca as naus, que as suas desfizessem.

2 Lá no seio Eritreu, onde fundada
Arsínoe foi do Egípcio Ptolomeu
(Do nome da irmã sua assi[m] chamada,
Que de[s]pois em Suez se converteu),
Não longe, o porto jaz da nomeada
Cidade Meca, que se engrandeceu
Com a superstição falsa e profana
Da religiosa água Maometana.

3 Gidá se chama o porto aonde o trato
De todo o Roxo Mar mais flore[s]cia,
De que tinha proveito grande e grato
O Soldão que esse Reino possuía.
Daqui aos Malabares, por contrato
Dos Infiéis, fermosa companhia
De grandes naus, pelo Índico Oceano,
Especiaria vem buscar cada ano.

4 Por estas naus os Mouros esperavam,
Que, como fossem grandes e possantes,
Aquelas que o comércio lhe tomavam
Com flamas abrasassem crepitantes.
Neste socorro tanto confiavam
Que já não querem mais dos navegantes
Senão que tanto tempo ali tardassem
Que da famosa Meca as naus chegassem.

5 Mas o Governador dos Céus e gentes,
Que, pera quanto tem determinado,
De longe os meios dá convenientes
Por onde vem a efeito o fim fadado,
Influiu piedosos acidentes
De afeição em Monçaide, que guardado
Estava pera dar ao Gama aviso
E merecer por isso o Paraíso.

6 Este, de quem se os Mouros não guardavam
Por ser Mouro como eles, antes era
Participante em quanto maquinavam,
A tenção lhe descobre torpe e fera.
Muitas vezes as naus que longe estavam
Visita, e com piedade considera
O dano sem razão que se lhe ordena
Pela mali[g]na gente Sarracena.

7 Informa o cauto Gama das armadas
Que da Arábica Meca vêm cada ano,
Que agora são dos seus tão desejadas,
Pera ser instrumento deste dano.
Diz-lhe que vêm de gente carregadas

E dos trovões horrendos de Vulcano,
E que pode ser delas oprimido,
Segundo estava mal apercebido.

8 O Gama, que também considerava
O tempo que pera a partida o chama,
E que despacho já não esperava
Melhor do Rei, que os Maometanos, ama,
Aos feitores que em terra estão, mandava
Que se tornem às naus; e, por que a fama
Desta súbita vinda os não impida,
Lhe manda que a fizessem escondida.

9 Porém não tardou muito que, voando,
Um rumor não soasse com verdade:
Que foram presos os feitores, quando
Foram sentidos vir-se da cidade.
Esta fama as orelhas penetrando
Do sábio Capitão, com brevidade
Faz represaria nuns que às naus vieram
A vender pedraria que trouxeram.

10 Eram, estes, antigos mercadores,
Ricos em Calecu e conhecidos.
Da falta deles, logo entre os melhores
Sentido foi que estão no mar retidos.
Mas já nas naus os bons trabalhadores
Volvem o cabrestante e, repartidos
Pelo trabalho, uns puxam pela amarra,
Outros quebram co peito duro a barra,

11 Outros pendem da verga e já desatam
A vela, que com grita se soltava,
Quando, com maior grita, ao Rei relatam
A pressa com que a armada se levava.
As mulheres e filhos, que se matam,
Daqueles que vão presos, onde estava
O Samorim se aqueixam que perdidos
Uns têm os pais, as outras os maridos.

12 Manda logo os feitores Lusitanos
Com toda sua fazenda, livremente,
Apesar dos imigos Maometanos,
Por que lhe torne a sua presa gente.
Desculpas manda o Rei de seus enganos;
Recebe o Capitão de melhor mente
Os presos que as desculpas e, tornando
Alguns negros, se parte, as velas dando.

13 Parte-se costa aba[i]xo, porque entende
Que em vão co Rei gentio trabalhava
Em querer dele paz, a qual pretende
Por firmar o comércio que tratava.
Mas como aquela terra, que se estende
Pela Aurora, sabida já deixava,
Com estas novas torna à pátria cara,
Certos sinais levando do que achara.

14 Leva alguns Malabares, que tomou
Per força, dos que o Samorim mandara
Quando os presos feitores lhe tornou;
Leva pimenta ardente, que comprara;
A seca flor de Banda não ficou;

A noz e o negro cravo, que faz clara
A nova ilha Maluco, coa canela
Com que Ceilão é rica, ilustre e bela.

15 Isto tudo lhe houvera a diligência
De Monçaide fiel, que também leva,
Que, inspirado de Angélica influência,
Quer no livro de Cristo que se escreva.
Oh! Ditoso Africano, que a clemência
Divina assi[m] tirou de escura treva,
E tão longe da pátria achou maneira
Pera subir à pátria verdadeira!

16 Apartadas assi[m] da ardente costa
As venturosas naus, levando a proa
Pera onde a Natureza tinha posta
A meta Austrina da Esperança Boa,
Levando alegres novas e re[s]posta
Da parte Oriental pera Lisboa,
Outra vez cometendo os duros medos
Do mar incerto, tímidos e ledos.

17 O prazer de chegar à pátria cara,
A seus penates caros e parentes,
Pera contar a peregrina e rara
Navegação, os vários céus e gentes;
Vir a lograr o prêmio que ganhara,
Por tão longos trabalhos e acidentes:
Cada um tem por gosto tão perfeito,
Que o coração par'ele é vaso estreito.

---

17. *Vaso estreito*: coração pequeno, para conter tantas emoções.

18 Porém a Deusa Cípria, que ordenada
Era, pera favor dos Lusitanos,
Do Padre Eterno, e por bom gênio dada,
Que sempre os guia já de longos anos,
A glória por trabalhos alcançada,
Satisfação de bem sofridos danos,
Lhe andava já ordenando, e pretendia
Dar-lhe nos mares tristes alegria.

19 De[s]pois de ter um pouco revolvido
Na mente o largo mar que navegaram,
Os trabalhos que pelo Deus na[s]cido
Nas Anfioneias Tebas se causaram,
Já trazia de longe no sentido,
Pera prêmio de quanto mal passaram,
Buscar-lhe algum deleite, algum descanso,
No Reino de Cristal, líquido e manso;

20 Algum repouso, enfim, com que pudesse
Refocilar a lassa humanidade
Dos navegantes seus, como interesse
Do trabalho que encurta a breve idade.
Parece-lhe razão que conta desse
A seu filho, por cuja potestade
Os Deuses faz de[s]cer ao vil terreno
E os humanos subir ao Céu sereno.

21 Isto bem revolvido, determina
De ter-lhe aparelhada, lá no meio
Das águas, algũa ínsula divina,

---

21. *Da Mãe primeira*: a Terra.

Ornada de esmaltado e verde arreio;
Que muitas tem no reino que confina
Da [Mãe] primeira co terreno seio,
Afora as que possui soberanas
Pera dentro das portas Herculanas.

22 Ali quer que as aquáticas donzelas
Esperem os fortíssimos barões
(Todas as que têm título de belas,
Glória dos olhos, dor dos corações)
Com danças e coreias, porque nelas
Influirá secretas afeições,
Pera com mais vontade trabalharem
De contentar a quem se afeiçoarem.

23 Tal manha buscou já pera que aquele
Que de Anquises pariu, bem recebido
Fosse no campo que a bovina pele
Tomou de espaço, por su[b]til partido.
Seu filho vai buscar, porque só nele
Tem todo seu poder, fero Cupido,
Que, assi[m] como naquela empresa antiga
A ajudou já, nestoutra a ajude e siga.

24 No carro ajunta as aves que na vida
Vão da morte as exéquias celebrando,
E aquelas em que já foi convertida
Perístera, as boninas apanhando.
Em derredor da Deusa, já partida,
No ar la[s]civos beijos se vão dando.
Ela, por onde passa, o ar e o vento
Sereno faz, com brando movimento.

25 Já sobre os Idálios montes pende,
Onde o filho frecheiro estava então,
Ajuntando outros muitos, que pretende
Fazer ũa famosa expedição
Contra o mundo revelde, por que emende
Erros grandes que há dias nele estão,
Amando cousas que nos foram dadas
Não pera ser amadas, mas usadas.

26 Via Acteon na caça tão austero,
De cego na alegria bruta, insana,
Que, por seguir um feio animal fero,
Foge da gente e bela forma humana;
E por castigo quer, doce e severo,
Mostrar-lhe a fermosura de Diana.
(E guarde-se não seja inda comido
Desses cães que agora ama, e consumido).

27 E vê do mundo todos os principais
Que nenhum no bem púbrico imagina;
Vê neles que não têm amor a mais
Que a si somente, e a quem Filáucia ensina;
Vê que esses que frequentam os reais
Paços, por verdadeira e sã doutrina
Vendem adulação, que mal consente
Mondar-se o novo trigo flore[s]cente.

28 Vê que aqueles que devem à pobreza
Amor divino, e ao povo caridade,
Amam somente mandos e riqueza,

---

25. *Revelde*: rebelde.

Simulando justiça e integridade.
Da feia tirania e de aspereza
Fazem direito e vã severidade.
Leis em favor do Rei se estabelecem;
As em favor do povo só perecem.

29 Vê, enfim, que ninguém ama o que deve,
Senão o que somente mal deseja.
Não quer que tanto tempo se releve
O castigo que duro e justo seja.
Seus ministros ajunta, por que leve
Exércitos conformes à peleja
Que espera ter coa mal regida gente
Que lhe não for agora obediente.

30 Muitos destes meninos voadores
Estão em várias obras trabalhando:
Uns amolando ferros passadores,
Outros hásteas de setas delgaçando.
Trabalhando, cantando estão de amores,
Vários casos em verso modulando;
Melodia sonora e concertada,
Suave a letra, angélica a soada.

31 Nas frágoas imortais onde forjavam
Pera as setas as pontas penetrantes,
Por lenha corações ardendo estavam,
Vivas entranhas inda palpitantes.
As águas onde os ferros temperavam,
Lágrimas são de míseros amantes;

31. *Frágoas*: fornalhas, forjas.

A viva flama, o nunca morto lume,
Desejo é só que queima e não consume.

32 Alguns exercitando a mão andavam
Nos duros corações da plebe ruda;
Crebros suspiros pelo ar soavam
Dos que feridos vão da seta aguda,
Fermosas Ninfas são as que curavam
As chagas recebidas, cuja ajuda
Não somente dá vida aos mal feridos,
Mas põe em vida os inda não na[s]cidos.

33 Fermosas são, algũas e outras feias,
Segundo a qualidade for das chagas,
Que o veneno espalhado pelas veias
Curam-no às vezes ásperas triagas.
Alguns ficam ligados em cadeias
Por palavras su[b]tis de sábias magas.
Isto acontece às vezes, quando as setas
Acertam de levar ervas secretas.

34 Destes tiros assi[m] desordenados,
Que estes moços mal destros vão tirando,
Na[s]cem amores mil desconcertados
Entre o povo ferido miserando;
E também nos heróis de altos estados
Exemplos mil se vem de amor nefando,
Qual o das moças Bíbli e Cinireia,
Um mancebo de Assíria, um de Judeia.

---

33. *Ervas secretas*: veneno de ervas desconhecidas.

35 E vós, ó poderosos, por pastoras
Muitas vezes ferido o peito vedes;
E por ba[i]xos e rudos, vós, senhoras,
Também vos tomam nas Vulcâneas redes.
Uns esperando andais no[c]turnas horas,
Outros subis telhados e paredes;
Mas eu creio que deste amor indi[g]no
É mais culpa a da mãe que a do menino.

36 Mas já no verde prado o carro leve
Punham os brancos cisnes mansamente;
E Dione, que as rosas entre a neve
No rosto traz, de[s]cia diligente,
O frecheiro que contra o Céu se atreve
A recebê-la vem, ledo e contente;
Vêm todos os Cupidos servidores
Beijar a mão à Deusa dos amores.

37 Ela, por que não gaste o tempo em vão,
Nos braços tendo o filho, confiada
Lhe diz: — Amado filho, em cuja mão
Toda minha potência está, fundada;
Filho, em quem minhas forças sempre estão,
Tu, que as armas Tifeias tens em nada,
A socorrer-me a tua potestade
Me traz especial necessidade.

38 Bem vês as Lusitânicas fadigas,
Que eu já de muito longe favoreço,
Porque das Parcas sei, minhas amigas,
Que me hão de venerar e ter em preço.
E, porque tanto imitam as antigas

Obras de meus Romanos, me ofereço
A lhe dar tanta ajuda, em quanto posso,
A quanto se estender o poder nosso.

39 E porque das insídias do odioso
Baco foram na Índia molestados,
E das injúrias sós do mar undoso
Puderam mais ser mortos que cansados,
No mesmo mar, que sempre temeroso
Lhe foi, quero que sejam repousados,
Tomando aquele prêmio e doce glória
Do trabalho que faz clara a memória.

40 E pera isso queria que, feridas
As filhas de Nereu no ponto fundo,
De amor dos Lusitanos incendidas
Que vêm de descobrir o novo mundo,
Todas nũa ilha juntas e subidas,
Ilha que nas entranhas do profundo
Oceano terei aparelhada,
De dões de Flora e Zéfiro adornada;

41 Ali, com mil refrescos e manjares,
Com vinhos odoríferos e rosas,
Em cristalinos paços singulares,
Fermosos leitos, e elas mais fermosas;
Enfim, com mil deleites não vulgares,
Os esperem as Ninfas amorosas,
De amor feridas, pera lhe entregarem
Quanto delas os olhos cobiçarem.

42 Quero que haja no reino Neptunino,
Onde eu na[s]ci, progênie forte e bela;
E tome exemplo o mundo vil, mali[g]no,
Que contra tua potência se revela,
Por que entendam que muro adamantino
Nem triste hipocrisia val contra ela.
Mal haverá na terra quem se guarde
Se teu fogo imortal nas águas arde.

43 Assi[m] Vênus propôs; e o filho iníq[u]o,
Pera lhe obedecer, já se apercebe:
Manda trazer o arco ebúrneo rico,
Onde as setas de ponta de ouro embebe.
Com gesto ledo a Cípria, e impudico,
Dentro no carro o filho seu recebe;
A rédea larga às aves cujo canto
A Faetonteia morte chorou tanto.

44 Mas diz Cupido que era necessária
Ca famosa e célebre terceira,
Que, posto que mil vezes lhe é contrária,
Outras muitas a tem por companheira:
A Deusa Giganteia, temerária,
Jactante, mentirosa e verdadeira,
Que com cem olhos vê, e, por onde voa,
O que vê, com mil bocas apregoa.

45 Vão-n[a] buscar e mandam-n[a] diante,
Que celebrando vá, com tuba clara,
Os louvores da gente navegante,
Mais do que nunca os de outrem celebrara.
Já, murmurando, a Fama penetrante

Pelas fundas cavernas se espalhara;
Fala verdade, havida por verdade,
Que junto a Deusa traz Credulidade.

46 O louvor grande, o rumor excelente,
No coração dos Deuses que indi[g]nados
Foram por Baco contra a ilustre gente,
Mudando, os fez um pouco afeiçoados.
O peito feminil, que levemente
Muda quaisquer propósitos tomados,
Já julga por mau zelo e por crueza
Desejar mal a tanta fortaleza.

47 Despede nisto o fero moço as setas,
Ũa após outra: geme o mar cos tiros;
Direitas pelas ondas inquietas
Algũas vão, e algũas fazem giros;
Caem as Ninfas, lançam das secretas
Entranhas ardentíssimos suspiros;
Cai qualquer, sem ver o vulto que ama,
Que tanto como a vista pode a fama.

48 Os cornos ajuntou da ebúrnea Lũa,
Com força, o moço indômito, excessiva,
Que Tét[h]is quer ferir mais que nenhũa,
Porque mais que nenhũa lhe era esquiva.
Já não fica na aljava seta algũa,
Nem nos equóreos campos Ninfa viva;
E se, feridas, inda estão vivendo,
Será pera sentir que vão morrendo.

49 Dai lugar, altas e cerúleas ondas,
Que, vedes, Vênus traz a medicina,
Mostrando as brancas velas e redondas,
Que vêm por cima da água Neptunina.
Pera que tu recíproco respondas,
Ardente Amor, à flama feminina,
É forçado que a pudicícia honesta
Faça quanto lhe Vênus a[d]moesta.

50 Já todo o belo coro se aparelha
Das Nereidas, e junto caminhava
Em coreias gentis, usança velha,
Pera a ilha a que Vênus as guiava.
Ali a fermosa Deusa lhe aconselha
O que ela fez mil vezes, quando amava.
Elas, que vão do doce amor vencidas,
Estão a seu conselho oferecidas.

51 Cortando vão as naus a larga via
Do mar ingente pera a pátria amada,
Desejando prover-se de água fria
Pera a grande viagem prolongada,
Quando, juntas, com súbita alegria,
Houveram vista da Ilha namorada,
Rompendo pelo céu a mãe fermosa
De Menônio, suave e deleitosa.

52 De longe a Ilha viram, fresca e bela,
Que Vênus pelas ondas lha levava
(Bem como o vento leva branca vela)
Pera onde a forte armada se enxergava;
Que, por que não passassem, sem que nela

Tomassem porto, como desejava,
Pera onde as naus navegam a movia
A Acidália, que tudo, enfim, podia.

53 Mas firme a fez e imóbil, como viu
Que era dos Nautas vista e demandada,
Qual ficou Delos, tanto que pariu
Latona Febo e a Deusa à caça usada.
Pera lá logo a proa o mar abriu,
Onde a costa fazia ua enseada
Curva e quieta, cuja branca areia
Pintou de ruivas conchas Citereia.

54 Três fermosos outeiros se mostravam,
Erguidos com soberba graciosa,
Que de gramíneo esmalte se adornavam,
Na fermosa Ilha, alegre e deleitosa.
Claras fontes e límpidas manavam,
Do cume, que a verdura tem viçosa;
Por entre pedras alvas se deriva
A sonorosa linfa fugitiva.

55 Num vale ameno, que os outeiros fende,
Vinham as claras águas ajuntar-se,
Onde ua mesa fazem, que se estende
Tão bela quanto pode imaginar-se.
Arvoredo gentil sobre ela pende,
Como que pronto está pera afeitar-se,
Vendo-se no cristal resplandecente,
Que em si o está pintando propriamente.

56 Mil árvores estão ao céu subindo,
Com pomos odoríferos e belos;
A laranjeira tem no fruto lindo
A cor que tinha Dafne nos cabelos.
Encosta-se no chão, que está caindo,
A cidreira cos pesos amarelos;
Os fermosos limões ali cheirando,
Estão virgíneas tetas imitando.

57 As árvores agrestes, que os outeiros
Têm com frondente coma e[n]nobrecidos,
Álamos são de Alcides, e os loureiros
Do louro Deus amados e queridos;
Mirtos de Citereia, cos pinheiros
De Cibele, por outro amor vencidos;
Está apontando o agudo cipariso
Pera onde é posto o etéreo Paraíso.

58 Os dões que dá Pomona ali Natura
Produze, diferentes nos sabores,
Sem ter necessidade de cultura,
Que sem ela se dão muito melhores:
As cere[i]jas, purpúreas na pintura,
As amoras, que o nome têm de amores,
O pomo que da pátria Pérsia veio,
Melhor tornado, no terreno alheio.

59 Abre a romã, mostrando a rubicunda
Cor, com que tu, rubi, teu preço perdes;

---

58. *Os dões que dá Pomona*: os frutos, por ser Pomona a deusa dos pomares. *O pomo que da pátria Pérsia veio*: o pêssego.

Entre os braços do olmeiro está a jucunda
Vide, cuns cachos roxos e outros verdes;
E vós, se na vossa árvore fecunda,
Peras piramidais, viver quiserdes,
Entregai-vos ao dano que cos bicos
Em vós fazem os pássaros iníq[u]os.

60 Pois a tapeçaria bela e fina,
Com que se cobre o rústico terreno,
Faz ser a de Aquemênia menos dl[g]na,
Mas o sombrio vale mais ameno.
Ali a cabeça a flor Cifísia inclina
Sôbolo tanque lúcido e sereno;
Flore[s]ce o filho e neto de Ciniras,
Por quem tu, Deusa Páfia, inda suspiras.

61 Pera julgar, difícil cousa fora,
No céu vendo e na terra as mesmas cores,
Se dava às flores cor a bela Aurora,
Ou se lha dão a ela as belas flores.
Pintando estava ali Zéfiro e Flora
As violas da cor dos amadores,
O lírio roxo, a fresca rosa bela,
Qual reluze nas faces da donzela;

62 A cândida cecém, das matutinas
Lágrimas rociada, e a manjerona.
Vem-se as letras nas flores Hiacintinas,
Tão queridas do filho de Latona;

---

60. *Flor Cifísia*: o narciso.

Bem se enxerga nos pomos e boninas
Que competia Clóris com Pomona.
Pois, se as aves no ar cantando voam,
Alegres animais o chão povoam.

63 A[o] longo da água o níveo cisne canta,
Responde-lhe do ramo Filomela;
Da sombra de seus cornos não se espanta
Acteon na água cristalina e bela;
Aqui a fugace lebre se levanta
Da espessa mata, ou tímida gazela;
Ali no bico traz ao caro ninho
O mantimento o leve passarinho.

64 Nesta frescura tal desembarcavam
Já das naũs os segundos Argonautas,
Onde pela floresta se deixavam
Andar as belas Deusas, como incautas.
Algũas, doces cítaras tocavam,
Algũas, harpas e sonoras frautas;
Outras, cos arcos de ouro, se fingiam
Seguir os animais que não seguiam.

65 Assi[m] lho aconselhara a mestra experta:
Que andassem pelos campos espalhadas;
Que, vista dos barões a presa incerta,
Se fizessem primeiro desejadas.
Algũas, que na forma descoberta
Do belo corpo estavam confiadas,
Posta a artificiosa fermosura,
Nuas lavar se deixam na água pura.

66 Mas os fortes mancebos, que na praia
Punham os pés, de terra cobiçosos
(Que não há nenhum deles que não saia),
De acharem caça agreste desejosos,
Não cuidam que, sem laço ou redes, caia
Caça naqueles montes deleitosos,
Tão suave, doméstica e beni[g]na,
Qual ferida lha tinha já Ericina.

67 Alguns, que em espingardas e nas bestas,
Pera ferir os cervos, se fiavam,
Pelos sombrios matos e florestas
Determinadamente se lançavam;
Outros, nas sombras, que de as altas sestas
Defendem a verdura passeavam
Ao longo da água, que suave e queda,
Por alvas pedras corre à praia Ieda.

68 Começam de enxergar subitamente,
Por entre verdes ramos, várias cores,
Cores de quem a vista julga e sente
Que não eram das rosas ou das flores,
Mas da lã fina e seda diferente,
Que mais incita a força dos amores,
De que se vestem as humanas rosas,
Fazendo-se por arte mais fermosas.

69 Dá Veloso, espantado, um grande grito:
— Senhores, caça estranha, disse, é esta!
Se inda dura o Gentio antigo rito,
A Deusa é sagrada esta floresta.
Mais descobrimos do que humano esprito

Desejou nunca, e bem se manifesta
Que são grandes as cousas e excelentes
Que o mundo encobre aos homens
[imprudentes.

70 Sigamos estas Deusas e vejamos
Se fantásticas são, se verdadeiras.
Isto dito, veloces mais que gamos,
Se lançam a correr pelas ribeiras.
Fugindo as Ninfas vão por entre os ramos,
Mas, mais industriosas que ligeiras,
Pouco e pouco, sorrindo e gritos dando,
Se deixam ir dos galgos alcançando.

71 Dũa os cabelos de ouro o vento leva,
Correndo, e de outra as fraldas delicadas;
Acende-se o desejo, que se ceva
Nas alves carnes, súbito mostradas.
Ũa de indústria cai, e já releva,
Com mostras mais macias que indi[g]nadas,
Que sobre ela, empecendo, também caia
Quem a seguiu pela arenosa praia.

72 Outros, por outra parte, vão topar
Com as Deusas despidas, que se lavam;
Elas começam súbito a gritar,
Como que assalto tal não esperavam.
Ũas, fingindo menos estimar
A vergonha que a força, se lançavam
Nuas por entre o mato, aos olhos dando
O que às mãos cobiçosas vão negando.

73 Outra, como acudindo mais depressa
À vergonha da Deusa caçadora,
Esconde o corpo na água; outra se apressa
Por tomar os vestidos que tem fora.
Tal dos mancebos há que se arremessa,
Vestido assi[m] e calçado (que, coa mora
De se despir, há medo que inda tarde)
A matar na água o fogo que nele arde.

74 Qual cão de caçador, sagaz e ardido,
Usado a tomar na água a ave ferida,
Vendo [ao] rosto o férreo cano erguido
Pera a garcenha ou pata conhecida,
Antes que soe o estouro, mal sofrido
Salta n'água e da presa não duvida,
Nadando vai e latindo: assi[m] o mancebo
Remete à que não era irmã de Febo.

75 Lionardo, soldado bem disposto,
Manhoso, cavaleiro e namorado,
A quem Amor não dera um só desgosto
Mas sempre fora dele mal tratado,
E tinha já por firme pressuposto
Ser com amores mal afortunado,
Porém não que perdesse a esperança
De inda poder seu Fado ter mudança,

76 Quis aqui sua ventura que corria
Após Efire, exemplo de beleza,
Que mais caro que as outras dar queria
O que deu pera dar-se a natureza.
Já cansado, correndo, lhe dizia:

— Ó fermosura indi[g]na de aspereza,
Pois desta vida te concedo a palma,
Espera um corpo de quem levas a alma!

77 Todas de correr cansam, Ninfa pura,
Rendendo-se à vontade do inimigo;
Tu só de mi[m] só foges na espessura?
Quem te disse que eu era o que te sigo?
Se to tem dito já aquela ventura
Que em toda a parte sempre anda comigo,
Oh! não na creias, porque eu, quando a cria,
Mil vezes cada hora me mentia.

78 Não canses, que me cansas; e se queres
Fugir-me, por que não possa tocar-te,
Minha ventura é tal que, inda que esperes,
Ela fará que não possa alcançar-te.
Espera; quero ver, se tu quiseres,
Que su[b]til modo busca de escapar-te;
E notarás, no fim deste sucesso,
"Tra la spica e la man qual muro he messo".

79 Oh! Não me fujas! Assi[m] nunca o breve
Tempo fuja de tua fermosura;
Que, só com refrear o passo leve,
Vencerás da Fortuna a força dura.
Que Imperador, que exército, se atreve
A quebrantar a fúria da ventura

---

78. *"Tra la spica e la man qual muro he messo"*: entre a espiga e a mão levanta-se sempre um muro, isto é, quando tudo parece estar bem, repentinamente surge um obstáculo.

Que, em quanto desejei, me vai seguindo,
O que tu só farás não me fugindo?

80 Pões-te da parte da desdita minha?
Fraqueza é dar ajuda ao mais potente.
Levas-me um coração que livre tinha?
Solta-mo e correrás mais levemente.
Não te carrega essa alma tão mesquinha
Que nesses fios de ouro reluzente
Atada levas? Ou, de[s]pois de presa,
Lhe mudaste a ventura e menos pesa?

81 Nesta esperança só te vou seguindo:
Que ou tu não sofrerás o peso dela,
Ou, na virtude de teu gesto lindo,
Lhe mudarás a triste e dura estrela.
E se se lhe mudar, não vás fugindo,
Que Amor te ferirá, gentil donzela,
E tu me esperarás, se Amor te fere;
E se me esperas, não há mais que espere.

82 Já não fugia a bela Ninfa, tanto
Por se dar cara ao triste que a seguia,
Como por ir ouvindo o doce canto,
As namoradas mágoas que dizia.
Volvendo o rosto, já sereno e santo,
Toda banhada em riso e alegria,
Cair se deixa aos pés do vencedor,
Que todo se desfaz em puro amor.

83 Oh! Que famintos beijos na floresta,
E que mimoso choro que soava!
Que afagos tão suaves, que ira honesta,
Que em risinhos alegres se tornava!
O que mais passam na manhã e na sesta,
Que Vênus com prazeres inflamava,
Melhor é exprimentá-lo que julgá-lo;
Mas julgue-o quem não pode exprimentá-lo.

84 Destarte, enfim, conformes já as fermosas
Ninfas cos seus amados navegantes,
Os ornam de capelas deleitosas
De louro e de ouro e flores abundantes.
As mãos alvas lhe davam como esposas;
Com palavras formais e estipulantes
Se prometem eterna companhia,
Em vida e morte, de honra e alegria.

85 Ũa, delas maior, a quem se humilha
Todo o coro das Ninfas e obedece,
Que dizem ser de Celo e Vesta filha,
O que no gesto belo se parece,
Enchendo a terra e o mar de maravilha,
O Capitão ilustre, que o merece,
Recebe ali com pompa honesta e régia,
Mostrando-se senhora grande e egrégia.

86 Que, de[s]pois de lhe ter dito quem era,
Cum alto exórdio, de alta graça ornado,
Dando-lhe a entender que ali viera
Por alta influição do imóbil Fado,
Pera lhe descobrir da unida Esfera

Da terra imensa e mar não navegado
Os segredos, por alta profecia,
O que esta sua nação só merecia,

87 Tomando-o pela mão, o leva e guia
Pera o cume dum monte alto e divino,
No qual ũa rica fábrica se erguia,
De cristal toda e de ouro puro e fino.
A maior parte aqui passam do dia,
Em doces jogos e em prazer contín[u]o.
Ela nos paços logra seus amores,
As outras pelas sombras, entre as flores.

88 Assi[m], a fermosa e a forte companhia
O dia quase todo estão passando
Nua alma, doce, incógnita alegria,
Os trabalhos tão longos compensando.
Porque dos feitos grandes, da ousadia
Forte e famosa, o mundo está guardando
O prêmio lá no fim, bem merecido,
Com fama grande e nome alto e subido.

89 Que as Ninfas do Oceano, tão fermosas,
Tét[h]is e a Ilha angélica pintada,
Outra cousa não é que as deleitosas
Honras que a vida fazem sublimada.
Aquelas preminências gloriosas,
Os triunfos, a fronte coroada
De palma e louro, a glória e maravilha:
Estes são os deleites desta Ilha.

90 Que as imortalidades que fingia
A antiguidade, que os Ilustres ama,
Lá no estelante Olimpo, a quem subia
Sobre as asas ínclitas da Fama,
Por obras valerosas que fazia,
Pelo trabalho imenso que se chama
Caminho da virtude, alto e fragoso,
Mas, no fim, doce, alegre e deleitoso:

91 Não eram senão prêmios que reparte,
Por feitos imortais e soberanos,
O mundo cos barões que esforço e arte
Divinos os fizeram, sendo humanos.
Que Júpiter, Mercúrio, Febo e Marte,
Eneias e Quiríno e os dous Tebanos,
Ceres, Palas e Juno com Diana,
Todos foram de fraca carne humana.

92 Mas a Fama, trombeta de obras tais,
Lhe deu no mundo nomes tão estranhos
De Deuses, Semideuses, Imortais,
Indígetes, heroicos e de magnos.
Por isso, ó vós que as famas estimais,
Se quiserdes no mundo ser tamanhos,
Despertai já do sono do ócio ignavo,
Que o ânimo, de livre, faz escravo.

---

92. *Indígetes*: homens de renome, venerados após a morte.

93 E ponde na cobiça um freio duro,
E na ambição também, que indignamente
Tomais mil vezes, e no torpe e escuro
Vício da tirania infame e urgente;
Porque essas honras vãs, esse ouro puro,
Verdadeiro valor não dão à gente.
Melhor é merecê-los sem os ter,
Que possuí-los sem os merecer.

94 Ou dai na paz as leis Iguais, constantes,
Que aos grandes não dem o dos pequenos,
Ou vos vesti nas armas rutilantes,
Contra a lei dos imigos Sarracenos:
Fareis os Reinos grandes e possantes,
E todos tereis mais e nenhum menos:
Possuireis riquezas merecidas,
Com as honras que ilustram tanto as vidas.

95 E fareis claro o Rei que tanto amais,
Agora cos conselhos bem cuidados,
Agora coas espadas, que imortais
Vos farão, como os vossos já passados.
Impossibilidades não façais,
Que quem quis, sempre pôde; e numerados
Sereis entre os Heróis esclarecidos
E nesta Ilha de Vênus recebidos.

Canto décimo

1 Mas já o claro amador da Larisseia
Adúltera inclinava os animais
Lá pera o grande lago que rodeia
Temistitão, nos fins Ocidentais.
O grande ardor do Sol, Favônio enfreia
Co sopro que, nos tanques naturais,
Encrespa a água serena, e despertava
Os lírios e jasmins, que a calma agrava,

2 Quando as fermosas Ninfas, cos amantes
Pela mão, já conformes e contentes,
Subiam pera os paços radiantes
E de metais ornados reluzentes,
Mandados da Rainha, que abundantes
Mesas de altos manjares excelentes
Lhe tinha aparelhados, que a fraqueza
Restaurem da cansada natureza.

3 Ali, em cadeiras ricas, cristalinas,
Se assentam dous e dous, amante e dama;
Noutras, à cabeceira, de ouro finas,
Está coa bela Deusa o claro Gama.
De iguarias suaves e divinas,
A quem não chega a Egípcia antiga fama,
Se acumulam os pratos de fulvo ouro,
Trazidos lá do Atlântico tesouro.

4 Os vinhos odoríferos, que acima
Estão não só do Itálico Falerno
Mas da ambrósia, que Jove tanto estima
Com todo o ajuntamento sempiterno,
Nos vasos onde em vão trabalha a lima
Crespas escumas erguem, que no interno
Coração movem súbita alegria,
Saltando coa mistura da água fria.

5 Mil práticas alegres se tocavam:
Risos doces, su[b]tis e argutos ditos,
Que entre um e outro manjar se alevantavam.
Despertando os alegres apetitos;
Músicos instrumentos não faltavam
(Quais, no profundo Reino, os nus espritos
Fizeram descansar da eterna pena)
Cũa voz dũa angélica Sirena.

6 Cantava a bela Ninfa, e cos acentos,
Que pelos altos paços vão soando,
Em consonância igual, os instrumentos
Suaves vêm a um tempo conformando.
Um súbito silêncio enfreia os ventos
E faz ir docemente murmurando
As águas, e nas casas naturais
Adormecer os brutos animais.

7 Com doce voz está subindo ao Céu
Altos barões que estão por vir ao mundo,
Cujas claras Ideias viu Proteu
Num globo vão, diáfano, rotundo,
Que Júpiter em dom lho concedeu

Em sonhos, e de[s]pois no Reino fundo,
Vaticinando, o disse, e na memória
Recolheu logo a Ninfa a clara história.

8 Matéria é de coturno, e não de soco,
A que a Ninfa aprendeu no imenso lago;
Qual Iopas não soube, ou Demodoco,
Entre os Feaces um, outro em Cartago.
Aqui, minha Calíope, te invoco
Neste trabalho extremo, por que em pago
Me tornes do que escrevo, e em vão pretendo,
O gosto de escrever, que vou perdendo.

9 Vão os anos de[s]cendo, e já do Estio
Há pouco que passar até o Outono;
A Fortuna me faz o engenho frio,
Do qual já não me jacto nem me abono;
Os desgostos me vão levando ao rio
Do negro esquecimento e eterno sono.
Mas tu me dá que cumpra, ó grão rainha
Das Musas, co que quero à nação minha.

10 Cantava a bela Deusa que viriam
Do Tejo, pelo mar que o Gama abrira,
Armadas que as ribeiras venceriam
Por onde o Oceano Índico suspira;
E que os Gentios Reis que não dariam
A cerviz sua ao jugo, o ferro e ira
Provariam do braço duro e forte,
Até render-se a ele ou logo à morte.

11 Cantava dum que tem nos Malabares
Do sumo sacerdócio a dignidade,
Que, só por não quebrar cos singulares
Barões os nós que dera de amizade,
Sofrerá suas cidades e lugares,
Com ferro, incêndios, ira e crueldade,
Ver destruir do Samorim potente,
Que tais ódios terá coa nova gente.

12 E canta como lá se embarcaria
Em Belém o remédio deste dano,
Sem saber o que em si ao mar traria,
O grão Pacheco, Aquiles Lusitano.
O peso sentirão, quando entraria,
O curvo lenho e o férvido Oceano,
Quando mais na água os troncos que gemerem
Contra sua natureza se meterem.

13 Mas, já chegados aos fins Orientais
E deixado em ajuda do gentio
Rei de Cochim, com poucos naturais,
Nos braços do salgado e curvo rio
Desbaratará os Naires infernais,
No passo Cambalão, tornando frio
De espanto o ardor imenso do Oriente,
Que verá tanto obrar tão pouca gente.

14 Chamará o Samorim mais gente nova;
Virão Reis [de] Bipur e de Tanor,
Das serras de Narsinga, que alta prova
Estarão prometendo a seu senhor;
Fará que todo o Naire, enfim, se mova

Que entre Calecu jaz e Cananor,
De ambas as Leis imigas pera a guerra:
Mouros por mar, Gentios pela terra.

15 E todos outra vez desbaratando,
Por terra e mar, o grão Pacheco ousado,
A grande multidão que irá matando
A todo o Malabar terá admirado.
Cometerá outra vez, não dilatando,
O Gentio os combates, apressado,
Injuriando os seus, fazendo votos
Em vão aos Deuses vãos, surdos e imotos.

16 Já não defenderá somente os passos,
Mas queimar-lhe há lugares, templos, casas;
Aceso de ira, o Cão, não vendo lassos
Aqueles que as cidades fazem rasas,
Fará que os seus, de vida pouco escassos,
Cometam o Pacheco, que tem asas,
Por dous passos num tempo; mas voando
Dum noutro, tudo irá desbaratando.

17 Virá ali o Samorim, por que em pessoa
Veja a batalha e os seus esforce e anime;
Mas um tiro, que com zunido voa,
De sangue o tingirá no andor sublime.
Já não verá remédio ou manha boa
Nem força que o Pacheco muito estime;
Inventará traições e vãos venenos,
Mas sempre (o Céu querendo) fará menos.

18 Que tornará a vez sétima (cantava)
Pelejar co invicto e forte Luso,
A quem nenhum trabalho pesa e agrava;
Mas, contudo, este só o fará confuso.
Trará pera a batalha, horrenda e brava,
Máquinas de madeiros fora de uso,
Pera lhe abalroar as caravelas,
Que até li vão lhe fora cometê-las.

19 Pela água levará serras de fogo
Pera abrasar-lhe quanta armada tenha;
Mas a militar arte e engenho logo
Fará ser vã a braveza com que venha.
Nenhum claro barão no Márcio jogo,
Que nas asas da Fama se sustenha,
Chega a este, que a palma a todos toma.
E perdoe-me a ilustre Grécia ou Roma.

20 Porque tantas batalhas, sustentadas
Com muito pouco mais de cem soldados,
Com tantas manhas e artes inventadas,
Tantos Cães não imbeles profligados,
Ou parecerão fábulas sonhadas,
Ou que os celestes Coros, invocados,
De[s]cerão a ajudá-lo e lhe darão
Esforço, força, ardil e coração.

21 Aquele que nos campos Maratônios
O grão poder de Dário estrui e rende,
Ou quem, com quatro mil Lacedemônios,
O passo de Termópilas defende,
Nem o mancebo Cocles dos Ausônios,

Que com todo o poder Tusco contende
Em defensa da ponte, ou Quinto Fábio,
Foi como este na guerra forte e sábio.

22 Mas neste passo a Ninfa, o som canoro
Aba[i]xando, fez ronco e entristecido,
Cantando em ba[i]xa voz, envolta em choro,
O grande esforço mal-agradecido.
— Ó Belisário (disse) que no coro
Das Musas serás sempre engrandecido,
Se em ti viste abatido o bravo Marte,
Aqui tens com quem podes consolar-te.

23 Aqui tens companheiro, assi[m] nos feitos
Como no galardão injusto e duro;
Em ti e nele veremos altos peitos
A ba[i]xo estado vir, humilde e escuro.
Morrer nos hospitais, em pobres leitos,
Os que ao Rei e à Lei servem de muro!
Isto fazem os Reis cuja vontade
Manda mais que a justiça e que a verdade.

24 Isto fazem os Reis quando embebidos
Nua aparência branda que os contenta:
Dão os prêmios, de Aiace merecidos,
À língua vã de Ulisses fraudulenta.
Mas vingo-me: que os bens mal repartidos
Por quem só doces sombras apresenta,
Se não os dão a sábios cavaleiros,
Dão-[n]os logo a avarentos lisonjeiros.

25 Mas tu, de quem ficou tão mal pagado
Um tal vassalo, ó Rei, só nisto iníq[u]o,
Se não és pera dar-lhe honroso estado,
É ele pera dar-te um Reino rico.
Enquanto for o mundo rodeado
Dos Apolíneos raios, eu te fico
Que ele seja entre a gente ilustre e claro,
E tu nisto culpado por avaro.

26 Mas eis outro (cantava) intitulado
Vem com nome Real e traz consigo
O filho, que no mar será ilustrado,
Tanto como qualquer Romano antigo.
Ambos darão com braço forte, armado,
A Quíloa fértil, áspero castigo,
Fazendo nela Rei leal o humano,
Deitado fora o pérfido tirano.

27 Também farão Mombaça, que se arreia
De casas suntuosas e edifícios,
Co ferro e fogo seu queimada e feia,
Em pago dos passados malefícios.
De[s]pois, na costa da Índia, andando cheia
De lenhos inimigos e artifícios
Contra os Lusos, com velas e com remos
O mancebo Lourenço fará extremos.

28 Das grandes naus do Samorim potente,
Que encherão todo o mar, coa férrea péla,
Que sai com trovão do cobre ardente,
Fará pedaços leme, mast[r]o, vela.
De[s]pois, lançando arpéus ousadamente
Na capitaina imiga, dentro nela

Saltando a fará só com lança e espada
De quatrocentos Mouros despejada.

29 Mas de Deus a escondida providência
(Que ela só sabe o bem de que se serve)
O porá onde esforço nem prudência
Poderá haver que a vida lhe reserve.
Em Chaul, onde em sangue e resistência
O mar todo com fogo e ferro ferve,
Lhe farão que com vida se não saia
As armadas de Egi[p]to e de Cambaia.

30 Ali, o poder de muitos inimigos
(Que o grande esforço só com força rende),
Os ventos que faltaram, e os perigos
Do mar, que sobejaram, tudo o ofende.
Aqui ressurjam todos os Antigos,
A ver o nobre ardor que aqui se aprende:
Outro Ceva verão, que, espedaçado,
Não sabe ser rendido nem domado.

31 Com toda ũa coxa fora, que em pedaços
Lhe leva um cego tiro que passara,
Se serve inda dos animosos braços
E do grão coração que lhe ficara.
Até que outro pelouro quebra os laços
Com que co alma o corpo se liara:
Ela, solta, voou da prisão fora
Onde súbito se acha vencedora.

32 Vai-te, alma, em paz, da guerra turbulenta,
Na qual tu mereceste paz serena;
Que o corpo, que em pedaços se apresenta,
Quem o gerou, vingança já lhe ordena:
Que eu ouço retumbar a grão tormenta,
Que vem já dar a dura e eterna pena,
De esperas, basiliscos e trabucos,
A Cambaicos cruéis e Mamelucos.

33 Eis vem o pai, com ânimo estupendo,
Trazendo fúria e mágoa por antolhos,
Com que o paterno amor lhe está movendo
Fogo no coração, água nos olhos.
A nobre ira lhe vinha prometendo
Que o sangue fará dar pelos geolhos
Nas inimigas naus; senti-lo-á o Nilo,
Podê-lo-á o Indo ver o Gange ouvi-lo.

34 Qual o touro cioso, que se ensaia
Pera a crua peleja, os cornos tenta
No tronco dum carvalho ou alta faia
E, o ar ferindo, as forças exprimenta:
Tal, antes que no seio de Cambaia
Entre Francisco irado, na opulenta
Cidade de Dabul a espada afia,
Aba[i]xando-lhe a túmida ousadia.

35 E logo, entrando fero na enseada
De Dio, ilustre em cercos e batalhas,
Fará espalhar a fraca e grande armada
De Calecu, que remos tem por malhas.
A de Melique Iaz, acautelada,

Cos pelouros que tu, Vulcano, espalhas,
Fará ir ver o frio e fundo assento,
Secreto leito do úmido elemento.

36 Mas a de Mir Hocém, que, abalroando,
A fúria esperará os vingadores,
Verá braços e pernas ir nadando
Sem corpos, pelo mar, de seus senhores.
Raios de fogo irão representando,
No cego ardor, os bravos domadores.
Quanto ali sentirão olhos e ouvidos
É fumo, ferro, flamas e alaridos.

37 Mas ah! que desta próspera vitória,
Com que de[s]pois virá ao pátrio Tejo,
Quase lhe roubará a famosa glória
Um sucesso, que triste e negro vejo.
O Cabo Tormentório, que a memória
Cos ossos guardará, não terá pejo
De tirar deste mundo aquele esprito,
Que não tiraram toda a Índia e Egi[p]to.

38 Ali, Cafres selvagens poderão
O que destros imigos não puderam;
E rudos paus tostados sós farão
O que arcos e pelouros não fizeram.
Ocultos os juízos de Deus são;
As gentes vãs, que não nos entenderam,
Chamam-lhe fado mau, fortuna escura,
Sendo só providência de Deus pura.

39 Mas oh! que luz tamanha que abrir sinto
(Dizia a Ninfa, e a voz alevantava)
Lá no mar de Melinde, em sangue tinto
Das cidades de Lamo, de Oja e Brava,
Pelo Cunha também, que nunca extinto
Será seu nome em todo o mar que lava
As ilhas do Austro, e praias que se chamam
De São Lourenço, e em todo o Sul se afamam.

40 Esta luz é do fogo e das luzentes
Armas com que Albuquerque irá amansando
De Ormuz os Párseos, por seu mal valentes,
Que refusam o jugo honroso e brando.
Ali verão as setas estridentes
Reciprocar-se, a ponta no ar virando,
Contra quem as tirou; que Deus peleja
Por quem estende a fé da Madre Igreja.

41 Ali do sal os montes não defendem
De corrupção os corpos no combate
Que mortos pela praia e mar se estendem
De Gerum, de Mazcate e Calaiate;
Até que a força só de braço aprendem
A aba[i]xar a cerviz, onde se lhe ate
Obrigação de dar o reino iníq[u]o
Das perlas de Barém tributo rico.

42 Que gloriosas palmas tecer vejo,
Com que Vitória a fronte lhe coroa,
Quando, sem sombra vã que medo ou pejo,
Toma a ilha ilustríssima de Goa!
De[s]pois, obedecendo ao duro ensejo,

A deixa, e ocasião espera boa
Com que a torne a tomar, que esforço e arte
Vencerão a Fortuna e o próprio Marte.

43 Eis já sobre ela torna e vai rompendo
Por muros, fogo, lanças e pelouros,
Abrindo com a espada o espesso e horrendo
Esquadrão de Gentios e de Mouros.
Irão soldados ínclitos fazendo
Mais que leões famélicos e touros,
Na luz que sempre celebrada e di[g]na
Será da Egípcia santa Caterina.

44 Nem tu menos fugir poderás deste,
Posto que rica e posto que assentada
Lá no grêmio da Aurora, onde na[s]ceste,
Opulenta Malaca nomeada.
As setas venenosas que fizeste,
Os crises com que já te vejo armada,
Malaios namorados, Jaus valentes,
Todos farás ao Luso obedientes.

45 Mais estanças cantara esta Sirena
Em louvor do ilustríssimo Albuquerque:
Mas alembrou-lhe ũa ira que o condena,
Posto que a fama sua o mundo cerque.
O grande Capitão que o Fado ordena
Que com trabalhos glória eterna merque,
Mais há de ser um brando companheiro
Pera os seus, que juiz cruel e inteiro.

---

44. *Jaus*: javaneses, da ilha de Java.

46 Mas em tempo que fomes e asperezas,
Doenças, frechas e trovões ardentes,
A sazão e o lugar, fazem cruezas
Nos soldados a tudo obedientes,
Parece de selváticas brutezas,
De peitos inumanos e insolentes,
Dar extremo suplício pela culpa
Que a fraca humanidade e Amor desculpa.

47 Não será a culpa abominoso incesto
Nem violento estupro em virgem pura,
Nem menos adultério desonesto,
Mas cua escrava vil, la[s]civa e escura,
Se o peito, ou de cioso, ou de modesto,
Ou de usado a crueza fera e dura,
Cos seus ua ira insana não refreia,
Põe, na fama alva, nód[o]a negra e feia.

48 Viu Alexandre Apeles namorado
Da sua Campaspe, e deu-lhe alegremente,
Não sendo seu soldado exprimentado,
Nem vendo-se num cerco duro e urgente.
Sentiu Ciro que andava já abrasado
Araspas, de Panteia, em fogo ardente,
Que ele tomara em guarda, e prometia
Que nenhum mau desejo o venceria.

49 Mas, vendo o ilustre Persa que vencido
Fora de Amor, que, enfim, não tem defensa,
Levemente o perdoa, e foi servido
Dele num caso grande, em recompensa.
Per força, de Judita foi marido

O férreo Balduíno; mas dispensa
Carlos, pai dela, posto em cousas grandes,
Que viva e povoador seja de Frandes.

50 Mas, prosseguindo a Ninfa o longo canto,
De Soares cantava, que as bandeiras
Faria tremular e pôr espanto
Pelas roxas Arábicas ribeiras.
Medina abominábil teme tanto
Quanto Meca e Gidá, coas derradeiras
Praias de Abássia; Barborá se teme
Do mal de que o empório Zeila geme.

51 A nobre ilha também de Taprobana,
Já pelo nome antigo tão famosa
Quanto agora soberba e soberana
Pela cortiça cálida, cheirosa,
Dela dará tributo à Lusitana
Bandeira, quando, excelsa e gloriosa,
Vencendo se erguerá na torre erguida,
Em Columbo, dos próprios tão temida.

52 Também Sequeira, as ondas Eritreias
Dividindo, abrirá novo caminho
Pera ti, grande Império, que te arreias
De seres de Candace e Sabá ninho.
Maçuá, com cisternas de água cheias,
Verá, e o porto Arquico, ali vizinho;
E fará descobrir remotas Ilhas,
Que dão ao mundo novas maravilhas.

53 Virá de[s]pois Meneses, cujo ferro
Mais na África, que cá, terá provado;
Castigará de Ormuz soberba o erro,
Com lhe fazer tributo dar dobrado.
Também tu, Gama, em pago do desterro
Em que estás e serás inda tornado,
Cos títulos de Conde e de honras nobres
Virás mandar a terra que descobres.

54 Mas aquela fatal necessidade
De quem ninguém se exime dos humanos,
Ilustrado coa Régia dignidade,
Te tirará do mundo e seus enganos.
Outro Meneses logo, cuja idade
É maior na prudência que nos anos,
Governará; e fará o ditoso Henrique
Que perpétua memória dele fique.

55 Não vencerá somente os Malabares,
Destruindo Panane com Coulete,
Cometendo as bombardas, que, nos ares,
Se vingam só do peito que as comete;
Mas com virtudes, certo, singulares,
Vence os imigos da alma todos sete;
De cobiça triunfa e incontinência,
Que em tal idade é suma de excelência.

56 Mas, de[s]pois que as Estrelas o chamarem,
Sucederás, ó forte Mascarenhas;
E, se injustos o mando te tomarem,
Prometo-te que fama eterna tenhas.
Pera teus inimigos confessarem

Teu valor alto o Fado quer que venhas
A mandar, mais de palmas coroado,
Que de fortuna justa acompanhado.

57 No reino de Bintão, que tantos danos
Terá a Malaca, muito tempo, feitos,
Num só dia as injúrias de mil anos
Vingarás, co valor de ilustres peitos.
Trabalhos e perigos inumanos,
Abrolhos férreos mil, passos estreitos,
Tranqueiras, baluartes, lanças, setas:
Tudo fico que rompas e so[b]metas.

58 Mas na Índia, cobiça e ambição,
Que claramente põe aberto o rosto
Contra Deus e Justiça, te farão
Vitupério nenhum, mas só desgosto.
Quem faz injúria vil e sem-razão,
Com forças e poder em que está posto,
Não vence; que a vitória verdadeira
É saber ter justiça nua e inteira.

59 Mas, contudo, não nego que Sampaio
Será, no esforço, ilustre e assinalado,
Mostrando-se no mar um fero raio,
Que de inimigos mil verá coalhado.
Em Bacanor fará cruel ensaio
No Malabar, pera que, amedrontado,
De[s]pois a ser Vencido dele venha
Cutiale, com quanta armada tenha.

60 E não menos de Dio a fera frota
Que Chaul temerá, de grande e curada,
Fará, coa vista só, perdida e rota,
Por Heitor da Silveira e destroçada;
Por Heitor Português, de quem se nota
Que na costa Cambaica, sempre armada,
Será aos Guzarates tanto dano,
Quanto já foi aos Gregos o Troiano.

61 A Sampaio feroz sucederá
Cunha, que longo tempo tem o leme:
De Chale as torres altas erguerá,
Enquanto Dio ilustre dele treme;
O forte Baçaim se lhe dará,
Não sem sangue, porém, que nele geme
Melique, porque à força só de espada
A tranqueira soberba vê tomada.

62 Trás este vem Noronha, cujo auspício
De Dio os Rumes feros afugenta;
Dio, que o peito e bélico exercício
De Antônio da Silveira bem sustenta.
Fará em Noronha a morte o usado ofício,
Quando um teu ramo, ó Gama, se exprimenta
No governo do Império, cujo zelo
Com medo o Roxo Mar fará amarelo.

63 Das mãos do teu Estêvão vem tomar
As rédeas um, que já será ilustrado
No Brasil, com vencer e castigar
O pirata Francês, ao mar usado.
De[s]pois, Capitão-mor do Índico mar,

O muro de Damão, soberbo e armado,
Escala e primeiro entra a porta aberta,
Que fogo e frechas mil terão coberta.

64 A este o Rei Cambaico soberbíssimo
Fortaleza dará na rica Dio,
Por que contra o Mogor poderosíssimo
Lhe ajude a defender o senhorio.
De[s]pois irá com peito esforçadíssimo
A tolher que não passe o Rei gentio
De Calecu, que assi[m] com quantos veio
O fará retirar, de sangue cheio.

65 Destruirá a cidade Repelim,
Pondo o seu Rei, com muitos, em fugida;
E de[s]pois, junto ao Cabo Comorim,
Ũa façanha faz esclarecida:
A frota principal do Samorim,
Que destruir o mundo não duvida,
Vencerá co furor do ferro e fogo;
Em si verá Beadala o Márcio jogo.

66 Tendo assi[m] limpa a Índia dos imigos,
Virá de[s]pois com cetro a governá-la
Sem que ache resistência nem perigos,
Que todos tremem dele e nenhum fala.
Só quis provar os ásperos castigos
Baticalá, que vira já Beadala.
De sangue e corpos mortos ficou cheia
E de fogo e trovões desfeita e feia.

67 Este será Martinho, que de Marte
O nome tem coas obras derivado;
Tanto em armas ilustre em toda parte,
Quanto, em conselho, sábio e bem cuidado.
Suceder-lhe-á ali Castro, que o estandarte
Português terá sempre levantado,
Conforme sucessor ao sucedido,
Que um ergue Dio, outro o defende erguido.

68 Persas feroces, Abassis e Rumes,
Que trazido de Roma. o nome têm,
Vários de gestos, vários de costumes
(Que mil nações ao cerco feras vêm),
Farão dos Céus ao mundo vãos queixumes
Porque uns poucos a terra lhe detêm.
Em sangue Português juram, descridos,
De banhar os bigodes retorcidos.

69 Basiliscos medonhos e leões,
Trabucos feros, minas encobertas,
Sustenta Mascarenhas cos barões
Que tão ledos as mortes têm por certas;
Até que, nas maiores opressões,
Castro libertador, fazendo ofertas
Das vidas de seus filhos, quer que fiquem
Com fama eterna e a Deus se sacrifiquem.

70 Fernando, um deles, ramo da alta pranta,
Onde o violento fogo, com ruído,
Em pedaços os muros no ar levanta,
Será ali arrebatado e ao Céu subido.
Álvaro, quando o Inverno o mundo espanta

E tem o caminho úmido impedido,
Abrindo-o, vence as ondas e os perigos,
Os ventos e de[s]pois os inimigos.

71 Eis vem de[s]pois o pai, que as ondas corta
Co restante da gente Lusitana,
E com força e saber, que mais importa,
Batalha dá felice e soberana.
Uns, paredes subindo, escusam porta;
Outros a abrem na fera esquadra insana.
Feitos farão tão di[g]nos de memória
Que não caibam em verso ou larga história.

72 Este, de[s]pois, em campo se apresenta,
Vencedor forte e intrépido, ao possante
Rei de Cambaia e a vista lhe amedrenta
Da fera multidão quadrupedante.
Não menos suas terras mal sustenta
O Hidalcão, do braço triunfante
Que castigando vai Dabul na costa;
Nem lhe escapou Pondá, no sertão posta.

73 Estes e outros Barões, por várias partes,
Di[g]nos todos de fama e maravilha,
Fazendo-se na terra bravos Martes,
Virão lograr os gostos desta Ilha,
Varrendo triunfantes estandartes
Pelas ondas que corta a aguda quilha;
E acharão estas Ninfas e estas mesas,
Que glórias e honras são de árduas empresas.

74 Assi[m] cantava a Ninfa; e as outras todas,
Com sonoroso aplauso, vozes davam,
Com que festejam as alegres vodas
Que com tanto prazer se celebravam.
Por mais que da Fortuna andem as rodas
(Nũa cônsona voz todas soavam),
Não vos hão de faltar, gente famosa,
Honra, valor e fama gloriosa.

75 De[s]pois que a corporal necessidade
Se satisfez do mantimento nobre,
E na harmonia e doce suavidade
Viram os altos feitos que descobre,
Tét[h]is, de graça ornada e gravidade,
Pera que com mais alta glória dobre.
As festas deste alegre e claro dia,
Pera o felice Gama assi[m] dizia:

76 — Faz-te mercê, barão, a Sapiência
Suprema de, cos olhos corporais,
Veres o que não pode a vã ciência
Dos errados e míseros mortais.
Sigue-me firme e forte, com prudência,
Por este monte espesso, tu cos mais.
Assi[m] lhe diz e o guia por um mato
Árduo, difícil, duro a humano trato.

77 Não andam muito que no erguido cume
Se acharam, onde um campo se esmaltava
De esmeraldas, rubis, tais que presume

74. *Vodas*: bodas. *Cônsona*: conforme.

A vista que divino chão pisava.
Aqui um globo vem no ar, que o lume
Claríssimo por ele penetrava,
De modo que o seu centro está evidente,
Como a sua superfície, claramente.

78 Qual a matéria seja não se enxerga,
Mas enxerga-se bem que está composto
De vários orbes, que a Divina verga
Compôs, e um centro a todos só tem posto.
Volvendo, ora se aba[i]xe, agora se erga,
Nunca se ergue ou se aba[i]xa, e um mesmo [rosto
Por toda a parte tem; e em toda a parte
Começa e acaba, enfim, por divina arte;

79 Uniforme, perfeito, em si sustido,
Qual, enfim, o Arquetipo que o criou.
Vendo o Gama este globo, comovido
De espanto e de desejo ali ficou.
Diz-lhe a Deusa: — O tra[n]sunto, reduzido
Em pequeno volume, aqui te dou
Do Mundo aos olhos teus, pera que vejas
Por onde vás e irás e o que desejas.

80 Vês aqui a grande máquina do Mundo,
Etérea e elemental, que fabricada
Assi[m] foi do Saber, alto e profundo,
Que é sem princípio e meta limitada.
Quem cerca em derredor este rotundo

79. *Transunto, reduzido*: cópia reduzida, em miniatura.

Globo e sua superfície tão limada,
É Deus: mas o que é Deus, ninguém o entende,
Que a tanto o engenho humano não se estende.

81 Este orbe que, primeiro, vai cercando
Os outros mais pequenos que em si tem,
Que está com luz tão clara radiando
Que a vista cega e a mente vil também,
Empíreo se nomeia, onde logrando
Puras almas estão daquele Bem
Tamanho, que ele só se entende e alcança,
De quem não há no mundo semelhança.

82 Aqui, só verdadeiros, gloriosos
Divos estão, porque eu, Saturno e Jano,
Júpiter, Juno, fomos fabulosos,
Fingidos de mortal e cego engano.
Só pera fazer versos deleitosos
Servimos; e, se mais o trato humano
Nos pode dar, é só que o nome nosso
Nestas estrelas pôs o engenho vosso.

83 E também, porque a Santa Providência,
Que em Júpiter aqui se representa,
Por espíritos mil que tem prudência
Governa o Mundo todo que sustenta
(Ensina-lo a profética ciência,
Em muitos dos exemplos que apresenta:
Os que são bons, guiando, favorecem,
Os maus, em quanto podem, nos empecem);

---

82. *Divos*: santos, divinos.

84 Quer logo aqui a pintura que varia
Agora deleitando, ora ensinando,
Dar-lhe nomes que a antiga Poesia
A seus Deuses já dera, fabulando;
Que os Anjos de celeste companhia
Deuses o sacro verso está chamando;
Nem nega que esse nome preminente
Também aos maus se dá, mas falsamente.

85 Enfim que o Sumo Deus, que por segundas
Causas obra no Mundo, tudo manda.
E tornando a contar-te das profundas
Obras da Mão Divina veneranda:
Deba[i]xo deste círculo onde as mundas
Almas divinas gozam, que não anda,
Outro corre, tão leve e tão ligeiro
Que não se enxerga: é o Móbile primeiro.

86 Com este rapto e grande movimento
Vão todos os que dentro tem no seio;
Por obra deste, o Sol, andando a tento,
O dia e noite faz, com curso alheio.
Deba[i]xo deste leve, anda outro lento,
Tão lento e so[b]jugado a duro freio,
Que enquanto Febo, de luz nunca escasso,
Duzentos cursos faz, dá ele um passo.

87 Olha estoutro deba[i]xo, que esmaltado
De corpos lisos anda e radiantes,
Que também nele têm curso ordenado
E nos seus axes correm cintilantes.
Bem vês como se veste e faz ornado

Co largo Cinto de ouro, que estelantes
Animais doze traz afigurados,
Apo[u]sentos de Febo limitados.

88 Olha, por outras partes, a pintura
Que as estrelas fulgentes vão fazendo:
Olha a Carreta, atenta a Cinosura,
Andrômeda e seu pai, e o Drago horrendo.
Vê de Cassiopeia a fermosura
E do Orionte o gesto turbulento;
Olha o Cisne morrendo que suspira,
A Lebre e os Cães, a Nau e a doce Lira.

89 Deba[i]xo deste grande Firmamento,
Vês o céu de Saturno, Deus antigo;
Júpiter logo faz o movimento,
E Marte aba[i]xo, bélico inimigo;
O claro olho do céu, no quarto assento,
E Vênus, que os amores traz consigo;
Mercúrio, de eloquência soberana;
Com três rostos, deba[i]xo vai Diana.

90 Em todos estes orbes, diferente
Curso verás, nuns grave e noutros leve;
Ora fogem do Centro longamente,
Ora da Terra estão caminho breve,
Bem como quis o Padre o[m]nipotente,
Que o fogo fez e o ar, o vento e neve,
Os quais verás que jazem mais a dentro
E têm co Mar a Terra por seu centro.

91 Neste centro, pousada dos humanos,
Que não somente, ousados, se contentam
De sofrerem da terra firme os danos,
Mas inda o mar instábil, exprimentam,
Verás as várias partes, que os insanos
Mares dividem, onde se apo[u]sentam
Várias nações que mandam vários Reis,
Vários costumes seus e várias leis.

92 Vês Europa Cristã, mais alta e clara
Que as outras em polícia e fortaleza.
Vês África, dos bens do mundo avara,
Inculta e toda cheia de bruteza;
Co Cabo que até qui se vos negara,
Que assentou pera o Austro a Natureza.
Olha essa terra toda, que se habita
Dessa gente sem Lei, quase infinita.

93 Vê o Benomotapa o grande império,
De selvática gente, negra e nua;
Onde Gonçalo morte e vitupério
Padecerá, pela Fé santa sua.
Na[s]ce por este incógnito Hemisfério
O metal por que mais a gente sua.
Vê que do lago donde se derrama
O Nilo também vindo está Cuama.

94 Olha as casas dos negros, como estão
Sem portas, confiados, em seus ninhos,
Na justiça real e defensão
E na fidelidade dos vizinhos;
Olha deles a bruta multidão,

Qual bando espesso e negro de estorninhos,
Combaterá em Sofala a fortaleza,
Que defenderá Nhaya com destreza.

95 Olha lá as alagoas donde o Nilo
Na[s]ce, que não souberam os antigos;
Vê-lo rega, gerando o crocodilo,
Os povos Abassis, de Cristo amigos;
Olha como sem muros (novo estilo)
Se defendem melhor dos inimigos.
Vê Méroe, que ilha foi de antiga fama,
Que ora dos naturais Nobá se chama.

96 Nesta remota terra um filho teu
Nas armas contra os Turcos será claro;
Há de ser Dom Cristóvão o nome seu;
Mas contra o fim fatal não há reparo.
Vê cá a costa do mar, onde te deu
Melinde hospício gasalhoso e caro;
A Rapto rio nota, que o romance
Da terra chama Obi; entra em Quilmance.

97 O Cabo vê já Arômata chamado,
E agora Guardafu, dos moradores,
Onde começa a boca do afamado
Mar Roxo, que do fundo toma as cores.
Este como limite está lançado
Que divide Ásia de África; e as melhores
Povoações que a parte África tem
Maçuá são, Arquico e Suaquém.

98 Vês o extremo Suez, que antigamente
Dizem que foi dos Héroas a cidade
(Outros dizem que Arsínoe), e ao presente
Tem das frotas do Egi[p]to a potestade.
Olha as águas nas quais abriu patente
Estrada o grão Mousés na antiga idade.
Ásia começa aqui, que se apresenta
Em terras grande, em reinos opulenta.

99 Olha o monte Sinai, que se e[n]nobrece
Co sepulcro de Santa Caterina;
Olha Toro e Gidá, que lhe falece
Água das fontes, doce e cristalina;
Olha as portas do Estreito, que fenece
No reino da seca Adem, que confina
Com a serra de Arzira, pedra viva,
Onde chuva dos céus se não deriva.

100 Olha as Arábias três, que tanta terra
Tomam, todas da gente vaga e baça,
Donde vêm os cavalos pera a guerra,
Ligeiros e feroces, de alta raça;
Olha a costa que corre, até que cerra
Outro Estreito de Pérsia, e faz a traça
O Cabo que co nome se apelida
Da cidade Fartaque, ali sabida.

101 Olha Dófar, insigne porque manda
O mais cheiroso incenso pera as aras;
Mas atenta: já cá destoutra banda ,
De Roçalgate, e praias sempre avaras,
Começa o reino Ormuz, que todo se anda

Pelas ribeiras que inda serão claras
Quando as galés do Turco e fera armada
Virem de Castelbranco nua a espada.

102 Olha o Cabo Asaboro, que chamado
Agora é Moçandão dos navegantes.
Por aqui entra o lago que é fechado
De Arábia e Pérsias terras abundantes.
Atenta a ilha Barém, que o fundo ornado
Tem das suas perlas ricas, e imitantes
À cor da Aurora; e vê na água salgada
Ter o Tígris e Eufrates ũa entrada.

103 Olha da grande Pérsia o império nobre,
Sempre posto no campo e nos cavalos,
Que se injuria de usar fundido cobre
E de não ter das armas sempre os calos.
Mas vê a ilha Gerum, como descobre
O que fazem do tempo os intervalos,
Que da cidade Armuza, que ali esteve,
Ela o nome de[s]pois e a glória teve.

104 Aqui de Dom Filipe de Meneses
Se mostrará a virtude, em armas clara,
Quando, com muito poucos Portugueses,
Os muitos Párseos vencerá de Lara.
Virão provar os golpes e reveses
De Dom Pedro de Sousa, que provara
Já seu braço em Ampaza, que deixada
Terá por terra, a força só de espada.

105 Mas deixemos o Estreito e o conhecido
Cabo de Jasque, dito já Carpela,
Com todo o seu terreno mal querido
Da Natura e dos dões usados dela;
Carmânia teve já por apelido.
Mas vês o fermoso Indo, que daquela
Altura na[s]ce, junto à qual, também
Doutra altura, correndo o Gange vem?

106 Olha a terra de Ulcinde, fertilíssima,
E de Jáquete a íntima enseada;
Do mar a enchente súbita, grandíssima,
E a vazante, que foge apressurada.
A terra de Cambaia vê, riquíssima,
Onde do mar o seio faz entrada.
Cidades outras mil, que vou passando,
A vós outros aqui se estão guardando.

107 Vês corre a costa célebre Indiana
Para o Sul, até o Cabo Comori[m],
Já chamado Cori, que Taprobana
(Que ora é Ceilão) defronte tem de si.
Por este mar a gente Lusitana,
Que com armas virá de[s]pois de ti,
Terá vitórias, terras e cidades,
Nas quais hão de viver muitas idades.

108 As províncias que entre um e o outro rio
Vês, com várias nações, são infinitas:
Um reino Ma[h]ometa outro Gentio,
A quem tem o Demônio leis escritas.
Olha que de Narsinga o senhorio

Tem as relíquias santas e benditas
Do corpo de Tomé, barão sagrado,
Que a Jesu[s] Cristo teve a mão no lado.

109 Aqui a cidade foi que se chamava
Meliapor, fermosa, grande e rica;
Os Ídolos antigos adorava,
Como inda agora faz a gente iníq[u]a.
Longe do mar naquele tempo estava,
Quando a Fé, que no mundo se pubrica,
Tomé vinha pregando, e já passara
Províncias mil do mundo, que ensinara.

110 Chegado aqui, pregando e junto dando
A doentes saúde, a mortos vida,
Acaso traz um dia o mar, vagando,
Um lenho de grandeza desmedida.
Deseja o Rei, que andava edificando,
Fazer dele madeira; e não duvida
Poder tirá-lo a terra, com possantes
Forças de homens, de engenhos, de alifantes.

111 Era tão grande o peso do madeiro
Que, só pera abalar-se, nada abasta;
Mas o núncio de Cristo verdadeiro
Menos trabalho em tal negócio gasta.
Ata o cordão que traz, por derradeiro,
No tronco, e facilmente o leva e arrasta
Pera onde faça um suntuoso templo
Que ficasse aos futuros por exemplo.

112 Sabia bem que se com fé formada
Mandar a um monte surdo que se mova,
Que obedecerá logo à voz sagrada,
Que assi[m] lho ensinou Cristo, e ele o prova.
A gente ficou disto alvoroçada;
Os Brâmenes o têm por cousa nova;
Vendo os milagres, vendo a santidade,
Hão medo de perder autoridade.

113 São estes sacerdotes dos Gentios
Em quem mais penetrado tinha inveja:
Buscam maneiras mil, buscam desvios,
Com que Tomé não se ouça, ou morto seja.
O principal, que ao peito traz os fios,
Um caso horrendo faz, que o mundo veja
Que inimiga não há, tão dura e fera,
Como a virtude falsa, da sincera.

114 Um filho próprio mata, e logo acusa
De homicídio Tomé, que era inocente;
Dá falsas testemunhas, como se usa:
Condenaram-no a morte brevemente.
O Santo, que não vê melhor escusa
Que apelar pera o Padre o[m]nipotente,
Quer, diante do Rei e dos senhores,
Que se faça um milagre dos maiores.

115 O corpo morto manda ser trazido,
Que ressu[s]cite e seja perguntado
Quem foi seu matador, e será crido
Por testemunho, o seu, mais aprovado.
Viram todos o moço vivo, erguido,

Em nome de Jesu[s] crucificado.
Dá graças a Tomé, que lhe deu vida,
E descobre seu Pai ser homicida.

116 Este milagre fez tamanho espanto
Que o Rei se banha logo na água santa,
E muitos após ele; um beija o manto,
Outro louvor do Deus de Tomé canta.
Os Brâmenes se encheram de ódio tanto,
Com seu veneno os morde inveja tanta,
Que, persuadindo a isso o povo rudo,
Determinam matá-lo, em fim de tudo.

117 Um dia que pregando ao povo estava,
Fingiram entre a gente um arruído.
Já Cristo neste tempo lhe ordenava
Que, padecendo, fosse ao Céu subido.
A multidão das pedras que voava
No Santo dá, já a tudo oferecido;
Um dos maus, por fartar-se mais depressa,
Com crua lança o peito lhe atravessa.

118 Choraram-te, Tomé, o Gange e o Indo;
Chorou-te toda a terra que pisaste;
Mais te choram as almas que vestindo
Se iam da santa Fé que lhe ensinaste.
Mas os Anjos do Céu, cantando e rindo,
Te recebem na Glória que ganhaste.
Pedimos-te que a Deus ajuda peças
Com que os teus Lusitanos favoreças.

119 E vós outros que os nomes usurpais
De mandados de Deus, como Tomé,
Dizei: se sois mandados, como estais
Sem irdes a pregar a santa Fé?
Olhai que, se sois Sal e vos danais
Na pátria, onde profeta ninguém é,
Com que se salgarão, em nossos dias,
(Infiéis deixo) tantas heresias?

120 Mas passo esta matéria perigosa
E tornemos à costa debuxada,
Já com esta cidade tão famosa
Se faz curva a Gangética enseada.
Corre Narsinga, rica e poderosa;
Corre Orixá, de roupas abastada;
No fundo da enseada, o ilustre rio
Ganges vem ao salgado senhorio;

121 Ganges, no qual os seus habitadores
Morrem banhados, tendo por certeza
Que, inda que sejam grandes pecadores,
Esta água santa os lava e dá pureza.
Vê Catigão, cidade das melhores
De Bengala província, que se preza
De abundante. Mas olha que está posta
Pera o Austro, daqui virada, a costa.

122 Olha o reino Arracão; olha o assento
De Pegu, que já monstros povoaram,
Monstros filhos do feio ajuntamento
Dũa mulher e um cão, que, sós se acharam.
Aqui soante arame no instrumento

Da geração costumam, o que usaram
Por manha da Rainha que, inventando
Tal uso, deitou fora o error nefando.

123 Olha Tavai cidade, onde começa
De Sião largo o império tão comprido;
Tenassari, Quedá, que é só cabeça
Das que pimenta ali têm produzido.
Mais avante fareis que se conheça
Malaca por empório e[n]nobrecido,
Onde toda a província do Mar Grande
Suas mercadorias ricas mande.

124 Dizem que desta terra coas possantes
Ondas o mar, entrando, dividiu
A nobre ilha Samatra, que já de antes
Juntas ambas a gente antiga viu.
Quersoneso foi dita; e das prestantes
Veias de ouro que a terra produziu,
Áurea, por epiteto, lhe ajuntaram;
Alguns que fosse Ofir imaginaram.

125 Mas, na ponta da terra, Cingapura
Verás, onde o caminho às naus se estreita.
Daqui tornando a costa à Cinosura,
Se encurva e pera a Aurora se endireita.
Vês Pam, Patane, reinos, e a longura
De Sião, que estes e outros mais sujeita?
Olha o rio Menão, que se derrama
Do grande lago que Chiamai se chama.

126 Vês neste grão terreno os diferentes
Nomes de mil nações, nunca sabidas:
Os Laos, em terra e número potentes;
Avás, Bramás, por serras tão compridas;
Vê nos remotos montes outras gentes,
Que Gueos se chamam, de selvagens vidas;
Humana carne comem, mas a sua
Pintam com ferro ardente, usança crua.

127 Vês passa por Camboja Mecom rio,
Que capitão das águas se interpreta;
Tantas recebe de outros só no Estio,
Que alaga, os campos largos e inquieta
(Tem as enchentes quais o Nilo frio).
A gente dele crê, como indiscreta,
Que pena e glória têm, de[s]pois de morte,
Os brutos animais de toda sorte.

128 Este receberá, plácido e brando,
No seu regaço o Canto que molhado
Vem do naufrágio triste e miserando,
Dos procelosos ba[i]xos escapado,
Das fomes, dos perigos grandes, quando
Será o injusto mando executado
Naquele cuja Lira sonorosa
Será mais afamada que ditosa.

129 Vês corre a costa que Champá se chama,
Cuja mata é do pau cheiroso ornada;
Vês Cauchichina está, de escura fama,
E de Ainão vê a incógnita enseada.
Aqui o soberbo Império, que se afama

Com terras e riqueza não cuidada,
Da China corre, e ocupa o senhorio
Desde o Trópico ardente ao Cinto frio.

130 Olha o muro e edifício nunca crido,
Que entre uni império e o outro se edifica,
Certíssimo sinal, e conhecido,
Da potência real, soberba e rica.
Estes o Rei que têm não foi na[s]cido
Príncipe, nem dos pais aos filhos fica,
Mas elegem aquele que é famoso
Por cavaleiro, sábio e virtuoso.

131 Inda outra muita terra se te esconde,
Até que venha o tempo de mostrar-se.
Mas não deixes no mar as Ilhas onde
A Natureza quis mais afamar-se:
Esta, meia escondida, que responde
De longe à China, donde vem buscar-se,
É Japão, onde na[s]ce a prata fina,
Que ilustrada será coa Lei divina.

132 Olha cá pelos mares do Oriente
As infinitas Ilhas espalhadas:
Vê Tidore e Ternate, co fervente
Cume, que lança as flamas ondeadas.
As árvores verás do cravo ardente,
Co sangue Português inda compradas.
Aqui há as áureas aves, que não de[s]cem
Nunca à terra e só mortas aparecem.

133 Olha de Banda as Ilhas, que se esmaltam
Da vária cor que pinta e, roxo fruto;
As aves variadas, que ali saltam,
Da verde noz tomando seu tributo.
Olha também Bornéu, onde não faltam
Lágrimas no licor coalhado e enxuto
Das árvores, que cânfora é chamado,
Com que da Ilha o nome é celebrado.

134 Ali também Timor, que o lenho manda
Sândalo, salutífero e cheiroso.
Olha a Sunda, tão larga que ũa banda
Esconde pera o Sul dificultoso;
A gente do Sertão que as terras anda
Um rio diz que tem miraculoso,
Que, por onde ele só, sem outro, vai,
Converte em pedra o pau que nele cai.

135 Vê naquela que o tempo tornou Ilha,
Que também flamas trêmulas vapora,
A fonte que óleo mana, e a maravilha
Do cheiroso licor que o tronco chora;
Cheiroso, mais que quanto estila a filha
De Ciniras na Arábia, onde ela mora;
E vê que, tendo quanto as outras têm,
Branda seda e fino ouro dá também.

136 Olha, em Ceilão, que o monte se alevanta
Tanto que as nuvens passa ou a vista engana;
Os naturais o têm por cousa santa,
Pela pedra onde está a pegada humana.
Nas ilhas de Maldiva na[s]ce a pranta

No profundo das águas, soberana,
Cujo pomo contra o veneno urgente
É tido por antídoto excelente.

137 Verás defronte estar do Roxo Estreito
Socotorá, co amaro aloé famosa;
Outras ilhas, no mar também sujeito
A vós, na costa de África arenosa,
Onde sai do cheiro mais perfeito
A massa, ao mundo oculta e preciosa.
De São Lourenço vê a Ilha afamada,
Que Madagáscar é dalguns chamada.

138 Eis aqui as novas partes do Oriente
Que vós outros agora ao mundo dais,
Abrindo a porta ao vasto mar patente,
Que com tão forte peito navegais.
Mas é também razão que, no Ponente,
Dum Lusitano um feito inda vejais,
Que, de seu Rei mostrando-se agravado,
Caminho há de fazer nunca cuidado.

139 Vedes a grande terra que contín[u]a
Vai de Calisto ao seu contrário Polo,
Que soberba a fará a luzente mina
Do metal que a cor tem do louro Apolo.
Castela, vossa amiga, será di[g]na
De lançar-lhe o colar ao rudo colo.
Várias províncias tem de várias gentes,
Em ritos e costumes, diferentes.

140 Mas cá onde mais se alarga, ali tereis
Parte também, co pau vermelho nota;
De Santa Cruz o nome lhe poreis;
Descobri-la-á a primeira vossa frota,
Ao longo desta costa, que tereis,
Irá buscando a parte mais remota
O Magalhães, no feito, com verdade,
Português, porém não na lealdade.

141 Dês que passar a via mais que meia
Que ao Antártico Polo vai da Linha,
Dũa estatura quase giganteia
Homens verá, da terra ali vizinha;
E mais avante o Estreito que se arreia
Co nome dele agora, o qual caminha
Pera outro mar e terra que fica onde
Com suas frias asas o Austro a esconde.

142 Até' qui, Portugueses, concedido
Vos é saberdes os futuros feitos
Que, pelo mar que já deixais sabido,
Virão fazer barões de fortes peitos.
Agora, pois que tendes aprendido
Trabalhos que vos façam ser aceitos
Às eternas esposas e fermosas,
Que coroas vos tecem gloriosas,

143 Podeis vos embarcar, que tendes vento
E mar tranquilo, pera a pátria amada.
Assi[m] lhe disse; e logo movimento
Fazem da Ilha alegre e namorada.
Levam refresco e nobre mantimento;

Levam a companhia desejada
Das Ninfas, que hão de ter, eternamente,
Por mais tempo que o Sol o Mundo aquente.

144 Assi[m] foram cortando o mar sereno,
Com vento sempre manso e nunca irado,
Até que houveram vista do terreno
Em que na[s]ceram, sempre desejado.
Entraram pela foz do Tejo ameno,
E à sua pátria e Rei temido e amado
O prêmio e glória dão por que mandou,
E com títulos novos se ilustrou.

145 No'mais, Musa, no'mais, que a Lira tenho
Destemperada e a voz enrouquecida,
E não do canto, mas de ver que venho
Cantar a gente surda e endurecida.
O favor com que mais se acende o engenho
Não no dá a pátria, não, que está metida
No gosto da cobiça e na rudeza
Dua austera, apagada e vil tristeza.

146 E não sei por que influxo de Destino
Não tem um ledo orgulho e geral gosto,
Que os ânimos levanta de contín[u]o
A ter pera trabalhos ledo o rosto.
Por isso vós, ó Rei, que por divino
Conselho estais no régio sólio posto,
Olhai que sois (e vede as outras gentes)
Senhor só de vassalos excelentes.

147 Olhai que ledos vão, por várias vias,
Quais rompentes leões e bravos touros,
Dando os corpos a fomes e vigias,
A ferro, a fogo, a setas e pelouros,
A quentes regiões, a plagas frias,
A golpes de Idolatras e de Mouros,
A perigos incógnitos do mundo,
A naufrágios, a pe[i]xes, ao profundo.

148 Por vos servir, a tudo aparelhados;
De vós tão longe, sempre obedientes;
A quaisquer vossos ásperos mandados,
Sem dar re[s]posta, prontos e contentes.
Só com saber que são de vós olhados,
Demônios infernais, negros e ardentes,
Cometerão convosco: e não duvido
Que vencedor vos façam, não vencido,

149 Favorecei-os logo, e alegrai-os
Com a presença e leda humanidade;
De rigorosas leis desalivai-os,
Que assi[m] se abre o caminho à santidade.
Os mais exprimentados levantai-os,
Se, com a experiência, têm bondade
Pera vosso conselho, pois que sabem
O como, o quando, e onde as cousas cabem.

150 Todos favorecei em seus ofícios,
Segundo têm das vidas o talento;
Tenham Religiosos exercícios
De rogarem, por vosso regimento,
Com jejuns, disciplina, pelos vícios

Comuns; toda ambição terão por vento,
Que o bom Religioso verdadeiro
Glória vã não pretende nem dinheiro.

151 Os Cavaleiros tende em muita estima,
Pois com seu sangue intrépido e fervente
Estendem não somente a Lei de cima,
Mas inda vosso Império preminente.
Pois aqueles que a tão remoto clima
Vos vão servir, com passo diligente,
Dous inimigos vencem: uns, os vivos,
E (o que é mais) os trabalhos excessivos.

152 Fazei, Senhor, que nunca os admirados
Alemães, Galos, Italos e Ingleses,
Possam dizer que são pera mandados,
Mais que pera mandar, os Portugueses.
Tomai conselho só de exprimentados,
Que viram largos anos, largos meses,
Que, posto que em cientes muito cabe,
Mais em particular o experto sabe.

153 De Formião, filósofo elegante.
Vereis como Anibal escarnecia,
Quando das artes bélicas, diante
Dele, com larga voz tratava e lia.
A disciplina militar prestante
Não se aprende, Senhor, na fantasia,
Sonhando, imaginando ou estudando,
Senão vendo, tratando e pelejando.

154 Mas eu que falo, humilde, ba[i]xo e rudo,
De vós não conhecido nem sonhado?
Da boca dos pequenos sei, contudo,
Que o louvor sai às vezes acabado.
Nem me falta na vida honesto estudo,
Com longa experiência misturado,
Nem engenho, que aqui vereis presente,
Cousas que juntas se acham raramente.

155 Pera servir-vos, braço às armas feito,
Pera cantar-vos, mente às Musas dada;
Só me falece ser a vós aceito,
De quem virtude deve ser prezada.
Se me isto o Céu concede, e o vosso peito
Di[g]na empresa tomar de ser cantada.
Como a pressaga mente vaticina
Olhando a vossa inclinação divina,

156 Ou fazendo que, mais que a de Medusa,
A vista vossa tema o monte Atlante,
Ou rompendo nos campos de Ampelusa
Os muros de Marrocos e Trudante,
A minha já estimada e leda Musa
Fico que em todo o mundo de vós cante,
De sorte que Alexandro em vós se veja,
Sem à dita de Aquiles ter inveja.

Guia de leitura*

1. A obra *Os Lusíadas* trata de um episódio de importância central na história de Portugal. Qual é esse episódio? Quais são seus desdobramentos e como eles afetam a nossa própria história?

2. Em sua epopeia, Camões vale-se de alguns mitos e crendices — comuns, na época — acerca dos perigos do mar para elaborar algumas das peripécias vividas por Vasco da Gama e sua tripulação. Quais são esses mitos e como eles se relacionam com a obra?

3. Reflita sobre a representação das divindades em *Os Lusíadas*. Por que podemos dizer que o tratamento dado a esse tema é tão particular na obra em questão?

4. Quais aspectos diferenciam o herói Vasco da Gama dos heróis épicos mais tradicionais, como Aquiles, Odisseu e Eneias?

5. Ao longo de *Os Lusíadas*, Camões reconta a história de Portugal. Como se dá essa narrativa, e de que recurso se valeu o poeta para realizá-la?

---

* Para que o professor possa trabalhar o Guia de Leitura com os alunos em sala de aula, não publicamos, aqui, o gabarito das questões. No entanto, pode-se obtê-lo entrando em contato conosco pelo telefone: (11) 3672 8144. Disponibilizamos o gabarito apenas para professores.

6. Verifica-se na obra uma complexa dualidade em relação ao posicionamento ideológico do autor. Em que consiste essa dualidade? Quais passagens do texto ilustram esses dois polos?

7. Concluída a leitura do poema, é possível identificar a posição do autor em relação à situação de seu país?

Questões de vestibular

1. (Unisa) A obra épica de Camões, *Os Lusíadas*, é composta de cinco partes, na seguinte ordem:

a) Narração, Invocação, Proposição, Epílogo e Dedicatória.
b) Invocação, Narração, Proposição, Dedicatória e Epílogo.
c) Proposição, Invocação, Dedicatória, Narração e Epílogo.
d) Proposição, Dedicatória, Invocação, Epílogo e Narração.
e) N.d.a.

2. (Mackenzie) Sobre o poema *Os Lusíadas*, é *incorreto* afirmar que:

a) quando a ação do poema começa, as naus portuguesas estão navegando em pleno oceano Índico, portanto no meio da viagem.
b) na Invocação, o poeta se dirige às Tágides, ninfas do rio Tejo.
c) na ilha dos Amores, após o banquete, Tétis conduz o capitão ao ponto mais alto da ilha, onde lhe descenda a "máquina do mundo".
d) tem como núcleo narrativo a viagem de Vasco da Gama, a fim de estabelecer contato marítimo com as Índias.
e) é composto em sonetos decassílabos, mantendo em 1.102 estrofes o mesmo esquemas de rimas.

3. (Unisa) Assinale a alternativa *incorreta* em relação a *Os Lusíadas,* de Luís Vaz de Camões:

a) Foi publicada em 1572.
b) Contém 10 cantos.
c) Contém 1.102 estrofes em oitava rima.
d) Conta a viagem de Vasco da Gama às Índias.
e) N.d.a.

4. (PUC-PR) Sobre o narrador, ou narradores, de *Os Lusíadas*, é lícito afirmar que:

a) existe um narrador épico no poema: o próprio Camões.

b) existem dois narradores no poema: o eu épico, Camões fala através dele, e o outro, Vasco da Gama, que é quem dá conta de toda a História de Portugal.

c) o narrador de *Os Lusíadas* é Luís Vaz de Camões.

d) o narrador de *Os Lusíadas* é o Velho do Restelo;

e) o narrador de *Os Lusíadas* é o próprio povo português.

5. (Fuvest) Em *Os Lusíadas*, as falas de Inês de Castro e do Velho do Restelo têm em comum:

a) a ausência de elementos de mitologia da Antiguidade Clássica.

b) a presença de recursos expressivos de natureza oratória.

c) a manifestação de apego a Portugal, cujo território essas personagens se recusavam a abandonar.

d) a condenação enfática do heroísmo guerreiro e conquistador.

e) o emprego de uma linguagem simples e direta, que se contrapõe à solenidade do poema épico.

6. (PUC-SP) Dos episódios *Inês de Castro* e *O Velho do Restelo*, da obra *Os Lusíadas*, de Luís de Camões, *não* é possível afirmar que:

a) *O Velho do Restelo*, numa antevisão profética, previu os desastres futuros que se abateriam sobre a pátria e que arrastariam a nação portuguesa a um destino de enfraquecimento e marasmo.

b) *Inês de Castro* caracteriza, dentro da epopeia camoniana, o gênero lírico porque é um episódio que narra os amores impossíveis entre Inês e seu amado Pedro.

c) Restelo era o nome da praia em frente ao templo de Belém, de onde partiam as naus portuguesas nas aventuras marítimas.

d) tanto *Inês de Castro* quanto *O Velho do Restelo* são episódios que ilustram poeticamente diferentes circunstâncias da vida portuguesa.

e) o Velho, um dos muitos espectadores na praia, engrandecia com sua fala as façanhas dos navegadores, a nobreza guerreira e a máquina mercantil lusitana.

7. (UFRGS) Assinale com V (verdadeiro) ou F (falso) as afirmações abaixo, relacionadas aos Cantos I a V da epopeia *Os Lusíadas*, de Camões:

( ) A presença do elemento mitológico é uma forma de reconhecimento da cultura clássica, objeto de admiração e imitação no Renascimento.

( ) A disputa entre os deuses Vênus e Baco, da mitologia clássica, é um recurso literário de que Camões faz uso para criar o enredo de *Os Lusíadas*.

( ) Do Canto I ao Canto V leem-se as peripécias da viagem dos portugueses até a sua chegada à Índia, quando eles tomam posse daquela terra.

( ) No Canto II, lê-se a narração da viagem dos portugueses a Melinde, cujo rei pede a Camões que conte a história de Portugal:

a) V— V— V— F
b) V — F — F — V
c) F — V — F — V
d) F — F — V— F
e) V — V — F — F

Gabarito

1. c
2. e
3. e
4. b
5. b
6. e
7. e

DIREÇÃO
Martin Claret

PRODUÇÃO EDITORIAL
Carolina Marani Lima / Mayara Zucheli

DIREÇÃO DE ARTE E CAPA
José Duarte T. de Castro

DIAGRAMAÇÃO
Giovana Quadrotti

REVISÃO
Waldir Moraes

IMPRESSÃO E ACABAMENTO
Bartira Gráfica

Este livro segue o novo Acordo Ortográfico da Língua Portuguesa.

Dados Internacionais de Catalogação na Publicação (CIP)
(Câmara Brasileira do Livro, SP, Brasil)

Camões, Luís de, 1524-1580.
Os Lusíadas / Luís de Camões. — São Paulo: Martin Claret, 2023.

I. Poesia portuguesa I. Título

ISBN 978-65-5910-273-0

23-183186 CDD-869.01

Índices para catálogo sistemático:

1. Poesia: Literatura portuguesa 869.01
Cibele Maria Dias – Bibliotecária – CRB-8/9427

EDITORA MARTIN CLARET LTDA.
Rua Alegrete, 62 – Bairro Sumaré – CEP: 01254-010 – São Paulo, SP
Tel.: (11) 3672-8144 – www.martinclaret.com.br
Impresso – 2024